SAUVETAGE EN GRIS

SAUVETAGE EN GRIS

Cristian Perfumo

Traduit de l'espagnol (Argentine) par
Jean Claude Parat

Conception de la couverture : The Cover Collection

Traduit de l'espagnol (Argentine) par Jean Claude Parat, 2021

Titre original : *Rescate gris*.

© Cristian Perfumo

www.cristianperfumo.com

ISBN: 978-987-48792-5-7
Gata Pelusa

La reproduction totale ou partielle de l'ouvrage sous quelque forme que ce soit est interdite sans l'accord préalable de l'auteur.

Tout comme l'éruption du volcan Hudson en août 1991 les lieux décrits dans ce roman sont eux aussi bien réels.

Ce livre est dédié à ceux qui ont mordu la poussière durant tous ces jours.

Autrement dit, à tous les phénix.

CHAPITRE 1

Mardi 13 août 1991, 7:30 a.m.

Le premier à m'avertir que quelque chose ne tournait pas rond fut mon vieux réveille-matin. Non pas à cause de la sonnerie, la même que chaque matin, mais parce qu'en tendant la main pour le réduire au silence, je le trouvai couvert de poussière, comme si on ne l'avait pas épousseté depuis des années.

Quand j'allumai la petite lampe près du lit, je découvris qu'une espèce de brouillard blanc flottait dans l'air.

Ça sentait le soufre.

- Graciela, que s'est-il passé ?

Mais à côté de moi le lit était vide. Chose rarissime, car Graciela terminait les cours qu'elle donnait aux adultes à 23h30 et parvenait difficilement à se coucher avant une heure du matin. Depuis sept mois que nous vivions ensemble, elle ne s'était jamais réveillée avant moi.

- Mon amour, où es-tu ? Je l'appelai en haussant la voix.

J'eus pour unique réponse le bruit des rafales de vent contre le toit en tôle.

Je me levai pour quitter la chambre. Je m'arrêtai net en voyant la commode couverte de poussière.

Je passai un doigt dessus en traçant un chemin en forme de S sur le bois verni. La poussière grise que je récoltai sur mon index était fine comme du talc et beaucoup plus rêche que celle qui s'accumule dans les encoignures par manque de plumeau.

- Graciela, que s'est-il passé ? criai-je.

Je parcourus à grandes enjambées le couloir qui menait à la cuisine-salle à manger, mais Graciela n'y était pas, ni dans la salle de bain, pas plus que dans l'autre chambre.

- Graciela, recommençai-je à l'appeler, tout en sachant que c'était inutile car je venais de visiter l'intégralité de la maison.

Je revins à la cuisine où la poussière, là aussi, recouvrait chaque meuble, chaque décoration, chaque centimètre carré. Comme si durant la nuit quelqu'un avait ouvert un sac de ciment devant un ventilateur. Je touchai la bouilloire en acier inoxydable dans laquelle tous les matins Graciela faisait chauffer l'eau pour son maté, elle était glacée. Son manteau était absent du porte-manteau à côté de la porte d'entrée.

Un bruit dans la cour de devant me fit regarder par la fenêtre. Même s'il faisait encore nuit, je remarquai que le portillon en bois qui donnait sur la rue était ouvert. Le vent, qui ce matin soufflait aussi fort que d'habitude, le faisait claquer contre la grille.

Cependant, ce morceau de bois, comme secoué par une main invisible, n'était qu'un détail. Ce qui paraissait vraiment inhabituel, c'était l'absence de couleurs dans la cour. Aux calendulas, les seules plantes qu'un minable jardinier comme moi pouvait maintenir en vie dans le froid de la Patagonie, manquait l'orange des pétales et le vert des feuilles. Me pencher vers la fenêtre fut comme regarder une terne photo en noir et blanc de notre jardin. Toute couleur se trouvait ensevelie sous cette poussière qui tombait du ciel comme une chute de neige grise.

J'essayai de garder mon calme, me répétant qu'il devait y avoir une explication logique à tout ce qui se passait dehors ainsi qu'à la disparition de Graciela. Au mieux ce n'était qu'un rêve.

Une rafale de vent frappa la fenêtre, menaçant de l'ouvrir. La poussière qu'elle transportait émit un sifflement bref en percutant les vitres. Je remarquai alors les traces d'une personne s'éloignant de la maison par le chemin en ciment qui traversait le jardin.

Quand j'ouvris la porte, des milliers de particules me fouettèrent le visage, me faisant larmoyer presque instantanément. Malgré un battement de paupières incontrôlable, je réussis à me concentrer sur les empreintes qui sans aucun doute étaient celles des chaussures de ma femme. Elles franchissaient le portail et continuaient dans la même direction, perpendiculairement à la façade de la maison, pour disparaître deux mètres plus avant dans la frange rocailleuse qui séparait la rue du trottoir. Ici, la surface était trop irrégulière pour y distinguer quoi que ce soit.

De toute manière, il était clair que Graciela n'était pas descendue sur la chaussée, car les uniques traces qu'il y avait là étaient celles de pneus qui s'approchaient de moi puis s'éloignaient pour continuer au milieu de la rue.

Mon cœur commença à battre un peu plus vite. En pleine tempête, avec cette étrange poussière, Graciela était sortie de la maison pour monter dans un véhicule. L'histoire que racontaient ces traces n'admettait pas d'autres explications.

Tout en me maudissant pour avoir amené ma voiture à réparer, je me mis à courir en suivant la piste laissée par les roues. Trente mètres plus loin, en passant devant la maison de mon voisin Fermín Almeida, j'aperçus sa silhouette derrière la fenêtre de la cuisine. Comme presque toujours, il était assis sur une chaise et observait la rue. En me voyant, il leva une bouteille et but une gorgée.

Malgré le vent dans le dos, l'irritation des yeux empira, m'arrachant encore plus de larmes bien avant d'atteindre l'extrémité de la maison de Fermín. Je me passai la main sur le visage pour les sécher et notai un effet abrasif sur la peau. Mes doigts étaient devenus marron comme si je les avais trempés dans la boue.

Je continuai en courant sur trois cents mètres. En arrivant dans la rue San Martín, la plus importante de Puerto Deseado, j'étais sur le point de me convaincre que je rêvais. Le centre-ville était totalement désert, comme si une bombe atomique venait d'exploser.

Le nœud que j'avais à l'estomac se resserra un peu plus en

voyant que les traces que je suivais en rejoignaient plein d'autres. En fait, il n'y en avait pas plus d'une douzaine, mais cela suffisait pour qu'il me fût impossible de distinguer lesquelles appartenaient au véhicule qui avait récupéré Graciela.

- Où es-tu, prononçai-je à voix basse.

Sans trop savoir quoi faire, je pivotai sur mes talons et revins chez moi le plus rapidement que me le permit le vent contraire. Avant d'entrer, je jetai un dernier regard sur la carte postale de désolation qu'étaient devenues les rues de mon village. Dans le halo orangé d'un lampadaire, je vis tomber en trombe des kilos et des kilos de cette poussière grise qui recouvrait tout.

Je devais rêver. Dans quel endroit du monde avait-on vu pleuvoir de la terre ?

***

Quand j'ôtai mon manteau dans la maison, des poignées de terre tombèrent à mes pieds. Je passai une main dans mes cheveux, ils étaient durs. Dans la salle de bain, l'image renvoyée par le miroir me paralysa. J'avais les cheveux, le visage, jusqu'aux sourcils gris, comme si on m'avait maquillé pour jouer le rôle d'une statue vivante. Il n'y avait que sur mes joues, là où les larmes avaient lavé la poussière, où l'on devinait la véritable couleur de ma peau.

Je me lavai le visage jusqu'à ce que l'eau qui gouttait de mon menton cessât d'être marron. Ensuite je mis mes yeux sous le jet et clignai des paupières pour tenter de calmer l'irritation. Pour finir, je rinçai ma bouche pâteuse et crachai un mélange noirâtre qui me fit penser à une visite chez le dentiste.

Je regardai à nouveau mon reflet dans le miroir. Les yeux avaient fini de larmoyer et me renvoyaient maintenant un regard injecté de sang. Les cheveux étaient toujours couverts de poussière, et le long du cou ruisselaient des gouttes brunes.

Que se passait-il ? Qu'était cette poussière grise qui devenait marron quand elle entrait en contact avec l'eau ?

Je me dirigeai vers la salle à manger dans l'intention d'allumer la radio quand le téléphone sonna.

- Allo !
- Raúl Ibáñez, comment ça va ? Une journée bizarre, non ?

La voix, exagérément nasillarde, avait une tonalité éraillée par de nombreuses années de tabac et d'alcool.

- Qui est-ce ?
- Quand je dis bizarre, ce n'est pas seulement à cause des cendres. Il te manque quelque chose dans la maison, non ?
- Qui parle ?
- Allons droit au but, Ibáñez. Ni toi ni moi n'avons de temps à perdre. Ta femme va bien, ne t'inquiète pas, jusqu'à présent nous ne lui avons rien fait.

J'étais pétrifié, incapable de répondre.

- Qu'as-tu fait des trois millions de dollars ?

Un frisson me parcourut le dos. Maintenant, je savais qui m'appelait.

- Je les ai rendus à la police.
- Une partie, oui. Mais qu'as-tu fait du reste ?
- Quel reste ?
- Ne fais pas le malin, Ibáñez. On sait que tu n'en as remis que la moitié à la police. Si tu ne nous donnes pas le million et demi que tu as gardé, tu ne reverras plus jamais ta femme.
- Non. Non, attendez. Il y a une erreur. J'ai rendu tout le fric à la police. Trois millions de dollars.
- Tu sais quoi, Ibáñez ? dit-il, me laissant à peine terminer ma phrase. Nous allons rester entre gens d'honneur. Je te crois. Mais nous avons ta femme et nous demandons en échange un million et demi de dollars. Ça n'a rien à voir avec l'argent que tu nous as volé, je te l'assure.

L'inflexion sarcastique que le type donna à sa voix

nasillarde me dégoûta. Mes doigts se crispèrent autour du combiné téléphonique avec la même force que j'aurais mise pour lui serrer la gorge.
- Si vous touchez un seul de ses cheveux...
- Non, non, non, non, non, Ibáñez. Je vais t'expliquer comment fonctionne un enlèvement dans la vraie vie : le ravisseur demande, la famille du captif obéit. Ton rôle est d'obéir, Ibáñez, pas de me dire que tu vas me tuer s'il arrive quelque chose à ta femme. Ça, tu le laisses aux héros dans les films.
- D'où vous voulez que je sorte un million et demi de dollars ? Je suis infirmier, et pour boucler les fins de mois je dois faire des travaux de soudure.
- Je comprends, ça ne va pas être facile de te séparer d'une telle fortune. C'est pour ça que je te laisse vingt-quatre heures.
- Me séparer ? Non, je te le répète, il y a erreur. Je n'ai pas gardé un seul...
- Je te donnerais bien un peu plus de temps, mais je n'ai aucune idée de quand je vais pouvoir partir d'ici. À la radio ils disent qu'ils ne savent pas quand vont se dissiper ces cendres de merde.
- Cendres ? dis-je, pensant à voix haute.
- Si tu veux plus d'informations, allume la radio, Ibáñez. Je ne suis pas journaliste. Je suis ici pour que tu me rendes le pognon et que tu récupères ta femme.
- Vraiment, je te jure qu'il y a erreur. J'ai tout rendu à la police. Il ne me reste pas un seul billet...
- Tu as vingt-quatre heures, coupa-t-il. Ne les gaspille pas en essayant de me convaincre. Va chercher le fric, où que tu l'aies caché, et ne parle de ça à personne. Encore moins à la police, parce qu'on le saura et alors, *pan* ! ciao, Graciela. Compris ? Je te rappelle dans deux heures.
Et sans me laisser le temps d'ajouter un seul mot, il raccrocha.

CHAPITRE 2

Jeudi 6 décembre 2018, 7:30 a.m.

« Et sans me laisser le temps d'ajouter un seul mot, il raccrocha. » Il finit de taper la phrase et tire la feuille de la machine à écrire. Il a un peu mal aux doigts. Habituellement, ce qu'il écrit de plus long ce sont les *mails*. En plus, taper sur une Olivetti ça n'a rien à voir avec un clavier d'ordinateur. C'est comme de passer de son Audi à une voiture sans direction assistée.

Il se lève de la chaise et ses genoux craquent. « Après cinquante ans, si rien ne craque, c'est parce que tu es mort », a-t-il entendu dire dans le coin. Et il a cinquante-cinq ans. Incroyable que j'aie déjà cinquante-cinq ans, pense-t-il.

Il se frotte les rotules avec les mains, un peu parce qu'il a mal et aussi un peu parce que, de la ceinture jusqu'aux pieds, il n'est plus qu'un bloc de glace. Il aimerait bien que le radiateur qui est à deux mètres de lui fonctionne, mais la maison où il se trouve est inhabitée depuis un bon bout de temps, et la compagnie du gaz a la mauvaise habitude de couper la distribution quand les factures ne sont pas payées.

Et pour qu'il se sente encore plus mal, contre le mur principal de la salle à manger, le poêle à bois lui présente sa gueule ouverte comme un animal qui attend qu'on le nourrisse. Il pourrait l'allumer – il y a même un peu d'allume-feu à côté de l'engin –, mais alors il s'exposerait à ce qu'un voisin remarque la fumée et le découvre.

Et encore, moindre mal qu'il soit venu en décembre. Dans quinze jours le printemps laisse la place à l'été, et la température est en ce moment de quatre degrés.

Il se dirige vers l'énorme valise qu'il a amenée avec lui et y cherche son unique source de chaleur durant les prochains jours. Il met à part les paquets de riz, de pâtes et les boîtes de conserve. Il met aussi de côté une caisse en bois de cinquante Habanos Montecristo. Finalement, au fond, il trouve la petite mallette en plastique noir.

Il l'ouvre et sort le *campingaz* qu'il a acheté dans une quincaillerie de Comodoro. Tout le monde dit réchaud à gaz, mais lui préfère le nom qui est inscrit sur la boîte : *campingaz*. Dans la valise il trouve aussi deux recharges de butane qu'il a achetées dans la même quincaillerie. Elles ne sont pas plus grandes que des désodorisants en aérosols.

Il installe une recharge, un chuintement liquide lui indique qu'elle est en place. Il tourne le bouton à fond et le gaz s'enflamme avec un claquement. *Voilà* [1], maintenant j'ai du feu pour cuisiner. Et aussi pour me réchauffer un tant soit peu, pense-t-il en se frottant les mains au-dessus de la flamme.

Il revient à la valise et entreprend le rangement de ses vivres. Il ouvre un placard de la cuisine dans lequel il n'y a rien d'autre qu'une boîte de poudre à récurer pour faire briller les casseroles. Il sourit. Il lui semble incroyable que, justement à Puerto Deseado, quelqu'un ait acheté cela. Incroyable et absurde aussi, car depuis l'éruption de 1991 la moitié de la province a eu gratuitement de la poudre durant des années.

Il range les paquets de nourriture dans le placard. Les voir là, les uns à côté des autres, le rassure. Il y en a assez pour ne pas avoir à sortir durant plusieurs jours.

La vibration de son téléphone annonce un nouveau message. C'est Dani, son unique enfant.

« Papa, ça ne peut plus attendre. J'ai besoin que tu viennes m'aider. »

Il ne répond pas. Par chance son téléphone est configuré pour que Dani ne puisse pas voir qu'il a lu son message.

Le témoin de batterie de l'appareil passe au rouge, lui indiquant qu'il ne lui reste plus que 5% de charge.

---

1 En français dans le texte.

Instinctivement il cherche une prise de courant, puis il se rappelle que la maison n'a plus l'électricité depuis un bon bout de temps et rit de notre inefficacité quand nous sommes privés des commodités auxquelles nous sommes habitués. Autre avantage d'être venu en décembre : il fait jour de cinq heures du matin jusqu'à onze heures du soir.

Encore une fois, il fouille dans ses bagages jusqu'à trouver une des trois batteries externes qu'il a apportées. Selon le vendeur, chacune peut servir pour deux charges de portable. Il a donc six charges au total. En considérant sa faible utilisation du téléphone, il en a plus qu'il ne lui en faut, même si ses plans prennent un peu plus de temps que prévu.

Il connecte l'appareil et retourne devant le placard. Il se décide pour un sachet de soupe instantanée au poulet. Il utilise le plus petit des récipients en métal qu'il a acheté à la quincaillerie. Idéal pour le camping, avait dit le quincailler, ils ne pèsent rien et se mettent l'un dans l'autre pour économiser de la place. En effet, le plus grand est une marmite dans laquelle on peut faire des pâtes pour deux personnes. Le plus petit, une tasse un peu plus large que haute.

Il a de la chance car, bien que la maison soit inhabitée depuis longtemps, ils n'ont pas coupé l'eau. C'était le point faible de son plan. Mais il n'y a pas de compteur pour l'eau à Puerto Deseado, et en général ils ne la coupent pas, même après des années de retard dans le paiement.

Sans lumière et sans gaz, en décembre, on peut survivre, mais sans eau, impossible. Il devrait aller à l'hôtel ou sortir de temps en temps pour acheter des bouteilles d'eau. Les deux options étaient très risquées car on pourrait le reconnaître.

Quand la soupe bout, il l'enlève du feu et, après avoir soufflé dessus une ou deux fois, avale une gorgée. Même s'il se brûle un peu les lèvres, le liquide chaud dans l'estomac le réconforte. Avec la tasse dans ses deux mains, il revient à l'Olivetti et relit ce qu'il vient d'écrire.

Très mauvais, pense-t-il. Nul. J'aurais dû commencer le

récit huit jours avant la pluie de cendres. Si je ne raconte pas l'accident, on ne peut pas comprendre le reste.

Il pose alors la tasse sur un côté et met une nouvelle feuille dans la machine.

CHAPITRE 3

Lundi 5 août 1991, 8:00 a.m.

Voyager trois cents kilomètres pour passer un examen de quarante minutes ne me faisait pas sauter de joie. Mais si tu voulais faire des études universitaires tout en habitant à Puerto Deseado, c'était la seule solution. À l'heure actuelle, où même les appareils domestiques sont connectés au *cloud*, c'est beaucoup moins compliqué. À l'ère pré-internet, ils t'envoyaient les cours de chaque matière par courrier et une fois par mois tu devais aller au siège de l'université de Patagonie, à Comodoro Rivadavia, pour te présenter aux examens.

Dans mon cas, il s'agissait de cours pour préparer le diplôme d'infirmier. Jusqu'à présent, j'avais exercé comme infirmier militaire, puis il y a deux ans la possibilité s'était présentée de passer dans le monde civil en étant incorporé au sein de l'hôpital de Puerto Deseado. J'étais un peu fatigué de la vie militaire et demandai donc ma libération des forces armées. Et même si, comme me l'avait dit à l'époque une vieille pédiatre, « un hôpital n'est pas une caserne », je m'adaptai relativement vite.

Le problème fut que, à quelques mois de débuter à l'hôpital, sortit une nouvelle loi qui exigeait un diplôme universitaire pour tout le personnel infirmier de la province. Et comme mon diplôme avait été délivré par le ministère de la Défense et non par le ministère de l'Éducation, il n'était pas valable. La seule manière de conserver le poste était de commencer les cours à l'université durant la première année d'entrée en vigueur de la loi et de terminer en moins de cinq ans. Si tu vivais à Puerto Deseado, cela voulait dire trois heures à l'aller et trois heures au retour pour chaque examen.

Ce matin-là, la matière en question était Psychologie Évolutive.

Par chance, le soleil s'était levé sur une journée parfaite pour un voyage en voiture. Plus un seul nuage pour accompagner le soleil quand il est bas sur l'horizon comme c'est le cas en hiver et, sur le bitume, plus une seule trace de givre. Dans les champs, où il ne restait plus rien des chutes de neige de la semaine dernière, les guanacos profitaient du dégel pour brouter l'herbe.

Le trajet était monotone, surtout pour quelqu'un qui l'avait fait aussi souvent que moi. Cependant, loin d'être un problème, cette monotonie me laissait trois heures pour repasser mentalement les points les plus importants de l'examen.

En plus, ce voyage avait un autre but : ma magnifique Renault 9, celle que j'appelais simplement « la 9 », arrivait à sa première révision et je voulais la faire dans le centre officiel de Comodoro. Ce n'est pas qu'à Puerto Deseado nous ne disposions pas de bons mécaniciens. Coco Hernández pouvait être aussi bon, voire meilleur, que ceux de Comodoro, mais avec Coco tu savais quand ta voiture entrait dans l'atelier, mais pas quand elle en sortait. « Dans deux jours elle est prête », disait-il, et deux mois pouvaient passer.

J'étais au kilomètre soixante-dix, au milieu de l'une des plus longues lignes droites d'Argentine, quand je vis dans le rétroviseur un véhicule noir qui grossissait à mesure qu'il approchait. Sur une route aussi monotone et désertique que celle-ci, n'importe quelle interaction avec un autre être humain entraîne une anticipation, même s'il s'agit de quelqu'un de pressé qui te double et disparaît à l'horizon.

La voiture se mit sur la voie de gauche environ deux cents mètres avant d'arriver à ma hauteur. Si on parle en secondes, la voiture me doubla comme si la 9 avait été en stationnement. C'était un ravissant coupé Fuego qui, si je me référais aux 110 kilomètres par heure qu'indiquait mon compteur, devait rouler au moins à 160.

En moins d'une minute elle m'avait laissé loin derrière elle. Une minute de plus et elle se transformerait en un simple point noir. Mais avant que cela arrive, les feux stop s'allumèrent et la voiture se déporta brusquement sur la gauche pour tenter d'éviter un guanaco. Les roues gauches sortirent de la route et, dans son désir de rectifier la trajectoire, le conducteur donna un coup de volant vers la droite qui le mit perpendiculaire à la route, le projetant dans le décor à toute vitesse.

Hors de contrôle, le coupé roula au milieu des buissons jusqu'à ce que l'une de ses roues avant s'enfonce dans un trou entraînant la voiture dans une série de tonneaux.

Je regardai sans voix le véhicule rouler plusieurs fois de suite sur lui-même, frappant alternativement la terre avec le toit puis avec les roues, soulevant sur son passage un nuage de poussière qui ne tarda pas à se dissiper avec le vent.

Les guanacos s'enfuirent au galop, traversant la route et sautant par-dessus les barbelés pour s'éloigner dans les champs.

***

Je m'arrêtai à la hauteur de l'accident et descendis en courant. La Fuego avait fait plusieurs tonneaux, arrachant sur son passage les fils de fer qui se trouvaient à une cinquantaine de mètres de la route.

La première pensée qui me vint à l'esprit en voyant ce tas de métal fut que, par chance, la voiture s'était immobilisée sur ses roues. Ça rendrait les choses plus faciles pour aider les passagers. Cependant, plus je m'approchais et plus mes espérances s'estompaient. Le toit était enfoncé jusqu'au bas de la fenêtre, comme si un géant avait aplati le véhicule, le confondant avec une vulgaire canette de bière.

Par la fenêtre du conducteur, qui était réduite à une fente

d'à peine vingt centimètres, je vis qu'il n'y avait personne entre le siège et le volant taché de sang. Je regardai autour de moi à la recherche d'un corps qui aurait pu être éjecté à travers le pare-brise pour terminer étendu sur la lande. Rien. Je fis le tour du véhicule et là je vis un pied nu de femme qui sortait par ce qui avait été la fenêtre arrière. Elle avait les ongles vernis en violet.

Je m'approchai et passai la tête en faisant attention à ne pas toucher le pied avec la joue. Avec les tonneaux, la conductrice s'était retrouvée coincée dans l'espace qu'il y a entre les sièges avant et ceux de derrière, pliée dans une position improbable. Elle avait la tête insérée sous le siège avant, le reste du corps posé sur une grande valise beige, un pied sortant par une fenêtre et l'autre tordu dans une position anormale.

- Ça va ? demandai-je en fixant son torse qui ne semblait ni monter ni descendre avec la respiration.

Je n'eus aucune réponse. Seuls rompaient le silence le sifflement d'un pneu qui n'avait pas fini de perdre tout son air et le crépitement du moteur qui refroidissait.

- Bonjour, tu m'entends ? Ne t'inquiète pas, sûrement que quelqu'un va passer et nous l'enverrons à Jaramillo chercher une ambulance.

Rien.

Je lui enfonçai l'ongle de mon pouce dans la plante du pied et n'obtins aucune réaction. Très mauvais. Cette femme avait un besoin urgent de soins. J'essayai d'ouvrir une portière, mais le coupé était tellement déformé que la seule façon d'y arriver, c'était avec un chalumeau.

Je réussis à m'introduire dans l'auto par la fenêtre du passager. En essayant de ne pas me blesser avec le verre brisé et les bouts de métal tranchants, je serpentai jusqu'au siège arrière. Je vis alors l'énorme tache de sang qui s'étendait sous la poitrine de cette femme et sus qu'il était trop tard pour l'aider. Mettre une main au niveau du cou pour vérifier

qu'elle n'avait plus de pouls fut une formalité.
Je fermai les yeux durant un instant. Tu as beau être infirmier, un coup comme celui-ci n'était jamais facile à encaisser.

Bien qu'elle soit morte, je devais demander une assistance médicale. Mais j'avais du mal à savoir si je devais faire les cinquante kilomètres qu'il me restait pour arriver à Jaramillo, où il y avait un téléphone mais pas d'ambulance, ou refaire les soixante-dix kilomètres jusqu'à Puerto Deseado. Ou peut-être qu'il serait plus judicieux d'attendre qu'une voiture passe. Encore que, sur une route comme celle-ci, on puisse rester des heures sans que cela arrive.

Après avoir fouillé dans ses poches à la recherche de papiers d'identité, sans succès, je commençai à ramper en arrière pour sortir de la voiture. C'est alors que je vis une entaille dans la toile de la valise beige sur laquelle le corps était étendu. En identifiant le contenu, je restai perplexe.

Des dollars. Des liasses et des liasses de billets tachés de sang.

***

Assis sur le siège passager, je m'y arrêtai pour réfléchir une seconde. La femme était morte, donc je n'avais aucune raison de me presser pour appeler une ambulance. Je me sentis mal à l'aise en pensant qu'il m'importait plus de savoir quoi faire avec la valise pleine de dollars que de m'occuper du cadavre déformé posé sur elle.

La bonne décision, sans doute, était de rendre l'argent à son propriétaire. Mais, qui transportait une telle quantité de billets dans un véhicule particulier ? Il devait s'agir d'argent sale. Il n'y avait pas beaucoup d'options : la drogue, le jeu ou la prostitution. De bonnes raisons pour le rendre. Se mettre ces gens-là à dos était un mauvais plan.

D'un autre côté, si je le gardais…

Les billets que je venais de trouver étaient de cent dollars. Je me souvins d'un film policier que j'avais vu avec Graciela, il n'y avait pas longtemps, dans lequel des types volaient une valise remplie de billets identiques. Si ma mémoire était bonne, dans une de taille standard logeaient plusieurs millions. Trois ? Cinq ? Je n'arrivai pas à me rappeler du chiffre exact, mais dans tous les cas c'était beaucoup d'argent. Tellement, que je ne pus m'empêcher de fantasmer sur ce que je ferais avec tout ça.

En premier, ne plus jamais travailler. Ensuite, acquérir plusieurs propriétés pour les louer. Voyager à travers le monde. Acheter une grosse voiture, ou plusieurs. Et une maison à Bariloche, face au lac. Oui, il y en avait assez, et probablement qu'il en resterait plus de la moitié. C'est ce qui arrive quand on a une mentalité de pauvre.

Et puis, qu'arriverait-il si je laissais l'argent ici ? Sûrement que la police, ou un juge quelconque se le garderait. Ou moitié-moitié. Quelque chose me disait que l'argent s'évaporerait avant de figurer dans un rapport.

Je jetai un coup d'œil par la fenêtre explosée. Sur la route, il n'y avait aucun mouvement.

Je pris une profonde inspiration et me mis à genoux sur le siège pour me pencher vers la partie arrière. Je tirai la valise pour essayer de la faire bouger, mais je parvins seulement à agrandir l'entaille et faire apparaître un peu plus de billets.

Je me rappelai alors que le coupé n'avait pas de portières arrière. Je sortis par la fenêtre, manœuvrai un levier qui dépassait du revêtement en cuir et le dossier du siège passager bascula vers l'avant dans un crissement de verre brisé, me facilitant ainsi l'accès à l'arrière du véhicule.

Je poussai doucement la femme pour enlever un peu de poids sur la valise et cette fois, en prenant soin de ne pas la déchirer plus, je réussis à la sortir de la voiture.

La transporter jusqu'à mon auto, sur presque cent mètres à travers champs, fut encore plus difficile. Il me fallut plusieurs minutes pour parcourir ce terrain sec et irrégulier, couvert de buissons noirs, de coirons et de quelques pousses de calafate. Durant tout ce temps, la seule pensée qui occupa mon esprit fut de me dire que si quelqu'un passait sur la route il verrait ma voiture ainsi que le coupé accidenté et s'arrêterait pour aider. Et alors, comment lui expliquer que je quittais les lieux de l'accident avec, littéralement, des kilos de billets.

Comme si mes pensées avaient attiré la malchance, quand j'arrivai sur la route, je vis un point rouge qui approchait à toute vitesse.

« Du calme, Raúl », me dis-je. Si pour moi son auto n'était qu'une petite tache sur l'horizon, la mienne le serait pour lui aussi. À cette distance il lui était impossible de voir comment j'ouvrais mon coffre à toute vitesse pour y jeter la valise.

Une fois les dollars à l'abri, je fis quelques pas sur le bitume et commençai à agiter les bras en observant le point rouge qui peu à peu se transformait en camionnette.

***

Le Ford F100 qui s'arrêta lorsqu'il vit mes signaux, avait les barres en bois sur les côtés de la caisse, typiques des véhicules des gens de la campagne. Il en descendit un homme grand, corpulent, avec des espadrilles, il ne devait pas avoir plus de cinquante ans.

- Que s'est-il passé ? demanda-t-il en levant une main à son béret gris tandis qu'il regardait en direction du coupé accidenté.

- Elle roulait vite et des guanacos ont traversé. J'ai tout vu.

- Il faut aller l'aider, dit-il, commençant à courir dans la direction de l'accident.

- Il n'y a rien à faire. Elle est morte.

Il s'arrêta en entendant mes paroles.

- Qui ?

- La conductrice.

Sans me répondre, il me tourna le dos et partit au trot vers le coupé. Moi je restai là, appuyé sur le coffre de ma voiture pensant plus à ce que j'avais à l'intérieur qu'au cadavre.

- Crois-moi, elle est morte. Je suis infirmier.
- D'accord, mais on doit prévenir l'hôpital, non ? Ou la police ?
- L'un ou l'autre. Ils communiquent entre eux. Je peux revenir à Puerto Deseado et signaler l'accident à l'hôpital. J'y travaille.
- Mais vous n'alliez pas dans l'autre sens ? demanda-t-il en montrant la direction vers laquelle ma voiture était dirigée.
- Oui, mais ça peut attendre. J'allais passer un examen à Comodoro, mais après ce que je viens de voir, je ne crois pas que j'arrive à me concentrer.
- Ce ne serait pas mieux que vous restiez là et que ce soit moi qui aille prévenir ? Vous avez vu comment c'est arrivé, sûrement que votre témoignage sera utile à la police.
- Ce n'est pas un assassinat, rétorquai-je, c'est un accident. Il y a les traces de freinage sur la route, en plein milieu d'une ligne droite où il y a presque toujours des guanacos. Il est assez facile de voir comment ça s'est passé. De plus, je ne vais décrire que de petits détails à la police.
- Moi je pense que, si vous l'avez vu, vous devez rester ici.

Le regard de l'homme se porta sur la serrure du coffre de ma voiture. Discrètement, je regardai dans la même direction avec la certitude que je trouverais une moitié de billet de cent dollars dépassant du coffre ou bien une tache de sang. Mais non, il n'y avait absolument rien. Je compris alors que l'homme ne regardait pas la serrure, mais quelques centimètres plus bas. Il était en train de mémoriser le numéro d'immatriculation de ma voiture.

- C'est bon, dis-je finalement. Allez prévenir, moi je reste pour attendre la police.
- D'accord, répondit-il en faisant quelques pas dans ma direction. Quand il fut à moins d'un mètre, il me tendit une

grosse main calleuse et me regarda droit dans les yeux.
- Néstor Cafa, se présenta-t-il.
- Raúl Ibáñez.
Cafa remonta dans la camionnette et parcourut soixante kilomètres pour signaler l'accident.

***

Il était midi et demi quand j'arrivai chez moi. Deux heures s'étaient écoulées entre le moment où Néstor Cafa m'avait laissé et celui où le véhicule de patrouille de la police de Puerto Deseado était arrivé. Durant ces deux heures, passèrent cinq autres véhicules qui tous s'arrêtèrent pour me demander ce qui s'était passé et s'ils pouvaient aider.

Les formalités avec la police furent plus courtes que je m'y attendais. Ils me demandèrent ce que j'avais vu et je le leur racontai avec un luxe de détails, omettant seulement la partie dans laquelle je trouvais une fortune sous le cadavre et décidais de la cacher dans ma voiture.

Quand ils me dirent que je pouvais partir, je fis demi-tour et pris la direction de Deseado.

Bien que Graciela ne fût pas à la maison, quand j'arrivai je trouvai la porte d'entrée ouverte, c'était une habitude de ne pas fermer à clé. Quelques heures auparavant, quand je l'embrassai pour lui dire au revoir avant de partir pour Comodoro, elle m'avait dit qu'elle passerait la matinée à la bibliothèque municipale afin d'y préparer une activité pour l'école. Je supposai qu'elle n'allait pas tarder à rentrer ; la bibliothèque fermait dans une demi-heure.

Je m'assis sur une chaise de la salle à manger, avec la valise ensanglantée face à moi, essayant d'ignorer le mélange de vertige et de terreur qui me tordait l'estomac. Je savais que je devais la rendre, mais je ne pouvais m'empêcher de penser que là-dedans il y avait une autre vie pour moi, pour Graciela et pour les enfants à venir. S'ils venaient.

J'ouvris la valise. Elle était pleine à ras bords de billets de cent attachés avec une bande de papier blanc sans aucune inscription. Je pris une liasse et comptai les billets. Cent. J'avais dans la main dix mille dollars, beaucoup plus que ce que je gagnais en une année entière de travail. Même si j'acceptais toutes les gardes à l'hôpital et si, durant mon temps libre, je travaillais jusqu'au petit matin dans mon atelier de soudure.

J'empilai les liasses de dix en dix sur la table jusqu'à ce que la valise fût vide.

- C'est beaucoup d'argent, dis-je à voix haute en regardant cette montagne verte. Trois millions de dollars, c'est beaucoup d'argent.

***

Quand Graciela arriva, peu après treize heures, j'avais déjà décidé de ce que j'allais faire.

- Qu'y a-t-il, Roli ? dit-elle en entrant, surprise de trouver la voiture garée devant la maison.

Ses yeux ne mirent pas une seconde à se fixer sur la pile de dollars posée sur la table.

- C'est quoi, ça ?

Je lui racontai tout.

Quand j'eus fini mon récit, elle garda le silence. Elle regardait les billets couverts de sang avec envie, comme si elle se demandait comment les dépenser avant de savoir s'ils devaient les rendre ou les garder.

- Je les ai amenés à la maison pour que personne ne les vole, mais ils ne sont pas pour nous. Je vais les rendre à la police, Graciela.

- Pourquoi ? Pour qu'ils se les gardent ?

- Une telle quantité de fric ne disparaît pas comme ça. Elle appartient à quelqu'un de dangereux, et sûrement qu'il ne va pas mettre longtemps à découvrir que j'étais le premier à arriver sur les lieux de l'accident.

Graciela demeura pensive. Elle savait que j'avais raison, mais la probabilité que quelqu'un vienne chercher ce qui lui appartenait était beaucoup moins forte que le pouvoir magnétique du vert sombre sur la table.

- Et si nous partions ? Avec tout cet argent, on peut commencer une nouvelle vie n'importe où.

- Graciela, je suis attaché à ce patelin pour la vie.

- Mais tu rêvais de voyager ? Combien de fois m'as-tu dit que tu adorerais vivre quelques mois dans un endroit pour ensuite aller ailleurs ? Ce serait l'opportunité idéale. Nous pourrions disparaître ensemble.

- Voyager et disparaître, ce n'est pas la même chose. Tu le sais très bien.

Graciela pinça les lèvres comme s'il s'agissait des valves d'une huître. Sa réaction ne me prit pas par surprise. Chaque fois que j'avais tenté de l'interroger sur sa vie à Mendoza, avant qu'elle arrive à Puerto Deseado il y avait deux ans, je m'étais heurté au même silence.

- Tu vas recommencer avec ça ? Tu n'as toujours pas compris que je suis venue ici pour repartir de zéro ?

Elle s'approcha et me prit le visage entre ses mains.

- Et regarde le bien que ça m'a fait. J'ai trouvé ici ce qui m'est arrivé de meilleur dans la vie.

À chaque fois elle s'en sortait de la même manière. Flatteries, baisers et sourires. Ce qui était sûr, c'est que nous nous connaissions depuis un an et vivions ensemble depuis plus de six mois, et son passé restait pour moi un mystère absolu. Cela avait été horrible, c'était la seule chose que je savais, et pas parce qu'elle me l'avait dit, mais à cause des nombreuses nuits où elle se réveillait en criant, couverte de sueur après un cauchemar.

- Je t'ai déjà dit que j'allais respecter cette décision, je ne vais rien te demander sur ta vie à Mendoza, dis-je conciliant, et je posais mes mains sur les siennes. Mais je veux que ce soit clair pour toi : que tu aies totalement rompu les liens avec ton ancienne vie ne signifie pas que je veuille faire la même chose.

Je modérai le ton de ma voix pour que ces paroles sonnent comme une explication et non comme un reproche.
- Je veux voyager, mais c'est dangereux, mon amour, ajoutai-je. Il serait facile pour quiconque de trouver, par exemple, que j'ai un frère à Salta. S'ils ne me trouvent pas moi, lui ils vont aller le chercher.
- Alors, on pourrait en garder une partie et rendre l'autre.
- Non, Graciela, criai-je, envoyant balader mon ton tranquille. Tu ne comprends pas ? Garder un seul de ces billets signifie des problèmes. De graves problèmes. Pour toi c'est facile de penser à disparaître ; c'est comme si tu n'avais pas de famille. Mais pour moi, c'est différent. Je ne vais pas faire courir de risques à la seule famille qu'il me reste pour du fric. Cet après-midi j'emmène tout ça à la police.

Graciela ne s'avoua pas vaincue aussi facilement. C'était une femme habituée à lutter pour ce qu'elle voulait, même si tout le monde était contre elle. Elle essaya d'autres angles d'attaque, et à chacun je lui répondis qu'elle n'arriverait pas à me convaincre, parce que ma décision était prise.

Ce que nous ne savions pas, elle comme moi, c'était qu'il s'agissait de la pire décision de ma vie.

***

Le bureau se trouvait au premier étage du commissariat, au fond du couloir. Le sous-officier que je suivais s'arrêta devant la porte en bois et frappa trois coups, juste sous la petite plaque dorée qui indiquait « Commissaire Manuel Rivera ».
- Entrez, entendit-on depuis l'intérieur.

Le sous-officier salua et me laissa seul. J'ouvris la porte de la main gauche, sans lâcher ce que je tenais dans la droite.
- Bonjour, commissaire, merci de me recevoir.

- Entrez, entrez, dit-il sans lever les yeux des papiers qu'il avait dans les mains. Je suis étonné que vous ayez demandé un rendez-vous par tél... Et ça, c'est quoi ?

Ses yeux s'étaient portés sur la grande valise beige, déchirée et avec de grosses taches ocres, que je venais de poser sur le sol.

- Je l'ai trouvée dans le coupé ce matin.
- Vous avez volé les bagages d'une personne décédée ?
- Si je les avais volés, je ne serais pas ici, non ?
- Mais vous avez pris la valise avant que nous arrivions ?
- Oui.

Sans lui laisser le temps de poser une autre question, je posai la valise sur le bureau et l'ouvris pour lui montrer les billets.

- Elle était entre le siège passager et le siège arrière, commissaire. Je l'ai prise parce que je ne savais pas qui allait être le premier à arriver là. Je ne voulais pas de problèmes, et j'ai pensé qu'il serait mieux de la garder pour vous l'apporter cet après-midi. J'ai donc demandé expressément à vous parler en personne.
- Et dans la déposition de ce matin, là non plus vous n'avez rien dit. Il me montra une des feuilles sur son bureau.
- Non, pour le même motif. Si je la mentionnais, ils allaient me demander de la leur rendre. Moi je préfère vous la donner en mains propres et faire une nouvelle déposition. Tout le monde dit que vous êtes un homme honnête, et je suis sûr que vous allez faire en sorte que cet argent revienne à son propriétaire.
- Il y a combien ?
- Trois millions de dollars.
- Difficile qu'ils retournent chez leur propriétaire.
- Vous dites ?
- Personne ne se promène avec trois millions de dollars dans une valise s'il les a gagnés légalement. Cet argent provient de la drogue, de la prostitution ou de quelque chose

comme ça.

- Oui, moi aussi j'ai pensé à une origine douteuse. Une raison de plus pour vous le rendre.

- C'est ce qu'il fallait faire.

- Et après, quelle est la suite ?

- Que voulez-vous dire ?

- Que va-t-il se passer avec tout ça ? dis-je en montrant les billets.

- Ils vont rester sous notre garde et, quand nous aurons éclairci à qui ils appartiennent, nous allons leur demander mille papiers justifiant un tel salaire.

- Et s'ils ne peuvent rien justifier ? Si c'est réellement de l'argent sale ?

- Alors, il restera sous séquestre et à un moment donné il sera transféré à l'État. Si un gros poisson de la Police Fédérale ou d'un tribunal ne le fait pas disparaître avant.

- C'est-à-dire que, probablement, à un moment ou à un autre, quelqu'un va finir par se l'avaler.

Le commissaire me mit une main sur l'épaule.

- Vous avez fait ce qu'il fallait, Ibáñez. Peu importe ce qui va se passer à partir de maintenant. Vous avez bien fait de le rendre.

Mais son regard disait le contraire. Il avait une expression peinée, comme quand on contemple une occasion perdue. Peut-être ne s'agissait-il que de mon imagination, mais quelque chose dans ses yeux me disait que je m'étais trompé. Que j'aurais dû cacher cet argent et le garder pour moi. Qu'au moment où je le blanchissais, c'était comme si je le jetais à la poubelle.

- Commissaire, dis-je avec dans la voix un soupçon de timidité.

- Qu'y a-t-il ?

- Qui est la femme que j'ai trouvée morte ?

- Ça, je ne peux pas vous le dire. On vient de débuter l'enquête et nous ne pouvons pas révéler ce genre d'information.

— Mais commissaire, regardez ce que je viens de faire, protestai-je en montrant la valise. Vous ne pensez pas que je mérite au moins de savoir qui j'ai vu mourir ?

— Désolé, Ibáñez, mais ce serait violer la loi. De toute manière, ne vous en faites pas ; normalement, nous maintenons secrète l'identité des victimes seulement durant les premières heures.

CHAPITRE 4

Jeudi 6 décembre 2018, 9:44 a.m.

Il finit de raconter l'accident et se relit. Maintenant on comprend comment tout a commencé.

Il pose les dernières pages sur celles qu'il a tapées auparavant. Il ne les compte pas, mais estime qu'il y en a maintenant sept ou huit, ce qui est beaucoup plus que ce qu'il avait prévu d'écrire. En fait, il n'a jamais écrit autant d'un seul jet depuis qu'il a terminé son cursus universitaire. Il pense à tout ce qui lui reste à raconter et se réjouit d'avoir trouvé la vieille Olivetti dans la maison. Rédiger tout ça à la main aurait été une torture.

Il prend une gorgée de soupe et plisse le nez en une grimace de répulsion. Elle est glacée.

Il va se lever pour la réchauffer quand son téléphone vibre plusieurs fois de suite, comme si quelqu'un lui expédiait des messages avec une mitraillette. C'est son fils qui lui renvoie une conversation avec sa mère.

Mar 04/12/2018 14:21 – Maman
Mon fils, je ne voulais pas te parler de ça, mais maintenant je suis vieille, et je dis ce que je pense. Dimanche tu m'as promis que tu allais venir déjeuner et tu n'es pas venu. J'avais préparé des empanadas. *Je ne les avais pas achetés ni demandés à Mariela qui reste après le ménage pour m'aider. Je les ai faits de mes propres mains et tu sais très bien ce que ça me coûte de faire des* empanadas *avec mes douleurs dans le poignet. Parfois, je me demande ce que je t'ai fait pour que tu me traites ainsi.*

Mar 04/12/2018 14:26 – Toi
Maman, je ne comprends pas ta réaction. Je t'ai appelée pour te dire que nous avions eu des complications avec l'opération d'un dalmatien. À peine sorti de la clinique vétérinaire, je suis allé chez toi et tu n'as pas voulu m'ouvrir la porte.

Mar 04/12/2018 14:27 – Maman
Exact. Je n'ai pas voulu t'ouvrir, alors tu n'aurais pas dû entrer avec ta clé.

Mar 04/12/2018 14:27 – Toi
Vraiment, je ne comprends pas ce qui t'a tant contrariée pour que tu réagisses ainsi.

Mar 04/12/2018 14:28 – Maman
Tu es venu à cinq heures de l'après-midi. Ce n'était plus l'heure de manger. Je ne comprends pas à quel moment j'ai failli en tant que mère pour que tu considères que la vie d'un chien compte plus que la mienne.

Mar 04/12/2018 14:29 – Toi
Maman, s'il te plaît, ne commence pas. Je ne dis pas que la vie d'un chien est plus importante. C'est mon travail, s'il y a une urgence et si le vétérinaire doit pratiquer une opération délicate, je dois rester pour l'aider. Sérieusement, tu ne te rends pas compte que toute cette comédie n'a aucun sens ?

Mar 04/12/2018 14:41 – Maman
Tu as raison. Tu vois que je n'aurais rien dû te dire ? Ne t'inquiète pas, je ne crois pas que je vais te déranger beaucoup plus. Finalement, il semble que je ne suis qu'un obstacle dans ta vie.

Il ferme les yeux et se propose de faire cinq profondes inspirations, comme le lui a enseigné son professeur de yoga.

Il en est à peine à la troisième quand il rouvre les yeux et clique sur une icône représentant un globe terrestre à côté d'un téléphone. En quelques secondes s'ouvre une application de voix sur IP qui lui permet de passer un appel depuis un serveur en Chine. Il compose le numéro de son fils.
- Papa ! répond-il presque instantanément.
- Comment vas-tu, Dani ? Excuse-moi de ne pas t'avoir appelé plus tôt.
- Où es-tu ? En Antarctique ? Je t'entends très loin.
- Non, je suis à la maison, à Villa La Angostura, ment-il. Je suis en train de tester un programme que l'on m'a recommandé pour téléphoner gratis.
- Toujours le même rat, toi.
- Toujours, répond-il avec un orgueil feint.
- Tu sais que tu peux aussi m'appeler gratuitement avec WhatsApp, non ? Tu n'as pas besoin d'installer des applications pleines de virus.
- Je prends note pour la prochaine fois.
Quelques secondes de silence sur la ligne.
- Écoute, Dani, je viens de lire les messages. Apparemment, ça continue d'être compliqué avec maman, non ?
- Oui, bon. Je ne sais ce que je vais pouvoir te dire que tu ne saches déjà.
- Tu as parlé avec le psychiatre ?
Dani souffle avant de répondre.
- Oui, et il m'a répété les mêmes choses. Qu'on peut réessayer de l'interner à Buenos Aires, et ceci, et cela, et d'autres choses. Il m'a à nouveau laissé clairement entendre que, pour ce qui est de guérir, elle ne va pas guérir, mais qu'il y a toujours possibilité de la stabiliser et que sais-je… Le type ne va jamais me le dire, mais c'est évident qu'il a déjà baissé les bras sur le cas de maman. Et ce n'est pas plus mal.
- Ne dis pas ça.
- Tu n'as rien remarqué de bizarre dans les messages que je

t'ai renvoyés ?

- Tout.

- Tu sais de quoi je parle, papa.

- Oui, du couteau, concède-t-il.

- Comment peut-elle m'écrire sur ce qui s'est passé dimanche et ne pas mentionner ça ?

- Parce qu'elle regrette.

- Elle s'est mis la pointe d'un couteau sur la poitrine et m'a dit que si je ne sortais pas de sa maison elle allait se poignarder, papa ! Et dans ses messages, non seulement elle n'en parle pas, mais elle a le toupet de me dire que je n'aurais pas dû entrer chez elle avec mes clés. Elle regrette que dalle.

- Mon fils, dit-il d'un ton qui se veut conciliant, la dernière chose dont tu as besoin en ce moment, c'est que je me mette à blâmer ta mère et ainsi jeter un peu plus d'huile sur le feu. Ce qu'elle a fait n'a pas de nom, c'est vrai, mais tu sais bien que tout ça vient de sa maladie.

- Une maladie qui me prend toute mon énergie, à moi et à tous ceux qui sont autour d'elle.

- Oui, et bien que cela ne soit pas simple, tu dois chercher comment te protéger. Mettre un bouclier pour être le moins possible affecté.

- Par exemple, m'en aller vivre à 1200 kilomètres ? Il y a juste un petit détail, je ne peux pas divorcer d'elle.

Il ne sait pas très bien pourquoi, mais la première chose qui lui vient à l'esprit, c'est de dire que ce n'est pas un divorce mais une séparation, car il n'y a pas eu mariage. Mais immédiatement il remet les pieds sur terre et parvient à réprimer cette ânerie hors de propos.

- Si tu as besoin d'argent pour l'interner…

- De l'argent ? dit Dani en riant. Non papa. Il arrive un moment où avoir plus d'argent ne sert à rien. Entre les maisons qu'elle loue et la fortune que tu déposes chaque mois sur son compte avec ce que rapporte ton entreprise, la seule partie de la vie de maman qui va bien, c'est la partie économique.

– Alors, comment je peux t'aider, fiston ?

– Je ne sais pas. Viens à Deseado un de ces jours. Reste chez moi. Avec un peu de chance tu pourras lui parler.

– Elle ne veut même pas me voir, Dani. Pour elle je suis mort le jour où nous nous sommes séparés.

– Mais ça fait un bail, papa. J'avais dix-huit ans. Maintenant j'en ai vingt-six.

– Qu'est-ce que tu crois, que pendant tout ce temps je n'ai pas essayé de lui parler ? Mille fois je lui ai demandé que nous ayons une relation amicale, par rapport à toi, mais elle ne comprend pas.

– Elle ne comprend pas, papa ? C'est ça ton excuse ? Évidemment qu'elle ne comprend pas ! Dani crie dans le téléphone. Elle a passé toute sa vie avec une dépression que les meilleurs psychiatres de Buenos Aires n'ont pas pu soigner. C'est comme si tu disais qu'un chien ne comprend pas quand tu lui dis de manger la bouche fermée.

– Mon fils, calmons-nous. La dernière chose que je souhaite, c'est que nous nous querellions. Excuse-moi. Ce que je voulais dire, c'est que maintenant je ne sais plus comment l'aider.

– Mais je ne te demande pas de l'aider elle. Je te demande de m'aider moi. Que tu viennes et passes quelques jours avec moi.

– Pourquoi ne pas faire l'inverse ; c'est toi qui viens à La Angostura ? Cette année je ne suis pas encore sorti avec la *Selmita*. Nous pourrions aller naviguer ensemble.

– Elle me menace de se tuer quand j'arrive en retard pour manger des *empanadas*, papa. Comment veux-tu que je parte en vacances ?

Pendant quelques instants tous deux gardent le silence. À l'autre bout de la ligne, l'homme peut entendre la respiration profonde et entrecoupée de son fils. Il pourrait la reconnaître parmi des milliers d'autres : c'est la façon de respirer de Dani quand il est au bord des larmes.

Il a envie de lui dire la vérité. Lui avouer qu'il n'est pas à 1200 kilomètres, mais à 600 mètres. Il veut lui dire qu'il est dans sa maison, que dans cinq minutes il sera là et le prendra dans ses bras pour qu'il ne pleure pas seul. Mais il ne peut pas, alors il ferme les yeux, serre les dents puis parle lentement, essayant de dissimuler le nœud qui lui comprime la gorge.

- Je vais faire tout ce que je peux pour aller te voir, mon fils. Laisse-moi régler quelques affaires ici et je te préviens dès que je peux venir.

À l'autre bout, Dani relâche sa respiration, et avec elle s'échappe un bref sanglot. Il le réprime en avalant sa salive.

- Merci papa. Moi, je n'en peux plus. Elle me rend la vie impossible. Je sais que ce n'est pas de sa faute, mais parfois j'ai du mal à reconnaître ma mère dans cette femme.

- Je sais, mon fils. Je t'assure que je le sais.

Quand il raccroche, les yeux toujours fermés, il s'imagine Dani. Mais pas le Dani d'aujourd'hui ; un homme de vingt et quelques années. Non, dans sa tête apparaît un Dani de trois ans, pleurant devant la porte de la salle de bain. Sa petite main ouverte frappe le bois en appelant sa mère. Son visage, rond et doux, est teinté de confusion. Il ne comprend pas pourquoi elle ne lui répond pas, il l'a vue entrer ici l'instant d'avant.

Comment ne serait-il pas déconcerté ? Comment un gamin de trois ans irait comprendre que, de l'autre côté de cette porte, sa maman ne répond pas parce qu'elle vient de se couper les veines avec une lame de rasoir ?

CHAPITRE 5

Mardi 13 août 1991, 8:12 a.m.

Je raccrochai le téléphone au ralenti, essayant d'assimiler ce que l'on venait de me dire. Graciela séquestrée ? Comment pouvait-elle être séquestrée ? Ce genre de choses n'arrivait pas dans mon village où les gens laissaient les maisons et les voitures ouvertes avec la clé sur la serrure.

Je regardai dans la cour à travers la fenêtre. Même si le jour avait déjà dû commencer à poindre, il faisait toujours sombre. J'essayai de me calmer un peu et de réfléchir tout en ignorant la scène apocalyptique qu'il y avait de l'autre côté de la vitre.

Tout ça ne devait être qu'un malentendu. Le ravisseur m'accusait d'avoir rapporté seulement la moitié de l'argent à la police, mais moi j'avais rendu les trois millions. Le commissaire en personne avait enregistré ma déposition, je l'avais lue puis signée après m'être assuré qu'il n'y avait pas d'erreurs. En particulier, sur le montant de la somme.

Oui, il s'agissait d'un malentendu, me répétai-je. Et, bien qu'il me parût peu probable qu'un papier puisse régler quoi que ce soit avec un ravisseur, c'était la meilleure idée qui me venait à l'esprit : je devais récupérer une copie de ma déposition.

***

Je m'habillai et me protégeai les yeux avec de vieilles lunettes de natation que je trouvai dans un tiroir que nous n'avions pas ouvert depuis des mois. Je sortis par la porte de derrière, décidé à récupérer ce document.

Le patio qui séparait la maison de mon petit atelier de

soudure était recouvert d'une couche de poussière encore plus épaisse que celle du jardin. J'entrai dans l'atelier et sans même allumer la lumière, décrochai d'un clou au mur le masque avec lequel je me couvrais la bouche et le nez quand je peignais au pistolet les travaux de soudure terminés. Il me suffit de deux ou trois inspirations pour vérifier que les filtres, conçus pour arrêter les fines gouttelettes de vernis synthétique pulvérisé, filtraient aussi la poussière irritante qui recouvrait tout ce matin-là.

Je sortis de l'atelier avec le masque sur le visage et attaquai presque au pas de course les deux cents mètres qui séparaient ma maison du commissariat. À chaque pas je soulevais un nuage de poussière immédiatement dispersé par le vent. Le manteau de cendres, qui en certains endroits atteignait les dix centimètres d'épaisseur, amortissait mes pas les rendant inaudibles.

Je me maudis une fois encore pour avoir amené ma voiture chez Coco Hernández.

Je croisai à peine deux ou trois véhicules durant tout le trajet. Ils roulaient au pas, avec les essuie-glaces allumés en une tentative de déblaiement des cendres. Les conducteurs étaient penchés sur le volant, le nez collé contre le pare-brise, attentifs aux quelques mètres de visibilité devant eux.

Je croisai deux ou trois personnes, elles aussi à pied. Comme moi, elles étaient tellement couvertes qu'il était impossible de les reconnaître. L'une d'elle avait la bouche et le nez couverts d'un masque pour la peinture qui ressemblait au mien. L'autre avait un masque de plongée qui lui protégeait les yeux. Bien qu'eux aussi n'aient probablement aucune idée de qui j'étais sous mes habits poussiéreux, ils me saluèrent en levant la main.

La porte du commissariat s'ouvrait vers l'intérieur. En la poussant, je la trouvai trop lourde ; il y avait des chiffons humides sur le sol, contre le bas de la porte, pour empêcher la poussière d'entrer. Mais soit l'idée leur était venue trop tard, soit cela ne fonctionnait pas, car à l'intérieur tout était recouvert d'une couche grise, même les cheveux courts du sous-officier que je trouvais derrière le comptoir de l'entrée.

Il avait une petite radio AM allumée sur le bureau et un téléphone coincé entre son oreille et son épaule. Je ne mis pas longtemps à le reconnaître, nous l'avions croisé plusieurs fois ; sa maison et la mienne étaient dans le même quartier.

Il désigna le téléphone du doigt et me fit signe d'attendre.

- ... ne vous inquiétez pas, madame. Nous envoyons immédiatement quelqu'un pour qu'il parle avec votre voisin, dit-il à l'appareil, et il raccrocha. Puis il se tourna vers moi avec une expression de lassitude : Quelle journée, non ?

Ses paroles résonnèrent dans le commissariat désert. J'acquiesçai de la tête et lui octroyai un rapide sourire.

- Bonjour, je m'appelle Raúl Ibáñez. Je crois que nous sommes quasiment voisins.

- Oui, c'est vrai, répondit-il adoucissant un peu le ton.

- Je suis la personne qui a trouvé le coupé Fuego accidenté au kilomètre soixante-dix la semaine dernière. Celui où il y avait les dollars.

Sur le visage du policier, qui selon l'identification qu'il portait fixée sur la poitrine, se nommait José Quiroga, apparut un sourire fugace, contenu. Je supposai qu'il se demandait comment j'avais pu être assez con pour rendre tout ce fric.

- Oui, et en quoi puis-je vous aider ? se limita-t-il à dire.

- J'ai besoin d'une copie de la déposition que j'ai faite au commissaire ce jour-là.

Il resta sans voix devant ma demande. Il regarda dehors, comme s'il se demandait pourquoi j'étais sorti de chez moi pour une telle démarche.

- Nous pouvons vous faire une copie certifiée pour lundi.

- Mais jusqu'à lundi il reste...

Le téléphone m'interrompit et le sous-officier Quiroga répondit sans même me faire un geste.

- Commissariat, bonjour.

Le policier écouta durant deux secondes ce qu'on lui disait à l'autre bout de la ligne et ouvrit plusieurs fois la bouche avant de parvenir à dire un mot.

- Aujourd'hui, tout le monde a le visage couvert, monsieur. Êtes-vous sûr que les personnes qui sont entrées dans la maison de vos voisins ne sont pas, justement, vos voisins ?

Quiroga se tut durant une seconde.

- Bien, alors nous enverrons une patrouille pour nous assurer qu'il ne s'agit pas de voleurs.

- Je vous disais qu'il reste presque une semaine jusqu'à lundi, dis-je à peine avait-il raccroché. Je ne peux pas attendre aussi longtemps. Aujourd'hui, c'est mardi.

- C'est mardi et c'est le 13, répondit-il en désignant la porte du menton. Je ne compris pas s'il s'agissait d'une allusion superstitieuse ou d'une invitation à partir.

- Écoutez-moi, Quiroga. J'ai accompli mon devoir de citoyen et maintenant, la seule chose que je demande c'est une preuve écrite.

- Vous, écoutez-moi. Vous ne voyez pas ce qui se passe ? Le jour où un volcan explose au Chili, c'est le jour que vous choisissez pour aller faire une démarche administrative ?

- Un volcan ?

Quiroga acquiesça d'un geste solennel.

- Un volcan est entré en éruption au Chili et les cendres ont volé jusqu'ici.

- Au Chili ? Mais la frontière est à cinq cents kilomètres.

Le policier haussa les épaules.

- Maintenant, quand vous arrivez chez vous, allumez la radio, dit-il en montrant l'appareil sur le bureau. Vous allez tout savoir.

- J'ai besoin de ce papier. S'il vous plaît.

- Lundi, Ibáñez. Je viens de vous le dire.

- Mais je ne peux pas attendre jusqu'à lundi. J'en ai besoin maintenant. Je ne vous demande pas tant que ça, non ? Un bout de papier. Quand il recommença à parler, le ton du policier était beaucoup plus haut que celui qu'il avait utilisé jusqu'à présent.

- J'ai la ville en totale panique et nous sommes débordés. Je suis le seul administratif au commissariat. Mes collègues sont tous dans la rue pour aider. Vous comprendrez donc que je n'aie pas le temps pour, justement, un simple bout de papier.

Comme si cela avait été planifié, le téléphone sonna une fois de plus. Après avoir répondu – c'était quelqu'un dénonçant ses voisins parce qu'ils laissaient leurs enfants sortir pour jouer avec les cendres –, il raccrocha et me regarda, le visage impassible.

- J'aimerais parler avec le commissaire.
- Il est occupé.
- C'est urgent. Il faut que je lui parle.
- Il est occupé et il n'est pas dans le commissariat.

Ce téléphone de merde sonna une fois de plus. Le policier fit un geste pour répondre mais je me penchai par-dessus le comptoir, lui arrachai le téléphone de la main et raccrochai.

Quiroga me regarda, surpris. Il souffla tout en secouant la tête, se leva de sa chaise, fit le tour de la large table et se planta devant moi.

- Tournez-vous, me dit-il. Les mains contre le mur.
- Comment ?
- Je vous arrête.
- Non, non tu ne vas pas m'arrêter, bordel. En plus de ne pas faire ton travail, maintenant c'est moi que tu enfermes ? dis-je en me dirigeant vers la porte.

À peine lui avais-je tourné le dos que je sentis une vive douleur dans le poignet. Quiroga me l'avait plié derrière le dos dans un angle que je n'aurais pas cru possible. Avant que je puisse réagir, il m'aplatit le visage contre le mur et me passa les menottes.

- Du calme. C'est pour votre bien.

Le visage grimaçant de douleur, je fus sur le point de lui raconter la vérité. Mais quelque chose me disait qu'il fallait prendre au sérieux la menace du ravisseur. Si j'ouvrais la bouche, je mettais encore plus en danger Graciela.

- Je veux parler au commissaire !

- Criez autant que vous voudrez, Ibáñez. Mais il n'y a personne d'autre dans le commissariat. Comme je vous l'ai déjà dit, tous mes collègues sont dehors. Et le commissaire n'est pas là, il est en réunion avec le maire et les autres autorités. On dirait que vous êtes le seul à ne pas comprendre que nous sommes en situation d'urgence.

Je n'avais rien d'autre à faire que fermer les yeux et acquiescer.

- Je vous prie de m'excuser. Je suis très nerveux, dis-je en reprenant le vouvoiement. Je me demandais en moi-même comment j'avais pu être assez stupide pour m'énerver de la sorte. Ma femme était séquestrée, et je ne l'aidais sûrement pas en me faisant enfermer.

- Je comprends. Nous sommes tous nerveux, dit Quiroga en regardant par la fenêtre une voiture qui roulait à la vitesse d'une tortue. Mais la dernière chose dont a besoin la police en ce moment, c'est l'indiscipline.

- Encore une fois, excusez-moi.

- Excuses acceptées. Restez assis ici quelques instants, puis rentrez chez vous.

- Combien de temps ?

- Jusqu'à ce que vous vous soyez calmé.

- Je suis calme. La phrase sortit plus vite et plus fort que je l'aurais voulu.

- Restez assis un moment, se limita à répéter le policier, et il retourna de l'autre côté du bureau pour répondre à un autre appel.

***

Quiroga porta le téléphone à son oreille sans me quitter des yeux. Tandis qu'il répondait avec des phrases courtes à celui qui semblait encore être un voisin avec des problèmes, il tourna la petite radio vers moi et augmenta le volume.

Sur l'unique station de radio de Puerto Deseado résonnait un tango énergique de Piazzolla. Quand il fut sur le point de s'achever, la voix de Mario Dos Santos, l'un des rares animateurs radio de la ville, interrompit les notes de bandonéon.

Pour ceux qui viennent de se brancher sur LRI200, nous rappelons la nouvelle du jour: l'éruption du volcan Hudson, dans la région chilienne d'Aysén, est à l'origine de l'énorme nuage de cendres qui nous recouvre aujourd'hui depuis environ trois heures du matin.

Les autorités et l'Association de Défense Civile recommandent de ne pas sortir de chez soi sauf en cas d'urgence. Si vous y êtes obligés, couvrez-vous le nez et la bouche avec un masque, une écharpe ou un mouchoir. Il est aussi très important de se protéger les yeux. Vous pouvez utiliser des lunettes pour souder ou des lunettes de natation, par exemple.

De toute manière, avant de sortir prenez en compte que tous les services, absolument tous, sont interrompus. Il n'y a pas d'école, le port est fermé, ainsi que les deux banques et les quatre entreprises de pêche de notre localité.

Nous recevons beaucoup d'appels au 70231 nous interrogeant sur la toxicité des cendres et nous demandant si l'on doit s'inquiéter de la forte odeur de soufre qu'il y a dans l'atmosphère. Sur ce sujet, nous allons recevoir dans la matinée le professeur Arsenio Morelli, directeur de notre hôpital, afin de clarifier tous les doutes.

Mais nous avons en ce moment dans notre studio Hugo Giuliani, le chef de l'Association Municipale de Défense Civile.

- Hugo, merci beaucoup d'être venu jusqu'à nos studios malgré les conditions particulières.

- De rien, Mario. Bonjour à tous les auditeurs.

- *Que savons-nous du volcan Hudson ?*

- *Comme vous l'avez déjà dit, il s'agit d'un volcan chilien qui est entré en éruption hier. C'est une éruption parmi les plus violentes enregistrées en Amérique du Sud. Il se situe à environ six cents kilomètres d'ici, à la hauteur de la frontière entre notre province et la province de Chubut.*

- *Et nous avons eu la malchance que les cendres volent directement jusqu'à Puerto Deseado.*

- *Eh bien, en réalité le vent disperse les cendres en formant un nuage triangulaire qui part du volcan et va en s'élargissant à mesure qu'il avance vers l'Atlantique.*

- *Alors, nous ne sommes pas la seule agglomération touchée par cette éruption ?*

- *Bien sûr que non. Nous avons reçu des rapports de Fitz Roy, Puerto San Julián, Gobernador Gregores, Perito Moreno et Los Antiguos. Dans ces deux dernières localités, plus proches de la cordillère, la quantité et la densité des cendres sont relativement plus élevées que chez nous.*

- *C'est-à-dire que nous avons pratiquement la moitié de la province dans la même situation ?*

- *Environ un tiers. Soit quelques 80000 kilomètres carrés, ce qui représente une surface aussi grande que la province d'Entre Ríos.*

- *Incroyable. Et sur l'état des routes, que pouvez-vous nous dire ?*

- *Pour le moment nous restons sur la recommandation de ne pas se déplacer, sauf en cas d'urgence extrême. Dans beaucoup d'endroits la visibilité est quasiment nulle, et on nous signale de véritables dunes de cendres, que ce soit sur la route 281 ou sur la route 3. En plus, comme les particules sont très fines, elles pénètrent dans les filtres à air et les autres parties du moteur, pouvant entraîner des ruptures de pièces mécaniques en plein milieu du trajet.*

- *Et avec le peu de trafic qu'il y a en ce moment, se retrouver bloqué en rase campagne n'est pas une bonne idée.*

- *Exactement, Mario.*

- Sait-on combien de temps va durer ce phénomène ?
- Non. Selon des données transmises par l'université de Patagonie, il y a des exemples d'éruptions enregistrées dans d'autres parties du monde ou les cendres ont persisté dans l'atmosphère durant plusieurs mois.
- Espérons que ce ne soit pas notre cas et que ce même vent qui nous les a amenées les remporte très vite vers l'océan.
- Espérons-le.
- Hugo, notre téléphone est en train de prendre feu avec une meute de gens qui se proposent pour aider là où il y a besoin. Que peuvent faire ceux qui souhaitent donner un coup de main aux plus atteints ?
- Eh bien, la première chose est de ne pas appeler la police, ni l'hôpital, ni les pompiers pour offrir cette aide. Nous avons besoin que les lignes téléphoniques restent libres pour pouvoir répondre à toutes les urgences. Ceux qui en ont la possibilité peuvent venir à la réunion qui va se tenir ce matin à onze heures dans le musée Mario Brozoski. S'il vous plaît, déplacez-vous avec prudence et protégez-vous les voies respiratoires. Le but de cette réunion et de créer des commissions de travail afin de définir des plans d'action. Nous allons avoir besoin d'aide sur plusieurs fronts, surtout pour les travaux de nettoyage à l'hôpital, au foyer des personnes âgées et dans d'autres lieux publics.
- Qui sera présent à cette réunion ?
- Pour l'instant il n'y a rien de définitif, mais très certainement le maire, le directeur de l'hôpital, le commissaire, le chef des pompiers et, je suppose, les directeurs de chaque établissement éducatif.
- Il y aura aussi LRI200, pour couvrir la réunion afin de faire connaître les décisions à ceux qui préfèrent rester chez eux.
- Oui, s'il vous plaît, nous demandons à la communauté qu'elle prenne toutes les mesures nécessaires pour se protéger et qu'elle garde son calme. Il est aussi très important de n'acheter que les denrées dont vous avez besoin et de ne pas faire de stock. Cela ne sert à personne de provoquer la panique et la pénurie.

- Merci beaucoup d'être passé par nos studios, Hugo. Et avant de revenir à un peu de musique, nous rappelons deux conseils de la Défense Civile : premièrement, sceller avec du ruban adhésif toutes les fenêtres et les portes qui ne servent pas, afin de diminuer au maximum la pénétration des cendres dans votre domicile. Deuxièmement, mettre de l'eau à bouillir pour humidifier l'air car la poussière est très astringente. Donc maintenant, allez chercher un rouleau de ruban adhésif et une casserole.

Les premiers accords de Y *dale alegría a mi corazón*, de Fito Páez, remplacèrent la voix de Mario à la radio. J'essayai de détendre les muscles de mon dos car la tension dans les épaules faisait que les menottes m'entaillaient les poignets. J'appuyai ma tête contre le mur et, juste au moment où un vers de la chanson dit « et les ombres qui étaient là disparaîtront », je remarquai l'heure à l'horloge qui était accrochée au mur derrière Quiroga. Il était 08h44. Dans moins d'une heure le téléphone allait sonner chez moi et je devais y être pour répondre, coûte que coûte.

CHAPITRE 6

Mardi 13 août 1991, 9:46 a.m.

Quand ils me laissèrent enfin partir du commissariat, je fis le chemin de retour en courant. Tandis que sous le masque la respiration précipitée me bouchait le nez et m'empâtait la bouche, je ne pouvais penser à autre chose qu'à ce que j'allais faire pour récupérer ma déposition sans être obligé d'attendre une semaine.

J'arrivai chez moi environ un quart d'heure avant qu'ils me rappellent. Ce furent quatorze très longues minutes durant lesquelles je crus que ma tête allait exploser à force de cogiter.

Le téléphone sonna à dix heures pile.

- Allo.
- Ibáñez. Comment va notre affaire ?
- Écoute-moi. Je peux tout expliquer. Je vais t'obtenir la preuve formelle que j'ai rendu la totalité des dollars à la police.
- La moitié, Ibáñez. Tu n'as rendu que la moitié. Ce qu'on te demande, c'est l'autre million et demi.
- Je peux te prouver que c'est faux. Je vais obtenir une copie certifiée de la déposition que j'ai faite à la police. Il y est constaté que j'ai rendu les trois millions.
- Un papier ? Ah, évidemment. Aucun problème, dit-il sur un ton sarcastique. Si tu présentes un justificatif, on laisse tout tomber. Nous levons le camp et te rendons ta femme.

Nous gardâmes le silence durant quelques secondes. C'est alors que je me rendis compte que ce type ne m'avait fourni aucune indication prouvant qu'il détenait vraiment Graciela, pas plus que j'avais la certitude qu'il ne lui avait fait aucun mal.

- Comment je sais que Graciela va bien ? demandai-je.
- Du calme, Ibáñez. On la traite merveilleusement.
- Je veux lui parler.
- Tu ne me crois pas ?
- Je veux lui parler !
- C'est comme ça qu'on cause quand on a des couilles. J'espère que tu sors les mêmes griffes quand les choses se compliquent.

Le ravisseur attendit ma réaction, mais je ne dis pas un mot.

- Je conçois que tu veuilles lui parler, continua-t-il, mais, comme tu le comprendras, elle n'est pas à côté de moi.
- Alors comment je sais qu'elle va bien ?
- Pose-moi une question.
- Quoi ?
- Pose-moi une question à laquelle elle seule peut répondre.

Je réfléchis un instant.

- Demande-lui ce qui est arrivé le jour de la finale du mondial l'année dernière.
- Très bien, je te rappelle dans une heure.
- Attends.
- Oui ?
- Sérieusement, je te jure que je n'ai pas ce fric. Ce n'est qu'un malentendu, vraiment…
- Écoute, Ibáñez. Je vais être clair. Tu t'es mis tout seul dans cette embrouille en jouant au héros. Imagine que je te croie, Ibáñez. C'est hypothétique, parce que je ne te crois pas le moins du monde, mais imaginons que tu sois un bon gars et que je te croie. Ce fut ta décision de rendre le fric à la police. Si tu n'avais pas eu une attaque d'honnêteté et si tu l'avais gardé comme n'importe quelle personne normale, maintenant ce serait beaucoup plus facile de sortir de cet imbroglio, non ?
- Mais je ne l'ai pas gardé ? D'où veux-tu que je sorte un

million et demi de dollars ? Je suis infirmier, je travaille à l'hôpital...

J'entendis un clic à l'autre bout de la ligne.

Je me laissai tomber sur une chaise, le téléphone encore dans la main. Comment j'allais trouver ce fric ? Si j'additionnais mes économies, vendais ma voiture et demandais un prêt à ma banque et à toutes mes connaissances, probablement que je n'arriverais même pas à dix pour cent de la somme.

Non, je devais trouver une autre solution. Je devais convaincre les ravisseurs, coûte que coûte, que je ne les avais pas volés. Si je n'y arrivais pas, Graciela en paierait les conséquences.

Je raccrochai le téléphone et me passai une main dans les cheveux couverts de poussière. Je devais me calmer et essayer de réfléchir en gardant la tête froide. Je déambulais dans la salle à manger pendant qu'une voix à l'intérieur de moi me disait que tout était de ma faute.

En fin de compte, ça n'avait servi à rien de faire les choses correctement. J'avais renoncé à ne plus jamais avoir à travailler, à ne plus jamais manquer d'argent, pour que la justice divine me traite comme le plus grand fils de pute.

CHAPITRE 7

Mardi 13 août 1991, 10:09 a.m.

J'appuyai le nez et le front contre la vitre froide de la fenêtre. Durant un instant j'eus envie de la briser d'un coup de tête, mais je serrai les paupières et commençai à compter jusqu'à dix pour essayer de me calmer. Je les rouvris en arrivant à quatre.

Dans la cour grise, les empreintes de Graciela n'étaient plus que des marques informes dans la couche de cendres, balayées par le vent et piétinées par mes propres pas.

Comment avaient-ils fait pour l'enlever ? Comment avaient-ils réussi à la faire sortir de la maison ? Pas par la force apparemment ; son manteau n'était plus là et les traces qui s'éloignaient étaient celles d'une seule personne. Alors, pour quelle raison serait-elle sortie de sa propre volonté au milieu de la nuit ?

Ce fut à ce moment-là que je me souvins d'un épisode quatre mois auparavant et fis le rapprochement. Comment avais-je pu ne pas y penser avant ?

Je m'habillai vite fait, mis le masque et les lunettes et sortis dans le matin gris. Je parcourus précipitamment les trente mètres qui séparaient ma maison de celle de mon voisin Fermín Almeida.

En arrivant devant la vieille grille délabrée, j'ouvris le portail d'une poussée et traversai la cour. De chaque côté, des poiriers qui n'avaient pas été taillés depuis longtemps ployaient sous le poids des cendres. Sur le sol, sous le manteau gris, on devinait les contours de bouteilles et d'autres objets abandonnés.

Almeida dut m'entendre car il ouvrit la porte sans que j'aie besoin de frapper.

Il me salua en levant une main. L'autre pendait le long de sa cuisse et tenait une bouteille dans laquelle il restait à peine deux doigts de whisky. Je fus surpris de le voir buvant un Chivas plutôt que son habituel vin bon marché.

- Voisin, dit-il sans m'inviter à entrer, quand je baissai le masque qui me cachait le visage.

- Depuis quelle heure es-tu réveillé, Fermín ?

Il regarda vers le bas et leva la bouteille.

- Depuis qu'elle était pleine.

- L'heure, Fermín. Depuis quelle heure ?

- Je ne sais pas, mon petit Raúl. Trois ou quatre heures du matin. Qu'importe l'heure le jour de la fin du monde ? Nostradamus l'avait prévu, tu le savais ?

- As-tu vu si une voiture s'arrêtait devant ma maison pour que ma femme y monte ? Une Torino marron ?

- Je ne vois pas, je n'écoute pas, je ne parle pas, Raúl, répondit-il en se cachant successivement les yeux, les oreilles et la bouche avec la main qui était libre.

- Fermín, c'est important. Je ne sais pas où est Graciela.

- Elle est encore partie avec l'autre en plein milieu de la nuit ?

Je fis un pas en avant et le saisis par le col de la chemise sale qui lui couvrait le corps, me penchant un peu pour que nos yeux se trouvent à la même hauteur. Le fort relent d'alcool qui émanait de mon voisin surpassait l'odeur de soufre dans l'air ambiant.

- Comment tu sais ça, toi ?

Fermín fit une grimace moqueuse, simulant la peur. Ensuite il parla en imitant une voix féminine.

- Oh, comme j'ai peur, mon voisin va me frapper. Nous allons tous mourir et le cocu n'a rien de mieux à faire que se polir les cornes sur un pauvre vieil ivrogne.

J'ouvris les mains et lâchai sa chemise. En fin de compte, Fermín n'était en rien responsable. Si mes soupçons étaient exacts, ma femme était effectivement partie avec son ex en pleine nuit.

Pour la seconde fois.

N'importe qui à la place d'Almeida aurait pensé la même chose. Moi, en revanche, je connaissais la vérité sur ce qui s'était réellement passé il y a quatre mois.

Je fis demi-tour et le plantai là, bafouillant des moqueries et vidant sa bouteille.

***

Laissant derrière moi la maison d'Almeida, je parcourus rapidement le kilomètre et quelque qui séparait notre quartier de l'autre extrémité de l'agglomération.

Quand j'arrivai enfin à l'immeuble de trois étages dans lequel se trouvait l'appartement d'Esteban Manzano, je pris conscience de l'éclairage public, qui était toujours allumé à dix heures et demie du matin. Normalement, il devait faire grand jour depuis deux bonnes heures, mais à la place du clair azur d'une matinée d'hiver, le ciel était un épais brouillard brunâtre qui laissait à peine filtrer la lueur orangé du soleil.

La porte d'entrée était ouverte, comme toutes les portes du quartier. Dans un coin du rez-de-chaussée s'était accumulée une dune de cendres si haute qu'elle cachait la plinthe. Je grimpai les escaliers en ciment trois par trois jusqu'au palier de Manzano.

Comme tous les appartements de ce quartier, celui-ci avait deux portes en métal qui donnaient sur l'escalier : par l'une d'elle on entrait dans la salle à manger et par l'autre dans la cuisine. Je frappai à cette dernière avec le poing.

Sans trop attendre, je cognai une autre fois.

- J'arrive, grommela quelqu'un depuis l'intérieur.

Manzano m'ouvrit en caleçon. En me voyant, il plissa son visage mal réveillé sous l'effet de la surprise et consacra quelques secondes à m'observer attentivement. Puis il fit un pas en arrière et écarta le rideau de la fenêtre pour regarder dehors.

- Qu'est-ce qui se passe ? demanda-t-il les yeux braqués sur la rue.

Il se retourna en me faisant des signes pour que je lui explique ce qui arrivait. Son geste amical me surprit car nous nous haïssions à mort. Puis je me rendis compte qu'il ne m'avait pas encore reconnu.

Quand j'enlevai le masque, il recula un peu.

- Que fais-tu chez moi ? Que veux-tu ? demanda-t-il à voix basse.

Je remarquai qu'il se dépêchait de fermer la porte d'entrée. Je n'étais jamais entré dans cet appartement, mais j'en connaissais parfaitement l'agencement car c'était le même que beaucoup d'autres dans le quartier.

- Où est ma femme ? demandai-je
- Et comment je vais le savoir ? Je ne l'ai pas revue depuis quatre mois.

Je fis un pas vers lui et le poussai sur la poitrine de toutes mes forces. Il chancela en arrière, mais réussit à se cramponner à une table et conserva son équilibre.

- Encore une fois tu es venu la chercher à mon domicile en pleine nuit ?
- Quoi ? Quand ?
- Cette nuit.

Manzano me regarda sans comprendre. Quand il parla, il le fit avec des paroles rapides mais sans hausser le ton.

- Tu es paranoïaque, tu sais ? Je n'ai pas bougé d'ici de toute la nuit. Je ne sais pas quelles histoires il y a entre toi et ta femme, mais je n'ai rien à y voir. Tu m'as compris ?

À son tour Esteban Manzano me poussa et me claqua la porte au nez. Je levai le poing pour appeler à nouveau, mais il me vint alors une meilleure idée pour vérifier si l'auto, qui s'était arrêtée devant chez moi pour prendre Graciela, était ou non celle de Manzano.

Je fis demi-tour, descendis les escaliers jusqu'à la rue et courus vers la Torino marron stationnée à quelques mètres. Je nettoyai avec la main les cendres sur la fenêtre du passager, mais les vitres teintées m'empêchèrent de voir à l'intérieur. Je testai la porte, elle s'ouvrit avec un grincement abrasif, comme si quelqu'un avait graissé les charnières avec du sable. La clé était sur le contact, comme sur la majorité des voitures de Deseado à cette époque de l'année.

Je desserrai le frein à main et vérifiai que le levier de vitesse était au point mort. Je passai derrière le véhicule et le poussai pour qu'il avance de quelques centimètres.

Je me penchai pour examiner la rue à l'emplacement des roues. Chacun d'eux était recouvert d'une fine couche de poussière tassée. Cela signifiait que l'auto avait été garée ici *après* trois heures du matin, heure à laquelle les cendres avaient commencé à tomber. Donc, Manzano m'avait menti.

Pour en être sûr, je me penchai à l'intérieur de la voiture, tirai le levier qui déverrouille le capot et le soulevai pour accéder au moteur afin d'en sortir le filtre à air. Quand je l'eus entre les mains, je le tapai contre ma paume, une grande quantité de cendres se détacha des ailettes en papier.

- Eh ! Que fais-tu ? me cria Manzano depuis la porte d'entrée, et il se dirigea vers moi à grandes enjambées.

L'ex de Graciela s'arrêta à mi-chemin pour observer le ciel et tout autour de lui. Il était perplexe. Il semblait ne pas savoir ce qui était le plus inquiétant : me voir en train de démonter sa voiture ou le nuage de poussière au-dessus de nos têtes.

- Donc tu étais chez toi toute la nuit ? lui dis-je. Alors comment se fait-il qu'il y ait des cendres sous les roues et dans le filtre à air.

- Des cendres ?

- Un volcan est entré en éruption au Chili et les cendres ont volé jusqu'ici.

Avant qu'il puisse me répondre, je m'avançai et l'attrapai par le manteau qu'il avait mis par-dessus son pyjama.

- Où est ma femme ?
- Je t'ai déjà dit que je ne l'ai pas...

Manzano s'interrompit, regardant la porte ouverte de la Torino.

- Tu as avancé le siège ? me demanda-t-il en se libérant d'un geste rapide.

Sans attendre ma réponse, il s'assit dans la voiture.

- Non, lui dis-je. Je ne suis même pas monté dedans.

Manzano me montra ses genoux, tellement pliés qu'ils touchaient le bas du volant.

- Quelqu'un l'a utilisée durant la nuit, dit-il en regardant dans le rétroviseur. Le siège a été avancé, et le rétroviseur aussi a été bougé. Vérifie, toi et moi on fait à peu près la même taille.

Il descendit et m'indiqua le siège. En m'asseyant je constatai que, effectivement, il était réglé pour quelqu'un de moins grand.

- Prouve-moi qu'elle n'est pas chez toi, dis-je en descendant de la Torino.

- Arrête de déconner, Raúl. En plus de venir me faire un scandale, tu exiges...

Mais avant qu'il ait terminé, j'étais déjà en train de courir vers l'escalier.

- Non, arrête. N'entre pas, Raúl.

Je montai les marches à toute vitesse, percevant les pas de Manzano derrière moi.

J'ouvris la porte de l'appartement et me dirigeai directement vers les chambres. Dans la première je trouvai un lit vide, parfaitement fait, recouvert d'un dessus de lit rose. Il y avait des posters de Disney sur les murs, et du plafond pendait un mobile avec des fées. Il n'y avait personne.

Je mis la main sur la porte de la seconde chambre, mais Manzano arriva juste à temps pour me bloquer l'entrée. Nous luttâmes un peu mais finalement j'arrivai à tourner la poignée et tous les deux nous fîmes irruption dans la pièce quasiment dans les bras l'un de l'autre.

Lentement, une silhouette commença à bouger sous les draps sens dessus dessous d'un lit matrimonial. Il me suffit de voir le petit bras sortir de sous le drap pour comprendre que je venais de commettre une erreur. Une fillette d'environ quatre ans s'assit sur le lit et, après s'être passé les mains sur le visage, ouvrit à peine les yeux.

Quand elle me vit, elle poussa un cri de toute la force de ses poumons. Son père se dépêcha de s'asseoir à côté d'elle pour la consoler, mais elle ne me quitta pas du regard. Elle semblait avoir vu un monstre.

Je fis demi-tour et les laissai là, sans même avoir la décence de leur demander pardon.

En sortant de la chambre, le miroir au bout du couloir me renvoya mon reflet. Je vis une silhouette totalement grise avec des lunettes sur le front et un masque en plastique qui pendait autour du cou. Les larmes qui coulaient constamment de mes yeux irrités avaient formé un masque grotesque de boue marron.

Effectivement, la fille d'Esteban Manzano avait vu un monstre.

CHAPITRE 8

Mardi 13 août 1991, 11:12 a.m.

Je rentrai chez moi complétement abattu. Même s'il y avait une possibilité que la mine étonnée de Manzano ainsi que son numéro sur le réglage du siège et du rétroviseur ne soient que des tentatives pour me désorienter, quelque chose dans son attitude me disait que sa surprise était authentique.

Dans tous les cas, le plus important était de libérer Graciela, bien avant de comprendre comment ils l'avaient enlevée. Donc, deux options : convaincre les ravisseurs que je ne les avais pas volés, ou bien payer la rançon, et cette dernière solution était irréalisable. Quand j'arrivai chez moi, j'étais sûr qu'il n'y avait qu'une seule voie possible. Et je préférerais la suivre plutôt que ne rien faire. Même si le ravisseur m'avait assuré qu'elle ne me mènerait nulle part.

Du tiroir de la petite table du téléphone je sortis un annuaire avec tous les numéros des trois provinces de la Patagonie australe. Je parcourus avec le doigt les pages de Puerto Deseado jusqu'à la lettre L. Il y avait une seule ligne de téléphone au nom de Lupey dans toute la commune.

Melisa Lupey, la seule femme policière de Puerto Deseado, avait été ma camarade durant le secondaire. C'était aussi la personne à qui j'avais fait le plus de mal dans toute ma vie.

Je respirai à fond et fis les cinq chiffres du numéro de téléphone. Sa grosse voix, presque masculine, me répondit à la troisième sonnerie.

- Allo.
- Melisa ?
- Oui, qui parle ?
- C'est Raúl Ibáñez. Comment vas-tu ?

- Raúl. Qu'est-ce que tu veux ?
- J'ai une faveur à te demander, Melisa.
- Que moi je te fasse une faveur, à toi ?
- C'est important.
- J'imagine. Si ce n'était pas le cas, tu n'aurais pas le culot de m'appeler.
- C'est une question de vie ou de mort, Melisa.
- Alors va au commissariat.
- Ils vont m'envoyer balader. Ils sont débordés avec l'histoire des cendres.
- Ça a quelque chose à voir avec le fric que tu as trouvé dans l'accident ?
- Oui, les propriétaires se sont manifestés. Ils me harcèlent en m'accusant d'avoir gardé une partie de l'argent.
- Ça ne m'étonnerait pas.
- Melisa, tu sais très bien que je suis un type honnête.
- Tu es aussi la dernière personne au monde pour laquelle je mettrais les mains dans le feu.
- Tu ne vas jamais me le pardonner ? Nous avions seize ans, Melisa.

Je fermai les yeux et sentis cette oppression dans la poitrine qui apparaît avec n'importe quel souvenir quand il vous fait profondément honte. Avec la netteté d'un film, je revécus cette après-midi de printemps au cours de laquelle Melisa avait voulu que nous partions ensemble après les cours. Mon cœur avait failli s'arrêter.

Depuis le début de l'année, j'avais développé une obsession pour Melissa Lupey. En plus de m'attirer physiquement à en crever, la relation que j'avais avec elle était très différente de celle que j'avais eue avec n'importe quelle autre fille dans ma courte vie. Et je n'hésitais pas à le lui faire savoir par des allusions directes ou indirectes qu'elle accueillait toujours avec un sourire. Un sourire qui, à n'en pas douter, signifiait que j'étais sur la bonne voie.

En novembre, alors que le cours était sur le point de

s'achever, j'étais comme un ballon gonflé à bloc pouvant exploser à tout moment.

La sonnerie retentit comme tous les jours à cinq heures et demie. Nous nous éclipsâmes dans la petite pinède qui séparait le collège de l'école primaire avec laquelle nous partagions les pommes de pin. Nous nous assîmes, comme à chaque fois, épaule contre épaule sous l'un des rares pins de Puerto Deseado.

- Roli, me dit-elle en se passant une main dans les cheveux en un geste qui, je l'avais appris, traduisait chez elle la nervosité et l'inconfort, je te plais, non ? En tant que femme, je veux dire.

Je souris. Le moment d'ouvrir les vannes était enfin arrivé, je pouvais laisser sortir tout ce que je gardais à l'intérieur depuis des mois.

- Je t'adore, Melisa. Je ne peux rester plus d'une minute sans penser à toi. Certaines fois je me dis que je suis obsédé, d'autres que je suis amou...

Elle me mit un doigt sur les lèvres. Ensuite elle baissa le regard et s'éclaircit la gorge.

- Moi...moi... je ne t'aime pas. En fait, je t'aime beaucoup, mais comme un ami.

- Parce que nous sommes amis, dis-je en prenant sa main dans les miennes et en caressant les veines bleues du dos, et c'est génial. Nous aimons passer du temps ensemble. Enfin, bon, du moins moi j'aime ça.

- Moi aussi, s'empressa-t-elle d'ajouter.

- Et alors, pourquoi ne pouvons-nous pas être un peu plus ?

- Parce que tu ne m'attires pas physiquement, Roli.

J'appuyai ma tête contre le tronc, essayant d'encaisser le choc le plus dignement possible.

- Cela ne veut pas dire que tu ne sois pas un garçon adorable. De fait, je ne sais pas si tu le sais, mais tu as de nombreuses admiratrices en troisième. Pendant les récrés elles parlent de tes beaux grands yeux, de tes dents, de tes cheveux. Elles sont obsédées !

Je m'obligeai à sourire.

- Qu'est-ce qui ne te plaît pas chez moi ?
- C'est difficile à expliquer.
- Non, sérieusement. Tu me trouves laid ?
- Laid ? Non, non, je ne te trouve pas laid. Au contraire, tu es l'un des garçons les plus jolis parmi ceux que je connais.
- Melisa, tu n'as pas besoin de me mentir. Si je ne t'attire pas physiquement, c'est parce que…
- C'est parce qu'aucun homme ne m'attire physiquement.
- C'est-à-dire ? demandai-je en me mettant debout.
- Je préfère les femmes, Roli, murmura-t-elle en regardant d'un côté et de l'autre. Je crois que je suis lesbienne.

Les papillons dans mon estomac tombèrent tous, morts d'un coup, quand je compris qu'après ce que venait de me dire Melisa, il n'y avait rien que je puisse faire pour gagner son amour. Je partis en courant de toutes mes forces, la laissant derrière moi en train de crier mon nom.

Cet après-midi-là fut la première fois où je pleurais d'amour. Et en pleurant me vint une rage énorme, un désir de vengeance horrible, comme si elle avait décidé d'être lesbienne rien que pour m'emmerder.

Le jour suivant je n'eus pas de meilleure idée que de répandre son secret dans tout le collège.

Durant le peu de temps qu'il restait dans l'année scolaire, Melisa perdit toutes ses amies. Si elle discutait avec quelqu'un, immédiatement on lui criait « garçon manqué » ou encore « gouine » avec dégoût, comme si elle était la pire calamité. Une malade. Une aberration.

Peut-être est-il difficile de comprendre aujourd'hui tout le mal que je fis à Melisa. Même si l'homosexualité continue d'être un stigmate de nos jours, à Puerto Deseado, à la fin des années soixante-dix, c'était tout simplement insupportable. Dans un patelin de trois mille habitants dans lequel personne

n'avait jamais reconnu ouvertement son homosexualité, divulguer le secret de Melisa fut le coup le plus dur que je pouvais lui asséner.
- Nous avions seize ans, répétai-je.
- Oui, un âge où certaines choses peuvent te marquer à vie.
- Ça s'est passé il y a une demi-vie, Melisa. Je te jure que ça me fait mal chaque fois que j'y pense.
- Et moi, ça me fait encore plus mal, je peux te l'assurer.
- Que dois-je faire pour que tu me pardonnes ?
- Pour commencer, ne pas appeler pour me demander une faveur après treize années sans nous adresser la parole.
- Si ce n'était pas important, je ne t'aurais pas appelée. Vraiment, je crois que ces types sont dangereux. Je n'ai rien pour aller les dénoncer, mais je crains qu'ils fassent du mal à ma femme ou à moi. Je crois que la seule solution pour qu'ils me laissent en paix, c'est de récupérer la déclaration que j'ai faite au commissaire le jour où j'ai rendu l'argent.
- Va la demander au commissariat.
- J'y suis déjà allé. Mais ils me disent qu'ils ne peuvent pas avant lundi.
- Alors tu vas devoir attendre.
- Je ne peux pas attendre !
- Écoute, Raúl. C'est très simple. Si tu crois que ta vie ou celle d'un membre de ta famille est en danger, porte plainte. Sinon, attends lundi. Et si entre temps tu décides de faire une chose ou une autre, moi tu me fiches la paix.

Une fois de plus, je restai avec les mots au bord des lèvres et le téléphone collé à l'oreille écoutant le tuuuu monocorde.

Je raccrochai, les yeux fixés sur l'annuaire téléphonique resté ouvert. J'y passai un doigt qui laissa un sillon bordé de gris. Durant les quelques minutes qu'avait duré ma conversation avec Melisa, il s'était couvert de poussière.

CHAPITRE 9

Mardi 13 août 1991, 11:28 a.m.

J'avais encore les yeux perdus parmi les minuscules lettres et chiffres de l'annuaire quand la sonnerie du téléphone retentit à nouveau.
- Melisa ?
- Oui, c'est Melisa. J'ai un peu de catarrhe et c'est pour ça que j'ai une voix de camionneur.

En reconnaissant la voix d'Alejo, mon unique frère, je me forçai à rire.
- Comment vas-tu, Ale ? dis-je en essayant de dissimuler le trémolo dans ma voix.
- Et toi, Peluche ! comment ça se passe ? Tout va bien ? J'ai entendu parler des cendres.

Alejo avait deux ans de plus que moi et m'appelait Peluche depuis mon adolescence quand mon torse s'était couvert de poils noirs. Faute de père, il avait été mon conseiller sur des sujets que je n'aurais jamais osé aborder avec ma mère. Le sexe par exemple. Ou comment se raser sans se couper la gorge.

En terminant le secondaire il décida d'ignorer l'insistance de notre mère pour qu'il aille à l'université et partit à Comodoro pour chercher du travail dans l'industrie du pétrole. Et, avec ou sans études universitaires, mon frère était brillant. Dans le pétrole, il réussit vite et bien. À vingt-quatre ans il était déjà responsable de toute une zone avec une centaine de puits de pétrole. À la mort de notre mère, il était le coordonnateur de sept de ces zones. Et bien qu'elle eût le cœur rempli de fierté quand elle parlait d'Alejo, elle ne cessa jamais de remettre sur le tapis le thème de l'université.

Il y a un an, juste avant ses trente et un ans, l'entreprise pour laquelle il travaillait lui avait offert un poste de gérant des opérations. Cela signifiait qu'il avait en charge tout le matériel que l'on peut trouver sur un gisement pétrolifère. Chaque camion, chaque appareil de pompage et chaque partie de l'oléoduc seraient sous sa responsabilité. Entre les employés et les contractuels, cela représentait plus de trois cents personnes sous les ordres d'Alejo.

Évidemment, une offre comme celle-ci était le rêve d'un accro au travail comme lui, et il n'eut aucune hésitation à l'accepter. Que le gisement qu'il devrait gérer fût dans la province de Salta, à trois mille kilomètres au nord de chez lui, ne lui posa aucun problème. Pour Alejo, déménager à l'autre bout du pays était un détail.

- Oui, Ale, tout va bien, mentis-je. Au village c'est la pagaille, mais à part ça, tout est normal.

- Mais vous, vous allez bien ? insista-t-il. Toi, Graciela ?

- Oui, par chance... nous allons bien.

- Que t'arrive-t-il, Peluche ? Je te trouve bizarre.

Depuis le jour où, pour la première fois, j'ai cassé un de ses jouets puis tenté de le lui cacher, mon frère a toujours gardé un œil clinique pour détecter mes mensonges.

- Évidemment que je suis bizarre. Imagine-toi que nous ne savons pas quelles conséquences tout cela peut avoir sur la santé. Personne ne sort dans la rue, et ceux qui sortent semblent aller à une guerre chimique. À la radio, j'ai entendu que les gens faisaient des provisions comme des fous et que les prix s'envolaient.

- Tu as besoin d'argent ?

Oui, un million et demi de dollars, pensai-je.

- Non, je n'ai pas besoin d'argent.

- S'il t'arrive de manquer de quoi que ce soit, fais-moi signe, hein ? Et essayez de rester tranquille à la maison. Je ne sais pas... profitez-en avec Graciela, ça ne fait jamais de mal de se pelotonner l'un contre l'autre. Et, note ça : dans neuf mois, il va y avoir un record de naissances à Deseado. On l'appellera la génération des cendres.

- Tu ne penses jamais à autre chose ?

- Peluche, après ça, il n'y a rien d'autre. Apprécie. Profite du confinement. Tires-en le meilleur, mon frère.

Je me forçai à rire avant de lui répondre.

- Merci d'avoir appelé, Ale. Et sois tranquille tout va bien. Profite de l'air pur que vous avez.

- Ah, attends. Je peux te donner une bonne nouvelle ?

- Oui, bien sûr, dis-je faute d'excuse.

- Ils m'ont offert un travail à Punta Arenas.

- Félicitations ! Je ne savais pas qu'il y avait du pétrole là aussi.

- Énormément. En plus, là-bas l'économie et bien plus stable qu'en Argentine.

- Alors, tu vas aller au Chili ?

- J'y réfléchis. J'ai un mois pour leur donner une réponse. Le salaire est un peu plus élevé et les possibilités de promotion aussi, je crois.

- Quel est le mauvais côté ?

- Je ne sais pas. C'est un peu isolé et il y fait froid. Beaucoup plus qu'à Deseado. Mais il est certain que l'opportunité est réellement intéressante.

- Et nous serions plus proches.

Entendre le rire de mon frère à l'autre bout de la ligne fut un bon indicateur. Pour le moment, il ne se doutait pas que j'étais en train de lui mentir.

- Proches ? Punta Arenas est à mille kilomètres de Deseado.

- C'est mieux que trois mille, non ?

- C'est sûr, dit-il toujours en riant. Bon, Peluche, je te laisse parce que j'ai une réunion. S'il t'arrive de manquer d'argent ou de quoi que ce soit, préviens-moi. Sérieusement.

- Je sais, je sais ! répondis-je un peu agacé. Sois tranquille. Continue d'amasser de l'argent, il faut bien que quelqu'un dans la famille nous sorte de la pauvreté, et je ne crois pas que ce soit l'infirmier militaire reconverti dans le civil.

- Ne fais pas le modeste, nous savons tous qu'avec la soudure tu ramasses l'argent à la pelle.

- Quel imbécile tu fais.

CHAPITRE 10

Jeudi 6 décembre 2018, 11:36 a.m.

Il écarte un peu la machine à écrire et sort de la poche de son manteau un petit carnet à peine plus grand qu'une carte de crédit. Avant de venir il s'est préparé, car il sait que trouver le courage pour faire ce qu'il va faire ne sera pas facile.

Il est sur le point de l'ouvrir, mais il se persuade qu'avant il doit aller faire pipi. Il entre dans les toilettes et fait un effort pour ne pas regarder autour de lui. Il se concentre sur ce qu'il fait. Il attend devant la cuvette vide, les yeux fixés sur le dépôt de tartre qui descend le long de la paroi incurvée.

Au bout d'une minute sort un jet bref, à peine quelques gouttes rapides. Il appuie sur le bouton en plastique encastré dans le mur et une eau verdâtre jaillit pour la première fois depuis de nombreuses années.

Il revient dans la salle à manger et, maintenant, sans plus aucune excuse pour gagner du temps, il ouvre le carnet à la première page. Là, sur ce petit rectangle de papier, se trouvent tous les motifs pour lesquels il va faire ce qu'il est venu faire. C'est une espèce de catalogue qu'il prépare depuis des mois, dans lequel chaque ligne est un pourquoi.

Il balaie du regard la petite feuille jusqu'à la troisième ligne qui est l'une des rares à être soulignée. Bien qu'il n'en ait pas besoin, il la lit : 22/12/2010 e-mail.

Il cherche dans son téléphone le mail que son fils lui a envoyé à cette date, il y a huit ans. Avant de l'ouvrir pour la énième fois, il se demande ce qui est à l'origine de tout ça. À quel moment il a décidé que la seule façon d'aider Dani et sa mère était de venir à Puerto Deseado incognito et de se cacher dans une maison abandonnée ?

Comme chaque fois qu'il y pense, il finit par conclure qu'il lui est impossible de déterminer un point exact dans le temps. Il se souvient avoir lu que si l'on met une grenouille dans une marmite d'eau bouillante, l'animal saute immédiatement du récipient pour sauver sa vie. Mais si on la met d'abord dans de l'eau froide et qu'ensuite on allume le feu dessous, elle passera de nager à être ébouillantée sans s'en rendre compte.

Il se sent comme cette grenouille. Et le pire, c'est qu'il n'est pas seul dans la marmite.

Ses souvenirs remontent à vingt-sept ans en arrière, quand elle lui avait annoncé qu'ils allaient avoir un enfant. Il dirait que c'est à ce moment-là que ses pieds ont pris feu. Un feu qu'elle alimentait avec des changements d'humeur incessants, une agressivité injustifiée envers lui et une manipulation psychologique.

Durant la grossesse, les psychologues attribuèrent ces sautes d'humeur aux modifications hormonales. Durant les premiers mois de Dani, les psychiatres en rejetèrent la faute sur la dépression post-partum. Mais les années démontrèrent que la révolution hormonale, sans aucun doute réelle, n'était qu'un voile opaque masquant le véritable trou noir qui s'agrandissait à l'intérieur de sa femme.

Et il ne peut se pardonner de ne pas avoir levé ce voile à temps. Il a eu trois ans pour trouver le courage, la détermination ou le putain de truc nécessaire. Mais il n'a rien fait. Tant qu'il le put, il préféra ne pas s'investir. Jusqu'au jour où une force énorme arracha d'un coup le voile et alors il fut trop tard : lui et Dani, dont jusqu'alors le plus grand défi dans la vie avait été de quitter ses couches, se virent emportés vers l'endroit le plus sombre qu'ils ne connaîtraient jamais.

Il respire profondément et revient au téléphone qu'il fait tourner dans sa main. Cette fois, il ouvre le mail et le lit une fois de plus.

De : Dani Ibáñez dani.ibanez.vet@hotmail.com.ar
À : Raúl Ibáñez raulibanez62@yahoo.com.ar
Date : 22 décembre 2010
Objet : Mieux vaut tard que jamais

Papa,
Comment vas-tu ? bien, j'espère. Je suis de retour à Deseado après les derniers examens. J'ai de la chance, tout s'est bien passé.
Bon, je sais que dernièrement notre relation n'était pas au beau fixe. J'ai passé toute cette année en pensant que c'était de ta faute, que tu étais un sale type. Et je me suis appliqué à te le faire savoir. C'est pour cela que je t'écris, pour te demander pardon et aussi pour t'expliquer les raisons de cette distanciation.
Mets-toi à ma place : je suis parti étudier à Rosario il y a à peine dix mois en laissant à Deseado des parents qui vivaient ensemble et qui s'aimaient, du moins je le croyais. En juillet, quand je suis revenu pour les vacances d'hiver, tout cela était parti en fumée.
Je sais que je me suis mal comporté, mais je sais aussi que tu vas me comprendre. Imagine-toi comment tu aurais réagi si, en revenant chez toi, tu apprenais que tes parents se sont séparés et ne t'ont rien dit. En plus, ton père t'annonce qu'il part vivre dans la cordillère qu'il ne connaît que pour y avoir été en vacances et où il n'a ni travail ni amis.
Je reconnais que je t'ai détesté. Pas parce que tu t'es séparé de maman, mais parce que tu l'as laissée seule, abandonnée, tout en sachant qu'elle traversait une période d'instabilité.
Je me rappelle parfaitement ce que tu m'as dit avant que je retourne à Rosario : « Nous devons faire notre vie, mon fils. » Je suis parti de Deseado furieux, sans comprendre pourquoi tu parlais au pluriel, en me mettant dans le même sac que toi.
Mais durant la seconde moitié de l'année j'ai compris beaucoup de choses. Les messages manipulateurs de maman ont commencé. J'ai d'abord pensé que c'était la tristesse d'être loin de moi, jusqu'au jour où j'en ai reçu un que je ne vais jamais oublier : « Je préfère que mon fils soit éboueur et près de moi que vétérinaire mais loin de

moi. »

Je lui ai répondu en prenant soin de ne pas la heurter. J'ai essayé de lui expliquer que la médecine vétérinaire est ma vocation et que je ne veux pas passer le reste de ma vie à regretter amèrement de ne pas avoir fait ce qui me passionnait. Mais je suppose que quelqu'un dans son état est totalement insensible à ce genre d'argument.

Fin septembre, elle m'a téléphoné pour me demander de lui acheter trois flacons de Chanel N° 5, parce qu'à Deseado il était impossible d'en avoir. Je lui ai dit que ces jours-ci je ne pouvais pas car j'avais des examens, mais que la semaine prochaine je les achèterai et les lui enverrai. Tu sais ce qu'elle m'a répondu ? Qu'elle ne voulait pas être une gêne et que parfois elle se demandait si ce ne serait pas mieux de ne plus jamais me déranger. Elle m'a dit ça pour des putains de flacons de parfum !

Je me souviens que j'ai raccroché pour ne pas l'envoyer chier. J'essayai de me calmer en me disant qu'elle disait des choses qu'elle ne pensait pas. Je la rappelai immédiatement pour lui demander pardon, et le lendemain j'achetai le parfum.

Les mois suivants furent une suite d'extorsions de ce type : « Tu ne m'appelles jamais, je ne sais pas pourquoi je continue de vivre », ou « Pour la fête des mères tu m'as téléphoné en retard. Allez savoir ce qui t'a fait te souvenir que tu avais une mère. Quand je serai au cimetière n'oublie pas de m'apporter des fleurs. »

Je suis revenu à Deseado il y a deux semaines, mi-décembre. Je la trouvai assez joyeuse. Je fus même surpris de voir qu'elle avait fait un sapin de Noël. Nous avons passé quelques jours très agréables, jusqu'à ce qu'elle me demande si j'allais rester à Rosario quand j'aurai terminé mes études. Je lui ai dit que je ne savais pas, car il me restait encore pas mal de temps avant de finir. Alors elle m'a répondu que si je ne revenais pas, elle ne voyait plus aucune raison de rester en vie.

Là j'ai explosé, papa. Je te jure que j'ai essayé de me maîtriser, mais je n'ai pas pu. Je lui ai dit qu'elle arrête de m'emmerder, qu'elle ne pouvait pas me menacer de se tuer à chaque fois que je faisais quelque chose qui ne lui plaisait pas. Je lui ai demandé d'imaginer un instant comme il était difficile pour moi de mener une vie normale avec toute cette pression.

Je me suis senti mal, mais je n'ai jamais pensé qu'elle allait l'interpréter ainsi. Derrière cette rage, ce que réellement je lui demandais à grands cris, c'est qu'elle se reprenne. Mais elle a compris que je voulais qu'elle disparaisse de ma vie, et alors elle a fait ce qu'elle a fait.

Parfois je pense que c'est pour attirer l'attention, parce que personne ne va vraiment se jeter à l'eau en allant jusqu'à la plage en pyjama en pleine journée. De fait, d'après ce qu'a dit le pêcheur qui l'a secourue, il y avait au moins dix personnes en train de l'observer pendant qu'elle s'avançait dans l'eau. Mais d'un autre côté je pense que si elle ne l'avait pas voulu sérieusement, elle ne m'aurait pas laissé une lettre pour me faire ses adieux et me dire que je serais mieux sans elle.

De toute manière, je ne peux pas la laisser dans cet état. En plus, si je repars à Rosario, je sais que je ne vais pas pouvoir me concentrer sur mes études, donc je préfère rester à Deseado pour l'année qui vient. Qui sait, dans le meilleur des cas, elle pourrait s'améliorer et en 2012, je reprends la fac.

Bien, papa, tu te demanderas sûrement pourquoi je t'écris tout ça après six mois durant lesquels nous n'avons quasiment pas eu de contacts. C'est pour te dire que je te comprends. Je comprends que maman est une éponge qui absorbe l'énergie de ses proches. Je suppose que maintenant tu n'en peux plus et c'est pour ça que tu es parti vers la cordillère.

Je veux que tu saches que je ne te rends pas responsable. Au contraire, je te remercie pour m'avoir protégé durant toutes ces d'années. Maintenant j'ai envie de te le dire pour que tu puisses respirer un peu.

Je t'aime et espère de tout cœur que tu me pardonnes pour le mal que je t'ai fait cette année.

Heureuse année 2011.

Dani.

Il lutte pour que le nœud qui lui serre la gorge ne lui arrache pas de larmes. Il sait que c'est absurde car, même s'il pleure, personne n'est là pour le voir. Mais il ne veut pas pleurer. Ce qu'il veut, c'est en finir avec tout ça une fois pour toutes.

Pour son fils.

Alors revient le doute qui le ronge depuis plus de vingt ans. Ce doute qui lui a causé des centaines de nuits d'insomnie et auquel il doit son ulcère à l'estomac. Que se serait-il passé s'il avait fait les choses différemment ?

Il ferme les yeux et se concentre sur sa respiration. Il essaie de suivre les instructions de son professeur de yoga qui lui dit que quand une pensée arrive, on l'observe puis on la laisse aller pour ramener l'esprit dans le moment présent. Mais comment laisser aller une telle chose ? Comment ignorer une flèche plantée dans le cœur depuis aussi longtemps ? Il ne le sait pas, mais il essaie.

Après l'exercice de respiration, il se sent un peu mieux. Alors il se répète, une fois de plus, que ce ne fut pas de sa faute. Qu'il n'y avait aucun moyen de le voir venir. Que ni lui, ni le psychologue, et probablement pas même elle, n'auraient pu prévoir qu'un après-midi de printemps, à deux cents mètres de l'atelier où il apprenait à un de ses nouveaux employés à souder une valve d'oléoduc, elle laisserait Dani dans la salle à manger pour s'enfermer dans la salle de bain et s'ouvrir les veines.

Maintenant, après toutes ces années, il se demande si cela n'aurait pas été mieux qu'elle réussît. S'il n'était pas revenu dans la maison par hasard – pour chercher des papiers de l'entreprise –, juste à temps pour enfoncer la porte et l'emmener à l'hôpital où ils lui firent une transfusion qui lui sauva la vie.

Si elle était morte ce jour-là, la douleur aurait été extrême mais unique. Une blessure, qui avec le temps aurait laissé une cicatrice indélébile, mais pas cette plaie infectée qui suppure en permanence.

Même si ça s'était bien terminé la première fois, il n'aurait pas dû cacher à Dani que, deux ans après son retour à Puerto Deseado, sa mère avait avalé une quarantaine de comprimés avec une demi-bouteille de vodka. Pas plus qu'il n'aurait dû lui expliquer pourquoi, durant l'année où sa mère avait repris son activité de professeur dans son collège, ses camarades lui demandaient si c'était vrai qu'elle était folle.

Il n'aurait pas appris non plus, longtemps après, que le motif pour lequel sa maman ne put rester qu'une seule année n'avait rien à voir avec sa fonction de professeur. Ils l'avaient écartée de son travail suite aux plaintes des parents concernant son passé suicidaire. Des plaintes qui avaient poussé la directrice à exiger de nouveaux examens malgré l'avis favorable du psychiatre. Dani ne lui aurait pas demandé à lui, avant de terminer le primaire, pourquoi sa mère était la seule retraitée sans cheveux blancs ni rides. « Avec l'argent que papa gagne dans son entreprise, maman n'a pas besoin de travailler », c'est ce qu'il dût lui dire. Et c'était vrai. Mais ce qui aussi était vrai, c'est que maman voulait travailler, elle l'aurait fait même gratuitement, mais sa maladie ne la lâcha pas.

Et peut-être plus important que tout le reste : si elle s'était tuée quand Dani avait trois ans, les autres menaces et tentatives de suicide qui ont suivi ne feraient pas partie de leurs vies.

Il repense à la grenouille dans la marmite. Par quel mystère de la biologie, la grenouille n'a pas la lucidité nécessaire pour ne pas mourir ébouillantée. Lui, en revanche, sais très bien qu'il y a le feu sous la marmite dans laquelle ils se trouvent, son fils et lui. Et il sait que, bien qu'ils aient la peau couverte de cloques, il est encore temps qu'un des deux saute, éteigne le feu et sauve l'autre.

CHAPITRE 11

Mardi 13 août 1991, 5:56 p.m.

Durant la première journée de l'enlèvement, j'attendis un nouvel appel du type à la voix nasillarde : il ne vint jamais.

Quand la nuit arriva – ou plutôt, quand disparut la clarté grisâtre qui filtrait difficilement à travers la voûte cendrée – je me forçai à manger un peu. Sur une des étagères du frigo je trouvai une barquette orangée contenant deux hamburgers préparés la veille par Graciela. Je l'ouvris avec l'intention de les réchauffer, mais l'odeur d'ail et de viande crue me provoqua des haut-le-cœur. Je me dis qu'il me serait plus facile d'avaler quelques matés avec du pain et de la confiture.

Pendant que je mangeais sans appétit, j'appelai chez Coco Hernández pour savoir si je pouvais passer chercher ma voiture. Il me dit qu'elle était presque prête, qu'il avait vidé l'huile et qu'il ne lui restait plus qu'à changer le filtre et remettre de l'huile.

- Si c'était un jour normal, en une heure de boulot elle pourrait être prête. Mais avec toute cette poussière dans l'air il est impossible de travailler. J'ai fermé l'atelier, s'excusa-t-il.

Je raccrochai, me reprochant une fois encore de lui avoir laissé ma voiture. Comme si Coco avait quelque chose à voir avec ce qui m'arrivait.

Un peu avant minuit, je traînai le matelas de la chambre jusqu'à la salle à manger, laissant sur le sol recouvert de cendres la trace de mon passage. Je passai la nuit au pied de la petite table du téléphone en me réveillant toutes les heures. Après avoir vérifié qu'il y avait toujours la tonalité et que dehors il faisait encore nuit, je me recouchai, me tournant et me retournant mille fois avant de sombrer dans un demi-sommeil. Alors, le cycle recommençait.

L'intervalle le plus long fut le dernier. Je fermai les yeux à cinq heures et demie du matin et les rouvris à sept heures moins le quart. En me levant je jetai un coup d'œil par la fenêtre. Il ne faisait pas encore jour, mais on se rendait bien compte que la visibilité était encore pire que la veille.

À mes pieds, un détail attira mon attention. Sous le chiffon humide que j'avais mis contre la porte afin d'empêcher les cendres de s'infiltrer, dépassait le coin d'une feuille de papier. Je la ramassai en faisant attention à ne pas la déchirer. Elle était tellement sale que l'on aurait cru qu'ils l'avaient traînée dans la boue.

Immédiatement, je découvris qu'il y avait deux feuilles, quasiment collées l'une à l'autre à cause de l'humidité du chiffon. Je les séparai délicatement. L'une d'elle était la copie de la déclaration que j'avais faite au commissaire huit jours avant. L'autre, une courte note écrite à la main :

« Finalement j'ai eu un moment au commissariat et j'ai pu obtenir cette copie certifiée. J'espère qu'elle vous servira. Votre voisin. »

Je souris. José Quiroga, le policier qui m'avait menotté quand j'avais perdu les pédales, me permettait de commencer la journée du bon pied.

J'étalai la copie de ma déclaration sur une plaque du four et posai le tout sur le radiateur. Avec la chaleur, elle devrait vite sécher et je pourrais la manipuler sans risque.

Pendant que j'attendais, je me préparai un thé au lait dans la cuisine en me répétant qu'il fallait que je mange un peu. J'ouvris un paquet de gâteaux et en posai trois sur la table en me promettant de les manger bien que mon estomac fût fermé comme un poing. Perdu dans mes pensées, je mangeai les deux premiers sans m'en rendre compte. Quand j'attaquai le troisième, mes dents grincèrent d'une manière maintenant familière. Le gâteau était plein de cendres.

Je trempai le morceau restant dans le thé et essayai de l'avaler sans mâcher. Pendant que je l'écrasai entre la langue et le palais, mes yeux allaient du téléphone à la plaque du four avec la déclaration. Bien que les ravisseurs m'aient dit qu'un papier ne réglerait rien, je m'obstinais à croire que cette copie pouvait m'aider.

Mais, si elle ne me servait à rien ?

Je devais envisager cette possibilité, mais c'était comme si une voix en moi me répétait de ne pas m'inquiéter, que tout allait bien se passer. Une voix dangereuse, car elle me poussait à l'inaction.

Je poussai les restes du petit-déjeuner pour faire de la place sur la table poussiéreuse. J'ouvris le carnet dans lequel la nuit précédente j'avais noté quelle somme d'argent je pouvais récupérer en vendant tout ce que j'avais, et combien mon frère et la banque pouvaient me prêter. Comparée à un million et demi de dollars, la somme totale était douloureusement faible.

Je me levai de la chaise et allumai la radio pour tenter de me distraire.

...très important de garder son calme. Ne pas se décourager et être attentif aux recommandations qu'émettent toutes les heures la direction de l'hôpital et l'association de Défense Civile.

- Une dernière question et je vous libère, monsieur le commissaire, car j'imagine que vous êtes très occupé. Recommanderiez-vous, à qui en a la possibilité, de quitter Puerto Deseado jusqu'à ce que les choses reviennent à la normale ? Ou au moins jusqu'à ce que nous ayons plus d'informations sur l'éventuelle toxicité des cendres ?

- Non, absolument pas. Comme je l'ai dit auparavant, je pense que le plus important est de rester chez soi sans perdre son calme et de fermer hermétiquement portes et fenêtres pour garder un air propre à l'intérieur des maisons.

- Si vous permettez, commissaire, on nous a dit que vous-même avez envoyé votre femme et vos deux enfants à Comodoro Rivadavia, est-ce vrai ?

Il y eut un silence gêné et quelques bruits inintelligibles

avant que le chef de la police donne finalement sa réponse.
- *Je crois que mon cas est différent. La plus jeune de mes filles est asthmatique. C'est pour cela, qu'avec ma femme, nous avons décidé qu'elles iraient passer quelques jours chez ma belle-sœur à Comodoro.*
- *C'est-à-dire que pour ceux qui souffrent d'asthme il serait mieux de quitter la ville durant quelque temps ?*
- *Ça, il faudrait le demander au directeur de l'hôpital.*
- *Je vais le faire, commissaire. J'ai la confirmation d'une entrevue avec lui dans peu de temps.*
- *Maintenant, si vous voulez bien m'excuser, j'ai encore beaucoup de travail.*
- *Bien sûr, commissaire. Merci pour tout ce que fait la police durant cette épouvantable période qu'est en train de vivre Puerto Deseado.*
- *Merci à vous.*
- *C'était le commissaire Manuel Rivera qui nous parlait du travail de la police au cours de ces trente premières heures de cendres et aussi conseillait à la population de ne pas perdre son calme. Dans un instant, nous parlerons avec le directeur de l'hôpital des conséquences que pourrait avoir cette poussière sur la santé à court et à long terme. Une brève pause musicale et nous nous retrouvons.*

Pendant les trois minutes que dura la chanson « *No voy en tren* » de Charlie García, je jetai mille coups d'œil au téléphone, comme si le fait de le regarder augmentait la probabilité qu'il sonnât. Quand la chanson fut terminée, je me dis que si je restais ainsi, les bras croisés, j'allais devenir fou. Je me décidai donc à calfeutrer les portes et les fenêtres, comme ils n'arrêtaient pas de le conseiller à la radio.

Je collai du ruban adhésif sur les fenêtres des chambres, de la salle de bain, de la salle à manger et de la cuisine. Il y avait tellement de poussière sur le bois que je dus passer un chiffon à plusieurs reprises avant que les rubans puissent adhérer. J'obstruai aussi la porte de derrière.

Ensuite je commençai à balayer. Une montagne de poussière s'accumula rapidement devant le balai. J'ouvris la porte et la poussai dans le jardin, mais, c'était inévitable, une partie fut refoulée à l'intérieur à cause du vent.

Comme cela m'arrivait toujours avec les tâches monotones, par exemple limer les bavures d'une soudure ou passer en revue les chambres de l'hôpital à la fin de la garde de nuit, dans ma tête les idées commencèrent à s'ordonner. Tout en balayant je décidai, comme maintenant j'avais la déposition, que le mieux était de faire une nouvelle tentative pour lever le malentendu. Si les ravisseurs me croyaient, ils libéreraient Graciela et tout ce cauchemar finirait. Sinon, je n'aurais pas d'autre alternative que d'aller à la police. Et même paralysé comme l'était tout le village, si je devais aller chercher le commissaire dans sa belle maison en pierre pour qu'il m'écoute, je le ferais. J'étais persuadé que personne dans tout Puerto Deseado ne se trouvait dans une situation plus urgente que celle de Graciela.

Quand je passai le balai près du radiateur, poussant le dernier tas de cendres, je remarquai que la feuille avec ma déposition était pratiquement sèche.

En la relisant, mon sang se figea.

Le texte était presque identique à celui que j'avais dicté au commissaire. Presque, car dans la déclaration que j'avais signée, je précisais avoir rendu une valise avec trois millions de dollars. Mais d'après le papier que j'avais sous les yeux, je n'avais rendu que la moitié : un million et demi.

C'était juste impossible. J'examinai le document avec attention et m'arrêtai sur ma signature. Elle ressemblait à la mienne, mais ce n'était pas elle. Quelqu'un l'avait imitée, puis avait fait en sorte que la moitié de l'argent disparaisse.

Pas besoin d'être un génie pour comprendre que la seule personne en situation de faire ce genre de chose était le commissaire Rivera. C'était à lui que j'avais donné l'argent, et c'était lui en personne qui avait tapé ma déposition. Ce qui m'échappait, c'était si Rivera avait pu faire ça tout seul ou bien avec l'aide d'un autre membre de la police.

Seul ou avec un complice, le plus haut représentant de la loi à Puerto Deseado m'avait trompé.

Et par sa faute ma femme était séquestrée.

CHAPITRE 12

Mercredi 14 août 1991, 7:18 a.m.

Quand le téléphone sonna, je tenais toujours le papier séché.

- Ibáñez. Voyons si tu me crois maintenant, dit la voix rêche et nasillarde qui commençait à me devenir familière.

Après quelques secondes de silence, je perçus un frottement contre le micro du téléphone. Je ne pus distinguer s'il s'agissait d'un vêtement, d'une barbe ou simplement la main râpeuse de celui qui le tenait. Puis j'entendis un déclic, et un enregistrement de la voix lointaine de Graciela arriva jusqu'à moi.

- *Roli, mon amour, ne t'en fais pas je vais bien. N'oublie pas que je t'aime de tout mon cœur. Je t'aime depuis cet après-midi où nous sommes allés ensemble chez Claudio Etinsky. Le jour où nous avons perdu la finale.*

C'était la réponse à la question que j'avais posée à ma femme comme me l'avait demandé le ravisseur. Elle et moi étions les seuls à savoir qu'à cinq heures de l'après-midi, quand l'Allemagne nous avait arraché la victoire aux toutes dernières minutes de la finale du Mondial et que tout le monde autour de nous tirait la gueule, nous étions allés chez elle et avions fait l'amour pour la première fois. Depuis ce jour, Graciela et moi avons l'habitude de plaisanter en disant que perdre cette finale, c'était ce qui pouvait nous arriver de mieux. Si nous avions gagné, sûrement aurions-nous fait la fête, et peut-être que rien de tout ce qui s'est passé ensuite ne serait arrivé.

- *Raconte-lui comment on te traite.*

- *Ils me traitent très bien, Roli. Tous les deux me traitent bien*, répondit Graciela sur un ton neutre.

« Ils sont deux » enregistrai-je mentalement.

Un clic se fit entendre, annonçant la fin de l'enregistrement.

- Tu vois qu'elle va bien ? dit le ravisseur.

Je me mordis la lèvre, me demandant ce que m'aurait dit Graciela si elle avait pu parler librement.

- Maintenant revenons à notre affaire, nous avons trop tourné en rond. Rends-nous l'argent et tout sera fini.

- Écoutez-moi, vous croyez que j'ai gardé la moitié de l'argent parce que dans ma déposition il est écrit que j'ai rendu un million et demi, non ?

- Voilà, ça me plaît qu'une fois pour toutes tu reconnaisses la vérité.

- Non, non. Cette déclaration est fausse. Sur la feuille que j'ai signée, c'était bien la somme de trois millions de dollars qui était inscrite, mais le commissaire l'a remplacée par une autre déclaration dans laquelle n'est mentionnée que la moitié. Le million et demi qui manque, c'est lui qui l'a gardé.

- Autrement dit, c'est la police qui a volé le fric ?

- Oui, c'est ça.

- Mais, dis-moi une chose, quand tu as quitté le commissariat après avoir fait ta bonne action de la journée en rendant les trois millions de dollars, tu n'as pas pensé à demander une copie de ta déclaration ?

Je ne répondis pas. Je m'étais suffisamment reproché cette erreur durant les trente dernières heures.

- Je te répète ce que je t'ai dit lors de mon premier appel, Ibáñez. Nous avons Graciela et demandons un million et demi de dollars de rançon.

J'étirai le câble du téléphone au maximum pour atteindre le petit carnet dans lequel j'avais fait les comptes la veille au soir.

- Tenez, je vous offre tout ce que j'ai. Avec les prêts que je peux obtenir plus la somme que j'arriverai à réunir en vendant tout, même ma maison, j'arrive à trente-cinq mille dollars.

Je retins ma respiration. J'avais imaginé qu'il refuserait, mais pas qu'il éclaterait d'un rire si puissant qu'il se transformerait en toux.

- Ça, c'est deux pour cent de ce que tu nous dois.
- Vous pouvez aussi prendre ma voiture. Elle est assez récente. Emmenez-la chez un revendeur de pièces détachées et moi je continue de payer les traites.
- Ah ! Alors là, d'accord. Avec la voiture c'est différent. On parlerait de deux *et demi* pour cent.

Il cria le chiffre avec rage, me faisant clairement comprendre qu'il ne lui restait plus une once de patience.

- C'est tout ce que je peux obtenir. Je suis infirmier ! Combien pensez-vous que je gagne ?

Il y eut un long silence sur la ligne.

- Tu sais quoi ? Marché conclu. Tu nous donnes ce fric et nous on te rend deux et demi pour cent de ta femme. Mieux, on arrondit à trois pour cent.

J'eus la sensation que le monde se mettait en pause. Comme si dehors le vent s'était arrêté d'un coup. Comme si mes pieds se trouvaient au bord d'un précipice.

- Toi, tu penses qu'on est en train de jouer, non ? ajouta-t-il.
- S'il vous plaît, je vous le demande. Vous devez me croire.
- Cet après-midi à deux heures tu nous amènes le fric, sinon nous te livrerons de la viande froide. Deux heures pétantes. Un million et demi de dollars.

Il raccrocha.

Je serrai si fort le téléphone qu'une fissure apparut sur le plastique gris.

CHAPITRE 13

Jeudi 6 décembre 2018, 2:47 p.m.

Il pose sur la pile la page qu'il vient de taper et calcule qu'il doit y en avoir une bonne cinquantaine. Incroyable. Un instant il se laisse aller à sourire, se demandant comment il avait été assez naïf pour penser qu'il pourrait résumer toute l'histoire en une seule page.

Il regarde du coin de l'œil les feuilles encore blanches. Par chance, il en reste une bonne quantité en réserve, environ quarante, estime-t-il.

Il pense que c'est plus que suffisant.

Il pousse la machine pour faire de la place sur la table et rouvre son petit carnet. Il parcourt une fois encore la liste des motifs qu'il a d'être ici et s'arrête sur un autre, lui aussi souligné : « 20-09-2017, WhatsApp Dani ».

Il déverrouille son téléphone et cherche dans les contacts avec son fils. Mais avant de consulter les messages, il observe la photo du profil. Comme à chaque fois qu'il le voit, il lui est impossible de ne pas penser à sa mère. Ce sont des copies conformes. Dani semble ne pas avoir hérité un seul gène de lui.

Le dernier message s'affiche : « Papa, ça ne peut plus attendre. J'ai besoin que tu viennes m'aider. » Il lui suffit de faire glisser son pouce deux ou trois fois pour revenir plus d'un an en arrière, jusqu'à la date notée dans son carnet. C'est un *selfie* de Dani avec une fille, tous deux avec un sourire qui va d'une oreille à l'autre. Le texte qui accompagne la photo dit : « Papa, je te présente Paola, ma fiancée :) ». Même dans le texto son fils sourit. Et comment ferait-il pour ne pas sourire ? Paola est si jolie. À sa place, lui aussi aurait montré toutes ses dents.

À partir du jour où il a reçu ce message, chaque fois qu'il parlait au téléphone avec Dani, celui-ci n'en finissait plus de s'étendre sur les qualités de Paola. En plus d'être une très jolie fille, elle partageait avec Dani son amour pour la nature et les animaux. Elle était même végan, comme Dani. Et dans un patelin de quinze mille habitants, on avait plus de chances de gagner à la loterie que de rencontrer quelqu'un qui vous corresponde aussi parfaitement.

Il se souvient d'une conversation téléphonique quelques mois après cette photo : « Je crois que celle-ci c'est pour la vie », lui avait dit son fils.

Malgré ça, plusieurs mois après, quelque chose se brisa. Dans ses appels sporadiques, Dani commença à répondre sur Paola avec des monosyllabes qui ne voulaient rien dire. Alors il comprit, peut-être même avant Dani, que Paola ce ne serait pas pour la vie.

La deuxième entrée sur son carnet était elle aussi soulignée.

23-04-2018, WhatsApp Dani.

Il fait défiler les messages avec son pouce jusqu'à cette date, sept mois après le *selfie*. C'est une note audio. Il touche le petit triangle et la voix de son fils résonne dans l'écouteur :

« *Papa, comment vas-tu ? Je n'arrête pas de t'appeler, mais tu ne réponds pas. Tu dois être très occupé. Bon, je vais te le dire maintenant, parce que si je n'en parle pas immédiatement avec quelqu'un, je vais exploser.*

Maman dépasse les limites. À cause d'elle, aujourd'hui je me suis définitivement fâché avec Paola.

C'est un peu long, mais je veux te le raconter, car je sais que tu es la seule personne qui peut me comprendre.

À partir du moment où je lui ai présenté Paola, elle l'a traitée comme si elle était la pire des calamités. Je ne te l'ai jamais dit pour ne pas te gâcher la vie ; c'est déjà bien assez que son énergie négative affecte l'un de nous.

Pour que tu te fasses une idée : le premier jour où elles se sont vues, quand Paola lui dit que sa famille était de la province de Corrientes, maman lui a répondu qu'elle n'aimait pas les gens de là-bas. Maman disant cela, alors qu'elle-même est arrivée de Mendoza quand le village était beaucoup plus petit et certainement plus fermé aux gens de l'extérieur. Et des histoires comme celle-là, il y en a des milliers. Par exemple, quand elle a su que Paola travaillait pour la banque Almafuerte, elle lui a dit que les banquiers sont tous des voleurs.

Enfin, chaque fois qu'elle a pu lui planter un couteau dans le cœur, elle l'a fait. Rien de ce que Paola dit, cuisine, pense ou fait n'est bien. Une fois, j'étais en train d'opérer un chat et maman s'est trouvée sans antidépresseurs. J'ai demandé à Paola si elle pouvait aller lui en acheter. Elle m'a répondu qu'il n'y avait aucun problème et lui a ramené l'exact médicament : le bon dosage, la bonne quantité de comprimés, tout. Tu sais ce qu'a fait maman pour la remercier ? Elle lui a fait un scandale parce qu'elle avait acheté les médicaments dans la pharmacie du haut.

Selon elle, ce sont des voleurs et c'est pour ça qu'ils ont tout cet argent. C'est stupide, quelle que soit la façon dont tu le regardes. Premièrement, les médicaments sont les mêmes dans toutes les pharmacies du pays. Et deuxièmement, que maman, justement maman, juge quelqu'un pour sa trop bonne santé économique, c'est un comble. Je l'ai entendue mille fois se plaindre des « gens envieux » qui faisaient des commentaires blessants sur le niveau de vie qu'elle avait sans avoir besoin de travailler.

Naturellement, avec le temps Paola a commencé à me questionner, me demandant pourquoi je me laisse manipuler. Pour moi, c'est très clair : parce que c'est ma mère et qu'elle n'a personne d'autre. Mais si ça ne te parle pas, tu ne peux pas comprendre.

Le problème, c'est qu'il y a deux mois la banque lui a proposé un poste à San Martín de los Andes, et elle m'a demandé de venir avec elle. C'est une très bonne opportunité car ils l'envoient là-bas comme trésorière de la succursale.

Je lui expliquai que pour moi ce n'était pas une décision facile, car je ne pouvais pas laisser maman seule. Je pensais que ma réponse allait l'énerver et qu'elle allait me poser un ultimatum du genre « ta mère ou moi ». Mais pas du tout, tu sais ce qu'elle m'a répondu ? Qu'on l'emmène avec nous à San Martín. Avec ce que maman la déteste, pour être avec moi elle est capable de la supporter sous le même toit ! Je lui ai fait clairement comprendre que ça allait être difficile, mais j'allais essayer.

J'en parlai avec maman un soir où elle était bien, souriante et drôle. Quand je lui expliquai la situation, elle se métamorphosa et me demanda à grands cris si j'étais devenu fou. Elle me dit qu'elle ne bougerait de Deseado pour rien au monde, et encore moins avec une personne qui l'avait toujours haïe. Elle dit que Paola l'a toujours haïe ! Incroyable.

Jusque-là, on pouvait encore espérer. Mais ce qui vint après fut le summum. Cette même nuit, je téléphonai à Paola pour lui dire que si je partais de Deseado, maman se suicidait.

Évidemment, Paola comprit que je ne puisse pas laisser ma mère ainsi. Mais elle me demanda aussi que je la comprenne. On lui offrait une promotion qui la transportait dans un endroit magnifique. En outre, elle n'avait plus aucune attache à Deseado ; quand son père avait pris sa retraite, toute sa famille était repartie à Corrientes.

Que lui ai-je répondu ? Que lui a répondu ce couillon de Dani ? Que je lui souhaite ce qu'il y a de meilleur, mais que je ne peux pas la suivre.

Je viens d'aller chez elle pour lui dire au revoir. Jusqu'à aujourd'hui nous n'avions pas abordé le sujet concernant la suite de notre relation. Je lui ai promis d'aller la voir dès que je le pourrai, mais elle m'a dit qu'elle préférait que je ne vienne pas, car elle n'avait pas assez de force pour une relation à distance.

Je l'ai perdue, papa. J'ai perdu Paola pour rester avec maman.

Je me demande si un jour je vais trouver la paix. Je me fais l'effet d'être une ordure pour penser cela, mais parfois je préférerais qu'elle disparaisse de ma vie. »

Les dernières paroles de Dani sont entrecoupées par l'angoisse et les larmes. Raúl Ibáñez réprime les siennes et retourne à la machine à écrire pour continuer de raconter son histoire.

CHAPITRE 14

Mercredi 14 août 1991, 7:32 a.m.

Je marchais de long en large dans ma maison, désespéré, essayant d'assimiler que la copie de ma déposition n'allait pas me servir. Maintenant c'est sûr, la seule façon de sauver la vie de Graciela, c'était de trouver un million et demi de dollars en un peu plus de six heures. Totalement impossible.

Je perçus des coups sur la porte et mon cœur accéléra encore un peu plus. En regardant par la fenêtre, je fus surpris de voir Esteban Manzano. Il avait le nez et la bouche couverts par un masque qui à l'origine avait été blanc, ses yeux étaient protégés par des lunettes d'aviateur. Je le reconnus à ses cheveux, ils étaient sans protection et pleins de cendres.

- Que fais-tu ici à cette heure ? lui demandai-je après avoir ouvert brusquement la porte.

- Que se passe-t-il, Raúl ?

En temps normal je l'aurais mis dehors à coups de pied, mais s'il était venu chez moi un matin comme celui-ci, je supposai que c'était important. Je lui fis signe d'entrer, priant pour que le téléphone ne sonne pas pendant qu'il était là.

- Que veux-tu, Esteban ?

- Savoir ce qui se passe avec Graciela. C'était quoi exactement hier soir ?

J'essayai de cacher mon trouble, mais j'en fus incapable. Je décidai de baisser les yeux et de simuler le repentir.

- Je ne sais pas quel film je me suis fabriqué dans la tête. La jalousie m'a rendu paranoïaque et j'ai pensé que tu étais venu la chercher. Et quand j'ai vu les cendres dans le filtre à air...

- Un voisin m'a confirmé que quelqu'un a utilisé ma voiture en fin de nuit, me coupa-t-il. Il a vu la personne qui est partie avec. Tu connais le gars Siccardi ?

- Oui, celui qui travaille chez Pescasur ? C'est lui qui l'a volée ?

- Non. Siccardi est mon voisin. Il se rend à la pêcherie tous les matins à cinq heures. Avant-hier dans la nuit, quand il est sorti de chez lui à quatre heures et demie, il a vu la Torino en stationnement devant chez moi et s'est approché pour me demander si je savais ce qu'était cette terre qui tombait du ciel. Mais, avant même d'arriver à la voiture, il a vu un homme en sortir. Évidemment, ce n'était pas moi.

Manzano ouvrit grand les yeux, comme s'il était surpris par son propre récit.

- Toujours d'après Siccardi, une camionnette, moteur en marche, attendait le type. C'était un de ces véhicules carrés comme ceux que l'on utilise pour distribuer le pain, type Renault Trafic. Il pense qu'il était rouge, mais entre l'obscurité et les cendres, il n'en est pas sûr. Ah, il m'a aussi dit que le type était petit. Ce qui concorde avec la position du siège et le réglage du rétroviseur de la Torino.

L'ex de Graciela fit une pause pour me regarder droit dans les yeux. Puis il mit une main sur son cœur, comme quelqu'un qui souhaite se confier.

- Je vais aller au commissariat pour porter plainte, mais avant je voudrais te parler.

Ma première réaction fut de lui dire qu'il n'envisage même pas d'aller à la police. Mais cela impliquait que je lui raconte que la vie de ma femme, son ex, était en danger. Je décidai de plisser les lèvres et de hausser les épaules comme si cela m'était égal.

- Et toi, tu es allé au commissariat ? ajouta-t-il.

- Moi ? Pourquoi ? demandai-je avec un petit rire sarcastique, comme si c'était l'idée la plus ridicule au monde.

- Pourquoi ? protesta-t-il, et il énuméra en comptant sur ses doigts : Tu es venu chez moi en demandant après ta femme à grands cris. Tu m'as menacé en disant que mon auto et moi étions impliqués. Tu as tellement effrayé ma fille qu'elle est restée une heure à pleurer. Et maintenant, quand je te dis qu'on m'a volé la Torino cette nuit, tu me demandes pourquoi.

- Je te l'ai demandé parce qu'en réalité je n'ai rien à faire au commissariat. Graciela était sortie et elle ne rentrait pas, avec les cendres, je me suis inquiété. Mais en fin de compte, ce ne fut qu'un malentendu. Pendant un moment j'ai même pensé aller chez toi, parce que je te dois des excuses.

- Mais alors, elle est revenue ? Elle va bien ?

- Oui, elle va bien. Manzano, tu es l'ex-fiancé de Graciela. Tu sais ce que ça veut dire ex, non ? Ça signifie « c'est fini ».

- Je peux lui parler une minute ? me demanda-t-il en balayant du regard la salle à manger.

- Elle n'est pas là. Elle est allée voir si elle pouvait trouver quelques vivres. La pluie de cendres nous a surpris avec le garde-manger vide. Écoute, je reconnais que je me suis mal conduit et je te demande pardon. Vraiment. Je m'y suis mal pris, comme toi la première fois, quand tu es venu chercher ma femme en plein milieu de la nuit.

- La seule et *unique* fois. Et moi aussi je me suis excusé pour ça il y a longtemps, Raúl. Tu sais très bien que ce furent des jours très compliqués pour moi. J'étais au bord du suicide.

- Je sais, je sais. Les fameuses attaques de panique.

- Que tu ne prennes pas au sérieux mes troubles anxieux, en tant que professionnel de santé, ça me paraît…

Manzano laissa la phrase en suspens, comme s'il était incapable de trouver un adjectif adéquat. Maintenant, après plusieurs années, je comprends son indignation. À l'époque, la plupart des médecins refusaient de reconnaître la réalité clinique de l'anxiété.

- Esteban, comprends-moi. Il y a quatre mois, tu t'es présenté chez moi au milieu de la nuit en faisant ronfler le moteur de ta voiture devant la fenêtre de notre chambre jusqu'à ce que ma femme, qui a le sommeil moins lourd que moi, sorte pour t'accompagner à l'hôpital. La nuit dernière, j'ai cru qu'il s'était passé la même chose. Qui veux-tu que je suspecte ?

- Tu as *cru* qu'il s'était passé la même chose. Autrement dit tu n'étais pas sûr ?

- Imbécile, dans quelle langue veux-tu que je te le dise ? Tu n'as pas le droit de me demander une quelconque explication.

Manzano leva la main et ferma les yeux une seconde.

- Raúl, de toute évidence nous ne pouvons pas avoir une conversation d'adultes. Je suis seulement venu te dire ce que m'a raconté mon voisin, au cas où ça t'aiderait à retrouver ta femme.

- Je n'ai pas à la retrouver, vu qu'elle n'est pas perdue ! Elle est partie acheter de la nourriture. Alors si tu vas chez les flics pour dénoncer le vol de la Torino, s'il te plaît, tu nous laisses en dehors de tout ça.

J'ouvris la porte d'entrée sans me préoccuper du nuage de cendres qui pénétra dans la pièce. Esteban Manzano remit le masque, mais avant de passer le seuil il se tourna vers moi et me regarda dans les yeux. Les mots sortirent un peu amortis mais je les compris parfaitement.

- Va te faire foutre.

Je claquai la porte et m'effondrai sur une chaise de la salle à manger, essayant de digérer tout ce qu'il venait de me dire. Jusqu'à quel point pouvais-je avoir confiance en l'ex de ma femme ? N'avait-il réellement rien à voir avec tout ça ? Et si c'était le cas, avait-il avalé mes excuses et n'allait-il pas mentionner mon nom dans sa déposition ?

Si tout ce que venait de me raconter Esteban Manzano était vrai, alors ils avaient volé la Torino devant chez lui en pleine nuit et l'avaient conduite jusque chez moi. Le ronronnement du moteur avait interrompu le sommeil léger de Graciela qui, en reconnaissant le véhicule, était sortie dans la rue le plus rapidement possible pour éviter que je me réveille et fasse un scandale.

Elle avait sûrement pensé qu'il s'agissait d'une autre crise d'anxiété de Manzano. Je l'imaginai s'approchant de la voiture aux vitres teintées et ouvrant la portière sans soupçonner qu'elle ne trouverait pas son ex-fiancé derrière le volant. Mais à cet instant, il était déjà trop tard.

Cependant, je n'étais pas convaincu. Sachant que dans le patelin les commérages volaient plus vite que les cendres, il aurait été facile pour quiconque de trouver qui était l'ex-fiancé de Graciela et quelle auto il possédait. Mais comment les ravisseurs avaient-ils pu connaître un détail aussi intime, aussi précis que celui qui pousserait Graciela à sortir en entendant le moteur de la Torino ? Au bout du compte, cela n'était connu que de Manzano, Graciela et …

La réponse me frappa comme la foudre.

Je me levai de la chaise et me précipitai vers le placard. Derrière quelques bouteilles de vins gardées pour des occasions spéciales, je trouvai une bouteille couverte de poussière, un Chivas Regal 18 ans d'âge. Ils me l'avaient offerte quand j'avais quitté l'armée, mais je ne l'avais jamais ouverte car j'ai horreur du whisky.

En moins d'une minute, je mis mon manteau, le masque, les lunettes et sortis de chez moi en courant, la bouteille sous le bras.

CHAPITRE 15

Mercredi 14 août 1991, 8:01 a.m.

Je parcourus à toute vitesse les trente mètres qui séparent ma maison de celle du vieux Almeida. Quand j'arrivai au portail en bois bringuebalant, mon cœur tapait fort dans ma poitrine et mes poumons demandaient plus d'air que les filtres n'en laissaient passer.

Je traversai la cour à l'abandon pour la deuxième fois en vingt-quatre heures et frappai avec le poing sur la porte en tôle rouillée.

- Almeida, c'est Raúl.

Mon voisin ne mit pas longtemps à ouvrir. Il avait les cheveux emmêlés et collés sur les côtés du visage. De n'importe qui d'autre, j'aurais dit qu'il venait de se lever, mais avec Almeida on ne savait jamais s'il allait prendre son petit-déjeuner ou boire son cinquième verre de vin.

- Que se passe-t-il voisin ? demanda-t-il.

Je poussai des deux mains la porte entrouverte pour m'introduire dans la maison où je mettais les pieds pour la première fois. La cuisine était toute petite : une table, deux chaises et pas grand-chose d'autre. Dans un coin, sur le feu, une casserole en aluminium bosselée vibrait avec l'eau qui était en train de bouillir.

- Attends, protesta-t-il, que fais-tu ?

Je baissai le masque le laissant pendre à mon cou. L'odeur de sueur, d'alcool et de crasse me piqua le nez.

- Tu vas tout me raconter.
- Tout sur quoi, voisin ?
- Tout ce que tu as dit aux types qui sont venus t'interroger sur ma femme et sur moi.

Les yeux injectés de sang d'Almeida s'agrandirent et un

bafouillage incompréhensible précéda les mots.
- Et qui t'a dit que j'ai parlé avec quelqu'un de... ?
- La même que celle-ci.
Je sortis de sous mon manteau la bouteille de whisky et la plantai fermement sur la frêle table. Il la regarda du coin de l'œil et haussa les épaules, comme s'il ne comprenait pas une seule de mes paroles.
- Hier matin, quand ma femme a disparu, tu étais complètement soûl.
- Comme n'importe quel autre jour, dit-il en souriant.
- Non, pas comme n'importe quel autre jour. Nous sommes voisins depuis plus d'un an, et chaque fois que je passe devant ta fenêtre je te vois avec une bière ou du vin en brique. Jamais une autre boisson.
Le vieil Almeida s'assit sur une chaise en osier cassée et appuya les coudes sur la table. Ses yeux se posaient sur les miens, mais son attention déviait vers la bouteille entre nous.
- Quand je t'ai vu boire un whisky comme celui-ci, j'ai pensé que tu l'avais gardé pour une occasion spéciale. « La fin du monde », je me suis dit. Et quelle meilleure façon pour un ivrogne que de fêter la fin du monde avec de l'alcool de première qualité ?
J'observai la réaction d'Almeida face à mes paroles agressives, mais je ne remarquai rien.
- Mais la vérité, c'est qu'un ivrogne ne garde pas d'alcool pour des occasions spéciales, non ?
- Non, dit-il comme si j'attendais réellement une réponse.
- Exact. Un alcoolique prend ce qu'il a. Si hier matin tu avais une bouteille de whisky d'importation, c'est parce que tu l'avais depuis peu.
Je restai intentionnellement silencieux quelques secondes. Almeida décolla les yeux du Chivas pour observer ses pouces sales, appuyés l'un contre l'autre sur la table.
- Qui te l'a donnée ?
Il nia en secouant la tête, sans lever les yeux.

- Si je me souviens bien, c'était un Chivas de douze ans, non ? demandai-je en frappant doucement la bouteille avec un ongle.

- Oui, murmura-t-il.

- Bon, celle-ci en a dix-huit. Si tu me dis tout ce que tu sais, tu peux l'entamer sans attendre.

Je poussai un peu la bouteille vers lui et fis glisser la paume de ma main sur l'étiquette jusqu'au bouchon. Puis je l'empoignai par le goulot court et bombé, le pouce vers la table. Je lui fis faire un demi-tour, la brandissant comme une arme le cul en l'air et le bouchon dépassant de sous mon auriculaire.

- Mais si tu ne te décides pas à parler immédiatement, je te la brise sur la tête.

Almeida leva les yeux, une expression de défi dans le regard. Ses rides, ses paupières plissées et sa poitrine gonflée me disaient de ne pas le menacer. Mais il y avait quelque chose dans la façon de bouger ses pupilles vitreuses qui m'indiquait que tout cela n'était qu'une attitude pour sauver son honneur.

Après plusieurs respirations bruyantes, il leva la main vers la bouteille, la poussant doucement vers le bas pour me faire comprendre que je n'avais pas besoin de le menacer.

- La première fois que je les ai vus c'était le dimanche, deux jours avant les cendres, dit-il après avoir allumé une cigarette. Je me levai avec une horrible gueule de bois. Je décidai d'aller à l'épicerie acheter un peu de vin, mais je trouvai deux bouteilles de Cabernet posées sur les marches.

Almeida montra la porte rouillée.

- Vers six heures et demie de l'après-midi, quand il commençait à faire nuit, deux types se pointèrent chez moi avec deux autres bouteilles. Je venais juste de finir la deuxième de celles qu'ils m'avaient laissées le matin même. Ils m'ont dit qu'ils étaient détectives privés et qu'ils voulaient me demander des renseignements sur les voisins du quartier.

- Physiquement, ils étaient comment ?

- L'un d'entre eux était corpulent, musclé et un peu ventru, il portait de grosses lunettes et une moustache, dit-il en touchant les poils jaunis par la nicotine au-dessus de sa lèvre supérieure.

- Et l'autre ?

- Maigre et petit, tout au plus un mètre soixante. Il parlait bizarrement, comme s'il était enrhumé.

Maigre et petit, répétai-je mentalement. Comme le voleur de la Torino de Manzano. Et enroué, comme le ravisseur de ma femme.

- Et que leur as-tu dit ?

- Je les ai fait entrer pour savoir ce qu'ils voulaient. De toute façon, je n'avais rien à perdre. Nous nous sommes assis et j'ai tout simplement ouvert une bouteille de vin.

Il accompagna sa phrase d'un coup sur la table du plat de la main, projetant des cendres dans toutes les directions.

- Que leur as-tu dit sur nous ?

Almeida passa sa main crasseuse sur son visage et dans ses cheveux. Une fine mèche grasse s'inséra dans une des rides profondes qui barraient son front.

- Tu l'as retrouvée ?

- Non, et c'est pour ça que je suis là.

- Tu penses que ces types ont quelque chose à voir avec la disparition de ta femme?

- Je ne vais pas le savoir tant que tu ne m'auras pas dit ce que tu leur as raconté.

- Ils m'ont posé pas mal de questions sur vous deux. Même moi, bourré comme je l'étais, j'ai compris que ces soi-disant renseignements sur les voisins n'étaient qu'un écran de fumée. C'était vous qui les intéressiez.

- Que voulaient-ils savoir exactement ?

- Où vous travailliez, les horaires... ce genre de choses, répondit-il en baissant la tête pour examiner ses mains. La cigarette tremblait entre ses doigts.

- Quoi d'autre ? Que me caches-tu, Fermín ?

- À un moment, le maigrichon a sorti une bouteille de Chivas, dit-il en montrant celle que j'avais amenée. Il m'a dit que tout le monde connaissait au moins un secret sur ses voisins.

- Que leur as-tu dit ?

Silence. Almeida secoua la tête et commença à dessiner dans la couche de cendres sur la table avec un doigt tremblotant.

- Dis-moi ce que tu leur as raconté ! m'écriai-je en donnant un coup de poing sur la table, qui faillit faire tomber la bouteille.

Mon voisin rentra la tête dans les épaules en un acte réflexe et leva les avant-bras devant son visage.

- S'il te plaît, Raúl, ne me frappe pas. Regarde-moi, regarde ce que je suis devenu.

Il avait raison, je ne pouvais pas frapper cet homme. Fermín Almeida était déjà suffisamment puni par la vie qu'il subissait chaque jour.

- Alors, parle, criai-je.

- Je leur ai raconté qu'un matin, très tôt, la Torino de l'ex de Graciela s'était arrêtée devant chez toi et qu'elle y était montée. Et j'ai aussi dit qu'elle était revenue deux heures plus tard, quand il faisait encore nuit.

Cela confirmait mes soupçons sur la méthode qu'ils avaient employée pour enlever ma femme sans que personne ne s'en rende compte. Ils avaient volé la Torino de Manzano et, en entendant le moteur, elle était sortie aider la pauvre âme en peine avec ses attaques de panique.

- Je n'ai rien dit de plus, je te le jure.

- Ça te semble peu ? lui reprochai-je en me levant.

Pendant que je refermais mon manteau, je lui posai une dernière question :

- Quand ils sont venus te voir, tu te rappelles quel véhicule ils avaient ?

- Oui, une camionnette rouge, celles qui sont plus ou moins carrées.
- Un Trafic ?
- Oui, je crois.

Un autre détail qui concordait avec ce qu'avait soi-disant raconté le voisin de Manzano : un type de petite taille montant dans un Trafic rouge.

Je replaçai le masque sur mon visage, signifiant que pour moi la conversation était terminée.

- Remporte-la. Je n'en veux pas, ajouta-t-il en désignant la bouteille de Chivas sur la table.

J'acquiesçai et attrapai le whisky, disposé à partir sans le saluer.

- Raúl, dit-il alors que j'étais sur le point d'ouvrir la porte.

Maintenant arrivait le moment où il me demandait pardon et, pire encore, se mettait à pleurer. J'ouvris la porte et une rafale de vent me frappa de plein fouet.

- Raúl, insista-t-il.

En me retournant, je le trouvai à moins d'un mètre de moi.

- C'est mieux si tu me la laisses, dit-il en mettant une main sur la bouteille. Elle va me servir.

CHAPITRE 16

Mercredi 14 août 1991, 8:26 a.m.

- *Nous continuons avec cette édition spéciale de LRI200, apportant chaque minute des nouvelles sur le phénomène totalement extraordinaire que nous sommes en train de vivre.*
- *Exactement, Estela, intervint une autre voix féminine. C'est un épisode qui restera dans l'histoire de notre village et de notre province. Et en parlant de province, nous sommes en communication téléphonique directe avec don Luis Franco, député national pour Santa Cruz. Bonjour, monsieur le député.*

Un homme à la voix grave salua les auditeurs et entama un long discours assurant que lui, depuis Buenos Aires, faisait son possible pour envoyer de l'aide aux habitants de sa province.

- *Que pouvez-vous nous dire à propos des rumeurs selon lesquelles les pharmacies des localités touchées par le nuage ont considérablement augmenté le prix des masques et des antihistaminiques ?*
- *C'est une attitude regrettable, bien que je constate qu'il y a aussi des commerçants honnêtes qui se comportent convenablement. D'autre part, dans le cas particulier de Puerto Deseado, je sais que la municipalité a transmis des recommandations aux pharmacies, aux supermarchés et aux petits magasins leur demandant de maintenir des prix stables et de ne pas stocker de marchandises par pure spéculation.*
- *Effectivement. Comme nous l'expliquions il y a un instant à nos auditeurs, ceci fut l'un des nombreux sujets traités hier durant la réunion des autorités au musée Mario Brozoski. De fait, nous le répétons, il a été décidé que durant le reste de la semaine ces réunions se tiendront tous les matins à onze heures dans le musée. Évidemment, LRI200 couvrira chacune d'elles. Mais pour en*

revenir à celle d'hier, il y a aussi eu une discussion sur la nécessité d'expliquer aux gens qu'il est important de n'acheter que ce dont ils ont besoin et de ne pas faire de réserves. Quelle est votre position sur le sujet, monsieur le député ?
- Je suis entièrement d'accord. Outre la spéculation des marchands, l'autre grande cause de pénurie durant les catastrophes naturelles est l'achat irréfléchi « au cas où ». C'est pour cela que, comme nous demandons aux commerçants de respecter la loi, nous appelons l'ensemble des citoyens à n'acheter que...

Plusieurs coups rapides et forts à ma porte me firent éteindre la radio. C'était les coups de quelqu'un habitué à frapper pour qu'on lui ouvre immédiatement.

- Qui est-ce ?
- Melisa.

En ouvrant la porte je trouvai Melisa Lupey, ma camarade du secondaire, vêtue d'un uniforme de policier plus gris que bleu.

- Entre.

En une fraction de seconde j'entamai et avortai une accolade, une poignée de main et une tape dans le dos. Finalement je l'embrassai sur la joue.

- Comment vas-tu ? Un peu la révolution dans le patelin avec l'histoire des cendres ? demandai-je, pour rompre la glace.

- Un peu ? Tout est sens dessus dessous.
- J'imagine. Beaucoup de vols ?
- Non, pas tant que ça. Surtout des gens qui ont peur et quelques troubles dans les commerces à cause des prix qui explosent. Ou ils disent qu'il n'y a plus de marchandises, alors qu'ils les gardent pour les vendre plus cher après.

- Oui, justement ils étaient en train d'en parler à la radio. C'est ce qui nous manquait : une hyperinflation dans l'hyperinflation.

Melisa acquiesça de la tête, mais n'ajouta rien. Le silence inconfortable qui s'installa nous laissa clairement comprendre que le temps où nous discutions de choses et d'autres était révolu.

- Écoute, Melisa, avant tout je veux te demander pardon pour la manière dont je t'ai traitée.

Melisa Lupey leva une main pour m'arrêter avant que je puisse en dire plus.

- Cela s'est passé il y a de nombreuses années. Ni toi ni moi n'étions les personnes que nous sommes aujourd'hui.

- Mais…

- Si tu t'es comporté comme un fils de pute ? Oui, tu t'es comporté comme un fils de pute. Si tu m'as fait passer des moments de merde ? Ça aussi. Si j'ai souffert durant des années des conséquences de tes actes ? Aussi. Et si aujourd'hui je te demande si tu le referais, j'espère que la réponse serait non.

- Il y a des choses que tu fais quand tu es jeune et qui te font honte toute la vie. Ce que tu as subi à cause de moi est, sans aucun doute, ce que j'ai fait de plus moche. Et je m'en suis repenti mille fois, je te le jure.

Melisa Lupey regarda la pendule.

- Je dois reprendre le travail dans vingt minutes. Et avec la révolution qu'il y a au commissariat, je ne peux pas arriver en retard.

- Alors, tu me pardonnes ?

Pour toute réponse, elle sortit d'une poche de son uniforme un papier plié et me le tendit. C'était une copie de ma déposition, la même que m'avait procurée José Quiroga, avec l'imitation de ma signature et la moitié de la somme mentionnée.

- Merci beaucoup, Melisa, dis-je, évitant de lui dire que j'avais déjà ce papier et qu'il ne me servait à rien.

Je fus assez surpris par son changement d'attitude. Après m'avoir traité comme la pire des ordures quand je l'avais appelée au téléphone, elle venait chez moi pour me pardonner et me rendre un service. Pourquoi ?

- De rien. Quand nous avons parlé au téléphone, tu as dit que la bande à Eulalia Contreras te mettait la pression.
- Eulalia Contreras ?
- C'est le nom de la femme que tu as trouvée morte.

Bien que le jour de l'accident le commissaire m'ait dit qu'il garderait secret le nom de la victime une heure, neuf jours s'étaient écoulés et je l'entendais pour la première fois. Ils ne l'avaient pas mentionné à la radio ni dans le journal local. Maintenant, je me demandais si garder secrète l'identité d'Eulalia Contreras avait quelque chose à voir avec la falsification de ma déclaration par le commissaire.

- Ils ont enquêté sur les activités de cette femme ?
- Tu n'as pas d'idées ?
- J'ai quelques théories : Le jeu, la prostitution, la drogue.
- Cocaïne.

Je mis un moment à réagir. Bien sûr j'y avais déjà pensé, mais la confirmation que les ravisseurs de ma femme travaillaient pour des narcotrafiquants m'hérissa les poils.

- Et que faisait cette femme pour quitter Deseado avec autant d'argent ?
- *Puerto* Deseado, précisa-t-elle, en insistant sur le premier mot.
- Le fric est arrivé en bateau ?
- Oui, et la marchandise sort de la même façon.
- Et la police le sait ?
- Ça fait des années que nous avons des soupçons. La plupart des bateaux de pêche appartiennent à des entreprises espagnoles.
- Je croyais que ces bateaux ne quittaient pas le golfe de San Jorge.
- Ceux qui pêchent n'en sortent pas, mais les bateaux frigorifiques qui transportent les produits congelés pour l'Espagne, si. Tu les as sûrement vus dans le port. Ce sont de gros cargos blancs avec deux ou trois énormes grues au-dessus de la cale.

J'acquiesçai. Je m'en rappelais parfaitement. C'était la seule raison pour laquelle je connaissais les rectangles et les étoiles du drapeau panaméen. Tous ces bateaux avec un équipage composé d'Espagnols et de Philippins, transportant le poisson vers l'Espagne, arboraient la bannière d'un pays d'Amérique Centrale.

- Quand nous avons parlé au téléphone tu m'as dit qu'ils te harcelaient, insista Melisa. Ils t'ont menacé ?

- Non, ils ne sont pas allés jusque-là. J'ai peut-être un peu exagéré en utilisant le terme « harceler ». En réalité un type m'a téléphoné pour me poser des questions sur le fric. Je lui ai dit la vérité ; c'était la police qui l'avait. Il a insisté jusqu'à devenir plutôt pénible ; j'ai eu peur, et c'est pour ça que je t'ai appelée. Mais maintenant, la tête froide, je me rends compte que ce n'est pas grand-chose.

– Après cet appel, ils ont repris contact avec toi ou ta femme ?

- Non, mentis-je en haussant les épaules. Ça veut dire qu'il a fini par me croire. C'est pour cette raison que je pense m'être un peu précipité pour t'appeler.

- S'il te rappelle, coupe immédiatement, Raúl. Tu dois absolument rester à l'écart de ces gens-là. Ils ont beaucoup de contacts, même ici. Ça fait deux ans qu'ils sortent la drogue de Puerto Deseado.

- Et en deux ans, personne ne les a arrêtés ?

Melisa Lupey eut du mal à dissimuler son sourire. C'était le sourire d'un père qui doit expliquer à son fils la vérité sur le Père Noël.

- Raúl, la guerre contre les narcotrafiquants est trop importante pour nous autres les policiers de province. Tout ce que l'on peut faire, c'est observer, prendre des notes et collaborer avec la Police Fédérale. Mais ils sont les seuls à pouvoir agir.

- Et pourquoi ne le font-ils pas ?

- Parce qu'un narcotrafiquant a beaucoup d'argent et peut

acheter les juges, les policiers, les avocats et tout ce qui se présente.

- Mais il y a bien quelqu'un d'honnête, non ?

- Bien sûr, mais ce n'est pas facile de gagner la partie quand certains dans ton équipe jouent pour le camp adverse. En plus, ce ne sont pas les premiers venus. Les frères Contreras sont les narcotrafiquants qui brassent le plus d'argent en Patagonie.

- Ils sont dangereux ?

Melisa acquiesça énergiquement de la tête.

- Assez, bien qu'ils ne soient quand même pas des Pablo Escobar. Depuis l'Argentine s'exporte une quantité relativement faible de cocaïne. C'est une drogue qui, en général, va d'Amérique du Sud vers les États-Unis, et les Yanquis sont loin de nous. Par contre avec les lignes maritimes directes vers la Galice, nous sommes les fournisseurs numéro un de l'Espagne. Disons que si Pablo Escobar est le propriétaire d'une chaîne de supermarchés, les frères Contreras ont un petit kiosque de quartier. Mais tous les ans ce petit kiosque génère des millions de dollars.

- Et combien de frères sont-ils ?

- Trois en comptant Eulalia, celle que tu as trouvée morte. Eulalia avait quarante-cinq ans, les deux autres, Jacinto et Frederico, sont un peu plus jeunes.

- Comment sont-ils physiquement ?

- Pourquoi veux-tu savoir ça ? demanda-t-elle en fronçant les sourcils.

- C'est vrai, ça n'a pas d'importance, dis-je en rejetant ma question d'un geste de la main.

- Le plus jeune est costaud, évidemment il va au gymnase. Il porte des lunettes épaisses et en général une moustache. L'autre est moins costaud et plus petit. Il est né avec un bec de lièvre qu'ils ont opéré quand il était bébé. Il a une cicatrice qui va de la lèvre au nez et parle comme s'il avait un gros rhume.

La description de Melisa Lupey était identique à celle de

Fermín Almeida. Autrement dit, les ravisseurs de Graciela ne travaillaient pas pour des poids lourds du trafic de drogue. Ceux qui détenaient Graciela *étaient* les poids lourds.

- Ils sont originaires de la Patagonie ?

- Non, de la province de Buenos Aires. Prétendument fournisseurs de céréales. Ils font du transport et du stockage de grains, ils ont même quelques champs. Mais tout le monde sait qu'ils ne viennent pas d'une famille d'agriculteurs. Ils ont débuté en vendant de la drogue du côté d'Ezeira, et avec le temps ils se sont spécialisés dans l'exportation. Plus de fric et moins de risques. Si une opération foire, comme cette fois, tu perds beaucoup. Mais, si tout se passe bien, tu ramasses une fortune.

Melisa fit une pause et j'en profitai pour lui demander si elle voulait un café ou un maté, elle me répondit qu'elle était sur le point de partir.

- Les trois dirigent…, enfin, dirigeaient toutes les opérations. Pour ce que l'on en sait, c'est un groupe indépendant, très fermé, qui ne rend de compte à personne. Ils ont acheté beaucoup de monde, c'est sûr, mais la bande en elle-même, c'est eux trois, personne d'autre. Tu te rends compte qu'Eulalia a parcouru deux mille kilomètres en voiture pour venir chercher le fric en personne.

Oui, pensai-je, et ses frères aussi sont venus en personne pour enlever ma femme.

- Et vous, comment en savez-vous autant sur eux ? demandai-je.

- Autant, autant ! nous n'en savons pas tant que ça. Nous avons toujours soupçonné que la drogue sortait par Puerto Deseado, mais jusqu'à présent nous n'avions pris personne la main dans le sac. Nous savions que les frères Contreras étaient venus plusieurs fois à Puerto Deseado, mais c'est du circonstanciel. En revanche, ce que tu as fait, Raúl, nous permet d'avancer d'un grand pas dans nos investigations.

- Je ne comprends pas.

- Grâce à toi, nous savons que les paiements se font en liquide, en dollars et à Puerto Deseado. Si tu n'avais pas rendu cette fortune à la police, aujourd'hui nous n'aurions pas cette information. Tu peux être fier, peu de gens à ta place auraient fait la même chose.

- Je le sais bien.

- S'ils te recontactent, tu me préviens. Ou directement le commissaire. Mais ne fais rien pour ton propre compte, ces types sont très, très durs. Ils ont énormément d'argent et peuvent avoir acheté même ceux à qui on pense le moins. Tu peux me faire confiance, au commissaire aussi, mais méfie-toi des autres.

Je lui promis d'en tenir compte et nous nous séparâmes avec un baiser sur la joue. Melisa Lupey était sur le point d'ouvrir la porte pour sortir de chez moi quand elle se retourna.

- Ta femme va bien ?

- Graciela ?

- Je suppose que tu n'en as pas d'autre, dit-elle en riant. Comment va-t-elle ?

- Bien, très bien. Elle dort. Elle travaille très tard, fut la première réponse qui me vint à l'esprit.

- Mais, elle n'est pas enseignante à l'école pour adultes ? Les cours sont suspendus depuis hier à la première heure.

Mon pied dessina un gribouillis dans la couche de cendres sur les dalles de la salle à manger. Mes neurones fonctionnaient à mille par heure.

- Oui, bien sûr, hier soir elle n'a pas travaillé, mais elle continue avec le rythme de se coucher et de se lever tard. Je désignai la chambre avec le pouce et continuai à voix basse. Celle-là, même une catastrophe naturelle ne la perturbe pas dans son sommeil.

Melisa sourit et moi je respirai. Elle me croyait. Nous nous saluâmes pour la seconde fois et elle quitta mon domicile.

Pendant que je fermais la porte derrière elle, une de ses phrases me tournait dans la tête : « Tu peux me faire confiance, au commissaire aussi ». Justement le commissaire, qui avait falsifié ma déposition pour se garder un million et demi de dollars, était la dernière personne en qui je pouvais avoir confiance. Et comme je ne savais pas si un complice l'avait aidé, le plus sûr était de ne faire confiance à personne.

Je me demandai ce qui se passerait quand Rivera apprendrait que j'avais une copie de la déposition et, par conséquent, savais ce qu'il avait fait. Me proposerait-il une partie de l'argent pour acheter mon silence ? Essaierait-il de se blanchir ? Ou prendrait-il une décision plus radicale ? La seule conclusion à laquelle je pus aboutir était que, quoi qu'il arrive, il n'y avait rien que je puisse faire à ce sujet. Le mieux était de centrer mon énergie sur la récupération de Graciela. Peut-être même que j'avais de la chance et que le chaos provoqué par la pluie de cendres maintiendrait le commissaire trop occupé pour s'apercevoir que j'avais récupéré ce papier.

Je pensai à l'énorme différence qu'il pouvait y avoir entre la nature véritable d'une personne et l'image qu'elle renvoyait dans une petite communauté comme la nôtre. À Puerto Deseado, le respecté commissaire Manuel Rivera avait acquis une réputation irréprochable dans et hors le commissariat sur la base d'une trajectoire immaculée. Il était toujours à pied d'œuvre, prêt à tout donner pour les autres, sans tenir compte du prix à payer. S'il devait rester seul chez lui pour servir la population en pleine tempête de cendres alors que l'asthme de sa fille l'obligeait à se séparer de sa famille, il le faisait.

Alors, j'eus une idée.

***

Assis sur le lit défait, du côté où dormait Graciela, j'ouvris le tiroir de la table de nuit et ne mis pas longtemps à trouver

la petite boîte blanche en carton sur laquelle on lisait :
« Valium - Diazepam 10 mg ».

Dans le blister je ne trouvai que quatre comprimés bleus. Je projetai d'aller en acheter d'autres dans une des deux pharmacies du bourg, mais je changeai d'avis en les imaginant bondées de gens cherchant à se procurer des masques et des antihistaminiques.

Quatre comprimés seraient suffisants, du moins j'essayai de m'en convaincre.

Je revins à la cuisine, avec une cuillère j'écrasai les comprimés jusqu'à obtenir une fine poudre bleue. Je sortis du réfrigérateur le Tupperware contenant les restes du hamburger de la veille, les saupoudrai avec le valium en poudre et mélangeai le tout avec une fourchette.

CHAPITRE 17

Mercredi 14 août 1991, 11:10 a.m.

À onze heures dix, quand je fus sûr que la réunion au musée avait commencé, je me couvris le visage avec le masque pour la peinture, et les cheveux avec un bonnet. Un coup d'œil rapide au miroir me confirma que je n'étais pas reconnaissable, comme toute personne marchant dans la rue ce jour-là.

Je sortis de chez moi avec le sac à dos sur les épaules, les mains dans les poches et la démarche empressée. Le vent contraire faisait crépiter les particules de cendre sur le plastique qui me protégeait le visage.

Bien que la maison du commissaire fût à peine à deux cents mètres de la mienne, j'en parcourus plus du double. Je pris la direction opposée, pour m'approcher du musée Mario Brozoski. Depuis les voies de chemin de fer abandonnées je pus apercevoir sa Renault 12 rouge garée parmi d'autres véhicules. Bon, rouge c'est vraiment une façon de parler, car une matinée comme celle-ci, toutes les voitures étaient brunes. On distinguait à peine la différence de couleur avec la Falcon bleue du maire ou la Sierra blanche du directeur de l'hôpital, stationnées de chaque côté.

Maintenant j'étais sûr que Rivera n'était pas chez lui. Je fis demi-tour et me laissai pousser par le vent favorable.

***

Les cendres avaient aussi dérobé sa couleur rougeâtre à la façade de la maison du commissaire. Il y avait peu de demeures comme celle-ci à Puerto Deseado : datant du début du siècle, construite avec les blocs d'une roche volcanique qui se trouvait là depuis des millions d'années, quand la Patagonie était une forêt chaude et humide. J'avais eu la chance de galoper durant toute mon enfance dans une maison similaire, pas très loin d'ici, où avaient vécu mes grands-parents.

Le fonctionnement du cerveau humain est surprenant ; à cet instant, en pleine tempête de cendres et sur le point de commettre un délit qui pouvait m'attirer de graves problèmes, le vent sembla se calmer et il me vint à l'esprit un souvenir des plus agréables. Je pus sentir mes pas et ceux de mon frère résonnant sur les lattes de bois recouvrant le sous-sol de la maison de mes grands-parents quand nous courions nous cacher dans les nombreux recoins.

Je revins à la réalité quand je tournai la poignée du portail et qu'il refusa de s'ouvrir. Cela retint mon attention, car personne à Deseado ne fermait à clé le portail de sa cour. Et encore moins le commissaire.

Après m'être assuré qu'il n'y avait personne dans les trente mètres à la ronde que les cendres me permettaient de distinguer, je grimpai sur le compteur de gaz, sautai par-dessus la grille et fis le tour de la maison.

Comme dans toutes les maisons anciennes de la ville, la porte de derrière avait une fenêtre dans la moitié supérieure pour observer le jardin. Un jardin, c'est sûr, typique de la zone : des pieds de groseilles tout autour et trois énormes poiriers au centre qui, à en juger par la vitesse de tortue à laquelle croît la végétation en Patagonie, étaient là depuis plusieurs générations.

Je supposai que la porte donnait sur la cuisine ou la buanderie, mais un rideau à fleurs m'empêchait de voir à l'intérieur. Je frappai doucement et dans les secondes qui suivirent, des aboiements rauques arrivèrent suivis de grattements sur le bois.

Je brisai la vitre avec un balai que je trouvai appuyé contre un petit appentis en planches. Les aboiements redoublèrent et entre les morceaux de verre coupants qui restaient attachés au cadre de la fenêtre apparurent deux pattes poilues et un long museau rempli de dents. C'était un magnifique berger allemand que j'avais vu plusieurs fois avec son maître se promener sur la plage en face de l'hôpital.

Je sortis le Tupperware du sac à dos et jetai la boule de viande hachée dans la pièce, mais le chien ne bougea pas et continua d'aboyer. C'était normal. À l'hôpital, j'avais de nombreuses fois amené à manger à des patients avec un profil agressif. Mécontents du personnel médical ou du manque de chance qu'ils avaient eu à la loterie de la santé, ils recevaient ceux qui leur amenaient le plateau repas avec des insultes, des menaces et la promesse qu'ils ne toucheraient pas à une seule bouchée.

Ce qui était sûr, c'est que quand je repassais une heure plus tard pour récupérer le plateau, je le trouvais rarement intact. Quand la poussée d'adrénaline provoquée par les cris redescendait à un niveau normal, même les plus hargneux se décidaient à manger.

Je m'éloignai de la porte en me demandant si avec le chien les choses se passeraient de la même façon.

**

Quand je pus me faire une place entre les pelles, les scies et autres outils de l'appentis, je fermai la porte de l'intérieur. Les aboiements mirent un bon moment à s'espacer et un autre à s'arrêter totalement. Cinq minutes après le dernier, je sortis de ma cachette et m'approchai prudemment de la porte.

Je tapai trois fois avec la pointe du pied, mais je n'entendis rien. Je passai la tête par la vitre brisée – je n'eus même pas besoin de tirer le rideau, il était quasiment à l'horizontale avec le vent qui s'engouffrait. Le chien était couché sur une couverture qui, vu la quantité de poils, devait être celle où il avait l'habitude de dormir. Il ne restait plus une miette de la viande hachée.

En me voyant, il cligna des yeux et leva la tête au ralenti. Il ouvrit la gueule mais à la place d'un aboiement ou d'un grognement, ses mâchoires se séparèrent en un énorme bâillement. Puis il posa la tête sur ses pattes avant et, sans me quitter du regard, lâcha un long soupir.

Je passai avec prudence la main par la fenêtre cassée et fis glisser mes doigts jusqu'à la serrure intérieure. Le pauvre animal était tellement assommé qu'il n'eut pas la force d'aboyer même quand je fus obligé de le pousser avec la porte pour pouvoir entrer dans la cuisine.

Comme chez moi, une couche de cendres recouvrait tout. Dans l'évier il y avait des assiettes avec des restes de nourriture tellement gris qu'il était impossible de distinguer s'il s'agissait de purée de pomme de terre ou de sauce tomate.

Je m'éloignai du chien pour pénétrer plus avant dans la maison. Si mes calculs étaient bons, j'avais environ une heure avant qu'il se réveille.

Je laissai derrière moi une vaste salle à manger et entamai mon exploration des chambres. La première où j'entrai, était sans aucun doute celle du commissaire et de sa femme. Elle était essentiellement occupée par un énorme lit en fer. Au-dessus de la tête de lit, un crucifix en bois constituait la seule décoration sur les murs.

Je fouillai chaque étagère et chaque tiroir de l'armoire. J'inspectai aussi une commode et regardai sous le lit. Je tâtai même le matelas à la recherche d'une cachette, mais il n'y avait que le remplissage normal. Quand je fus convaincu que les dollars n'étaient pas là, j'explorai de la même manière les autres chambres avec un résultat identique.

Je revins à la salle à manger ; j'en avais rarement vu d'aussi grande. Du côté des fenêtres de façade, il y avait une table avec douze chaises. De l'autre côté, un canapé en face d'une cheminé. Et contre le mur le plus large, il y avait deux buffets séparés par un piano.

Je commençai par ouvrir chacune des portes des deux buffets. Je trouvai des bouteilles de liqueurs, de la vaisselle ancienne, des papiers, mais pas un seul dollar. Tandis que j'inspectais, maintenant sans grand espoir, les derniers tiroirs, j'essayai de me mettre dans la peau du commissaire en me demandant où je cacherais autant d'argent si c'était ma maison.

Le piano !

Je m'empressai de soulever le couvercle rectangulaire convaincu que c'était la cachette idéale, mais je ne trouvai qu'un chapelet de cordes et de marteaux.

- Merde, merde, merde ! dis-je à voix haute en tapant du pied comme un gamin capricieux.

Le coup sur le parquet résonna dans toute la salle, levant un petit nuage de cendres. Instantanément, le son me transporta pour la seconde fois dans ce souvenir d'enfance qui m'avait envahi juste avant de pénétrer dans la maison. Le sol résonnait exactement de la même manière. Comme quand Alejo et moi courions à travers la maison de mes grands-parents.

Cette fois, je sus où était l'argent.

Je regardai un à un les meubles autour de moi et me décidai pour le canapé trois places en face de la cheminée. Le bouger fut difficile à cause des cendres qui faisaient glisser mes semelles sur le sol ciré, mais finalement je trouvai un peu d'adhérence et arrivai à le déplacer. Je le poussai jusqu'à dégager entièrement l'endroit où il se trouvait auparavant.

Je sus que je ne m'étais pas trompé quand je vis un carré de la taille d'une boîte d'allumettes découpé dans une des planches que je venais de découvrir. Dedans il y avait un anneau en acier. Je le tirai et une trappe s'ouvrit révélant un escalier escarpé qui plongeait dans l'obscurité totale.

Comme la vieille maison de mes grands-parents, celle du commissaire avait un sous-sol.

CHAPITRE 18

Mercredi 14 août 1991, 11:39 a.m.

L'interrupteur se trouvait sur l'un des piliers en bois qui soutenait l'escalier. Quand je l'actionnai, le trou obscur se transforma en une pièce soigneusement ordonnée.

Descendre les marches fut comme me transporter dans un autre monde. La table au centre, les deux chaises, une de chaque côté, les armoires contre les murs, tout était exempt de poussière. Le sous-sol était resté à l'abri du désastre qui frappait le village.

Je reconnus immédiatement les deux gros objets posés sur la table. L'un d'eux était une presse pour recharger les douilles usagées, identique à celle qu'avait chez lui Ramón, un de mes camarades de l'armée. Je passai deux doigts dessus, et le contact doux du métal propre me ramena durant un instant deux jours en arrière, quand le ciel était bleu et Graciela à la maison, près de moi. L'autre objet, de couleur orange, était un tour pour rectifier les douilles déformées par le tir et leur redonner la forme exacte pour s'emboîter dans la presse.

Les similitudes entre l'équipement du commissaire et celui de Ramón ne s'arrêtaient pas là. Au fond du sous-sol je distinguai la sombre silhouette rectangulaire d'une grosse armoire en métal semblable à celle qu'utilisait mon ami pour stocker sa vingtaine d'armes à feu.

En voyant l'armoire, je sus deux choses à propos de Rivera : c'était un grand amateur de tir et s'il devait cacher quelque chose, ce serait sûrement dans cette espèce de croisement entre une armoire et un coffre-fort.

Par chance, l'armoire n'était pas de fabrication industrielle comme celle de Ramón ou ce que j'avais pu voir au cours de mes années passées dans l'armée. Celle-ci semblait avoir été fabriquée sur mesure par quelqu'un qui, à en juger par les soudures irrégulières et les espaces entre les portes et le corps, n'avait pas beaucoup d'expérience dans le travail du métal. Cela jouait en ma faveur.

Un coup d'œil rapide me suffit pour repérer une grosse caisse à outils sur une des étagères du mur opposé. Je choisis un marteau et le tournevis plat le plus grand que je trouvai, presque un centimètre de large.

Grâce au travail médiocre du soudeur, je pus insérer le tournevis dans l'espace entre la porte et le montant, à la hauteur de la serrure. Avec quelques coups de marteau je l'enfonçai vers l'intérieur puis je le frappai sur un côté pour faire levier. À chaque coup, l'armoire vibrait comme une cloche, avec une réverbération assourdissante.

La tôle de la porte commença à plier bien avant ce que j'attendais, révélant une autre erreur de conception très commune : la forte structure en acier soudée à l'intérieur de la porte ne traversait pas la serrure, elle ne faisait que la border. C'était un détail que l'on ne remarquait pas de l'extérieur mais qui devenait évident en voyant comment le bord de la porte cédait à chaque coup de marteau, jusqu'à ce que le verrou se libère avec un claquement.

L'intérieur était divisé en deux parties égales par une étagère en bois. Dans celle du bas, les longs canons de plusieurs armes me renvoyaient les reflets de la lumière du sous-sol. À côté se trouvaient six longs étuis, qui à n'en pas douter contenaient d'autres fusils et carabines.

Le compartiment du haut était lui aussi divisé en deux parties. Celle de gauche était bourrée de caisses de balles. Il y en avait de toutes les marques et de tous les calibres, rangées de manière méthodique pour une utilisation optimale de l'espace. Dans le compartiment de droite je comptai sept mallettes en plastique, empilées l'une sur l'autre.

J'ouvris la première sur la table et me trouvai face à quatre pistolets semi-automatiques maintenus en place par des moulages en polyuréthane. La deuxième mallette était semblable, mais contenait trois révolvers et un couteau.

Je trouvai ce que je cherchais dans la troisième mallette. J'avais à peine libéré le mécanisme de fermeture que le couvercle se souleva de quelques millimètres, comme si quelque chose le poussait de l'intérieur. Quand je l'ouvris, trois billets tombèrent sur le sol.

Dans la quatrième mallette aussi, on ne pouvait pas mettre un billet de plus.

Pas plus que dans la cinquième, la sixième et la septième.

Je souris pour la première fois en trente heures.

***

La plupart des billets étaient neufs, attachés avec un bandeau de papier blanc. Et, bien qu'il s'agisse sans aucun doute de ceux que j'avais trouvés dans l'accident du coupé Fuego, il n'y en avait pas un seul maculé par le sang d'Eulalia Contreras. Le commissaire n'avait gardé que les dollars propres.

Il y avait aussi beaucoup de billets usagés attachés avec des élastiques. Il était clair que j'avais devant moi des liasses de billets de différentes origines. Une grande partie provenait de la valise que j'avais apportée à la police, mais pas la totalité.

Je me préparais à compter les billets quand un grattement au-dessus de ma tête me fit sursauter. Peut-être que mon estimation d'une heure avait été un peu optimiste.

Je me dépêchai de mettre les liasses dans le sac à dos et dans le sac de sport que j'avais apporté. Ensuite je fermai les cinq mallettes vides, effaçai mes empreintes digitales avec un chiffon et les remis dans l'armoire. Maintenant il ne restait plus sur la table que les deux mallettes avec les armes.

J'avais devant moi, un couteau, quatre pistolets et trois

révolvers. La dernière fois que j'avais utilisé une arme, c'était quatre ans en arrière, quand l'Armée m'avait obligé, bien que je sois infirmier, à effectuer un stage de tir.

Je soupesai chaque arme et me décidai pour un Colt 1911 avec la crosse recouverte de bois de cerf. Pendant que je rangeais l'arme dans le sac avec deux boîtes de cinquante cartouches calibre 45, les grattements au-dessus de ma tête se firent à nouveau entendre. J'envisageai la possibilité d'avoir à me défendre contre le chien, et décidai de garder le couteau.

Je rangeai les mallettes, fermai l'armoire et essayai de laisser tout comme je l'avais trouvé, même si je savais que mon passage dans le sous-sol ne passerait pas inaperçu à une observation minutieuse. Ce qui était le plus évident, au premier coup d'œil, c'était la porte forcée de l'armoire, mais je supposai qu'avec toute la confusion qui régnait dans le village, le commissaire n'aurait pas trop le temps de descendre dans sa cave pour fabriquer des cartouches, ni l'opportunité de dépenser sa fortune cachée. Plus il tarderait à découvrir le vol, et mieux ce serait.

Je jetai un dernier regard au sous-sol depuis l'escalier et éteignis la lumière.

Quand je fus en haut de l'escalier, le couteau à la main, je retrouvai le chien à moins de deux mètres de la trappe. Il avait traîné sa couverture de la cuisine jusqu'à la salle à manger, laissant un sillon brillant sur le sol poussiéreux. Affalé sur le chiffon sale, sans aucune intention de se lever, il me regardait avec des yeux qui clignaient en permanence. Je me demandai si c'était à cause des comprimés ou des cendres. Je rangeai le couteau dans le sac de sport. Je n'allais pas en avoir besoin.

Après avoir remis le canapé à sa place, je m'accroupis à côté du chien et lui caressai la tête. Il remua la queue deux ou trois fois. Je le poussai doucement avec une main pendant que je tirais la couverture avec l'autre. Il grogna un peu, mais après plusieurs tentatives, je réussis à la lui subtiliser.

Je passai le chiffon dans toute la maison pour effacer les traces de pas. Quand le commissaire reviendrait il penserait que le chien avait décidé de promener son matelas dans tous les coins de la maison. Même si c'était un comportement totalement anormal pour son animal, quel maître sait comment son chien réagit face à une tempête de cendres volcaniques ?

Une fois hors de la maison, je passai la main par la vitre brisée et donnai un tour de clé de l'intérieur. J'avais presque fini. Il me restait juste une chose à faire avant de quitter le jardin.

Je me suspendis de tout mon poids à une branche de l'un des poiriers. Après avoir secoué les kilos de cendres qui me tombèrent dessus, je répétai l'opération. Je dus m'y suspendre plusieurs fois avant d'entendre le premier craquement, et encore plus, avant de casser complétement la branche.

La deuxième branche, que je choisis plus frêle, se sépara du tronc au premier essai.

Je mis la grosse branche dans la fenêtre et sortis du jardin en traînant la petite derrière moi pour faire disparaître les empreintes de mes chaussures. Je savais que le vent ne mettrait pas longtemps à effacer les zigzags que laissaient les feuilles dans la cendre.

Si j'avais de la chance et si le commissaire avalait cette mise en scène, je gagnerais un peu de temps.

CHAPITRE 19

Mercredi 14 août 1991, 12:33 p.m.

En arrivant dans mon jardin, je longeai la maison et me dirigeai droit vers l'atelier de soudure. Si dans les maisons de Deseado il y avait une bonne couche de cendres, dans les hangars, qui inévitablement avaient des fentes dans les murs et plusieurs ouvertures, le paysage était lunaire. En temps normal, j'aurais eu mal en voyant mes machines, mes outils et mes travaux en cours recouverts d'une telle couche de poussière.

Je m'approchai du mur et décrochai le téléphone pour m'assurer qu'il y avait la tonalité. C'est moi qui avais installé cette extension afin de rester joignable en cas d'urgence durant mes astreintes pour l'hôpital.

J'écartai les pièces d'acier et les outils qu'il y avait sur la table de travail et vidai le sac à dos et le sac de sport. Les liasses de billets tombèrent en cascade, glissant les unes sur les autres. Certaines terminèrent sur le sol.

C'est à cet instant que le téléphone sonna.

- Allo !

- Ibáñez. Comment ça va ? Tu as retrouvé la mémoire ? Il te reste une heure et demie pour…

- J'ai les dollars, le coupai-je.

Il y eut un silence sur la ligne puis une forte expiration de mon interlocuteur. Peut-être un soupir de soulagement, ou de triomphe.

- Je te rappelle dans un instant, me dit-il.

- C'est le commissaire qui les avait. Je t'ai dit qu'il avait falsif…

Il raccrocha sans me laisser terminer.

Six minutes et trente secondes passèrent avant que le

téléphone sonne à nouveau. Je le sais parce que durant tout ce temps je n'avais pas décollé les yeux du verre couvert de rayures de ma montre.

- Allo, répondis-je pour la deuxième fois.
- Écoute-moi bien. Ramasse tout le fric et mets-le dans le sac le plus usé que tu aies. Tu montes dans ta voiture dans deux heures et quart et tu vas à la Cueva de los Leones[2]. Tu connais ?
- Oui, bien sûr.
- Très bien. À trois heures pile tu vas là-bas et tu laisses le sac au fond, dans la partie haute de la grotte. Après tu rentres chez toi et tu attends qu'on t'appelle. Nous allons mettre environ une heure. Et ne joue pas au héros.
- Merci, fut tout ce que je pus dire.

Comme à son habitude il coupa la communication sans un mot. Pour la première fois depuis le début de ce cauchemar, je sentis l'énorme poids qui m'écrasait la poitrine s'alléger un peu. Il me semblait que la fin était en vue.

Il me restait juste à trouver comment aller à la Cueva de los Leones avec ma voiture chez le mécanicien. À pied c'était impossible, à cause du poids des billets et de la tempête de cendres. Et voler la voiture d'un voisin qui avait laissé la clé sur le contact entraînerait trop de problèmes, surtout s'il prévenait la police.

En remettant les dollars dans les deux sacs, je trouvai le couteau que j'avais remonté du sous-sol du commissaire. Il avait un manche en bois poli et les initiales MR gravées avec une calligraphie parfaite sur la lame en acier de Tandil. En tout autre moment, j'aurais pris le temps d'admirer le travail impeccable de l'artisan qui l'avait fabriqué, mais je me contentai de le jeter dans le sac comme s'il s'agissait d'une liasse en plus.

Je fouillai sous ma table de travail, et après avoir écarté la ferraille rouillée, je trouvai une caisse en bois qui, de

---

2 Grotte des lions, en espagnol.

nombreuses années avant ma naissance, avait contenu les outils de mon grand-père. Je la vidai des tournevis, écrous et autres bouts de métal qu'elle contenait et mis les sacs contenant l'argent dedans.

En sortant, je m'assurai de fermer avec un cadenas.

CHAPITRE 20

Mercredi 14 août 1991, 12:47 p.m.

Je marchai d'un pas rapide tandis que le vent de face me tartinait de poussière grise. La visibilité était quasi nulle. Même avec les lunettes et le masque, il était difficile d'avancer.

L'atelier de Coco Hernández était une construction faite de blocs de béton avec une énorme porte en tôle montée sur des roulements. Je ne fus pas étonné de la trouver fermée, ni de ne pas entendre d'activité à l'intérieur.

Je regardai par une petite fenêtre. Malgré la couche de cendres qui avait adhéré à la pellicule de crasse accumulée depuis des années et la faible luminosité grisâtre qui filtrait dans l'atelier, j'arrivai à deviner la silhouette de plusieurs véhicules. Certains étaient là depuis des mois, attendant l'arrivée d'une pièce depuis Buenos Aires ou que le propriétaire puisse réunir l'argent pour la payer.

Ma Renault 9 était sur la fosse, le capot ouvert. C'était vrai ; les cendres avaient surpris Coco alors qu'il travaillait sur ma voiture, comme il me l'avait dit au téléphone.

Je frappai à la vitre sale sans obtenir de réponse. Je fis de même à la grande porte en tôle, sans plus de résultat. Je la poussai sur un côté et elle roula sur une dizaine de centimètres jusqu'à ce qu'une chaîne fermée par un énorme cadenas la freine d'un seul coup. C'est alors que j'entendis derrière moi le rugissement d'un moteur suivi d'un bref coup de klaxon. Je me retournai espérant voir la Ford Ranchero de Coco, mais à sa place je vis une Torino marron arrêtée dans la rue.

- Tu cherches Coco, me demanda Esteban Manzano après avoir légèrement baissé sa vitre.

Il ne manquait plus que ça.

- Oui. Il a ma voiture depuis plusieurs jours, et avec tout ce bordel, j'en ai besoin.

- Il ne doit pas être là, je ne vois pas sa camionnette.

Un génie, Manzano. Il aurait dû être détective.

- Raúl, il y a quelque chose que j'aimerais te dire. Tu peux monter dans la voiture.

- Maintenant ?

- Juste une minute, rien de plus.

Je montai dans la Torino, décidé à avoir la conversation le plus courte de l'histoire.

- Graciela ne t'a jamais été infidèle avec moi, me dit-il à peine la portière fermée.

- Manzano, ça je le sais déjà. Tu n'as pas besoin de me le dire.

- Si, il le faut. Tu as réagi comme ça hier parce que tu n'as pas confiance en moi.

J'eus envie de l'attraper par le colback et de lui crier que non, que ce n'était pas lui que je soupçonnais. J'avais des choses plus importantes à régler avant d'écouter son sermon. Mais je préférai prendre le chemin le plus court.

- C'est vrai, mentis-je pour aller dans le sens du courant. J'ai toujours eu un doute sur le jour où elle t'a accompagné à l'hôpital. J'ai pensé qu'il y avait eu quelque chose entre vous.

- Je t'assure que non. Je te le jure sur la tête de ma fille.

- Merci.

- Graciela est une bonne fille, et elle ne mérite pas que tu aies le moindre doute.

Je résistai à l'envie de jeter un coup d'œil à ma montre. Je devais terminer cette conversation le plus tôt possible.

- Bien, dis-je en me frappant les genoux du plat des mains, maintenant que nous en sommes arrivés aux confidences, je tiens à m'excuser. Sérieusement cette fois, sans les cris ni rien de tout ça. Je me suis mal comporté en allant chez toi et en effrayant ta petite fille.

Manzano me tendit la main.

- Amis ?

- Je n'irais peut-être pas jusque-là, lui répondis-je en serrant sa main.

- Bon, si tu ne veux pas, alors je ne retire pas la plainte que je viens de déposer contre toi au commissariat.

Je restai pétrifié.

- Je plaisante, dit-il avec un petit rire. Sois tranquille je n'ai pas mentionné ton nom.

Je souris et actionnai la poignée pour ouvrir la portière.

- J'ai déclaré le vol de la Torino, mais j'ai eu l'impression que le policier qui prenait ma déposition ne me prêtait pas beaucoup d'attention. Sans arrêt, le téléphone de la réception nous interrompait et le type s'excusait pour aller répondre. Il m'a dit que depuis hier ils recevaient un flot continu d'appels et de plaintes.

- J'imagine, commentai-je. Cette fois, je regardai ma montre et inspirai entre mes dents. Il faut que j'y aille, je dois trouver Coco.

- Essaye dans sa maison. Elle est derrière l'atelier.

C'était exactement ce que j'allais faire quand il n'avait interrompu.

- Merci, dis-je et je sortis.

Quand la Torino de Manzano eut disparu, je me dirigeai vers le fond du terrain en longeant le mur mitoyen par un passage étroit encombré de pièces en acier, de portières de voiture et autres morceaux de ferraille. Derrière l'atelier, un petit cimetière de voitures tenait lieu de cour devant une petite maison en brique sans crépi. Recouverts de plusieurs centimètres de cendres, les véhicules donnaient l'impression d'être abandonnés là depuis des siècles.

Je frappai plusieurs fois à la porte, mais personne ne vint m'ouvrir. Il me revint alors à l'esprit que la Ford Ranchero de Coco n'était pas garée devant l'atelier comme d'habitude. Je me demandai si le mécanicien faisait partie de ces gens qui avaient quitté le village en attendant que les choses s'arrangent.

Tandis que mentalement je demandai pardon à Coco, je ralentis mes pas pour observer le tas de ferraille à la recherche de quelque chose qui pourrait m'aider à récupérer la 9. Je me décidai pour un tuyau d'au moins deux mètres de long. En le prenant, la terre accumulée à l'intérieur roula vers l'une des extrémités avec un son quasi musical.

J'insérai le tuyau entre le cadenas et la porte de l'atelier et fis levier de toutes mes forces. Je cadenas céda avec un claquement sec et tomba au sol.

Sous le capot de ma voiture, le spectacle n'avait rien d'encourageant. Le moteur était couvert d'une couche de cendres qui devenait sombre et pâteuse aux endroits où elle était en contact avec l'huile. Je me mis à la recherche d'une brosse et d'un balai pour le nettoyer, mais je me rendis vite compte que ça ne servirait à rien. La fine couche qui était arrivée jusqu'au moteur dans l'atelier n'était rien comparée aux kilos qu'il récolterait en circulant dans la rue.

Le bouchon de l'huile avait été enlevé. Je n'en fus pas étonné, car Coco m'avait dit au téléphone qu'il avait vidé le lubrifiant et devait en remettre du neuf. À côté d'une roue avant je trouvai un bidon de trois litres d'huile encore scellé et un filtre dans une boîte en carton. Je versai le contenu du bidon dans le carter et revissai le bouchon. Quant à changer le filtre, je n'essayai même pas.

La clé était sur le contact, je n'eus donc pas à utiliser celle que j'avais amenée avec moi. Je mis le levier au point mort, je fermai les yeux et lançai le démarreur. Le moteur émit un rugissement qui ne mit pas deux secondes à s'éteindre. Je recommençai, le résultat fut identique.

Au cinquième essai, je réussis à garder le moteur en marche en maintenant l'accélérateur dans une position intermédiaire. Un peu moins ou un peu plus et il était secoué d'explosions spasmodiques avant l'arrêt complet. J'enclenchai la marche arrière et sortis tout doucement en essayant de ne pas mettre une roue dans la fosse.

Une fois dans la rue, je mis les essuie-glaces pour dégager les cendres qui s'accumulaient sur le pare-brise plus vite que n'importe quelle chute de neige. Je conduisis très lentement, résistant à l'envie d'écraser l'accélérateur, me demandant combien de temps j'avais avant que les cendres s'insinuent dans un endroit critique et que le moteur rende l'âme.

Je mis dix minutes pour parcourir la distance qui me séparait de ma maison. Normalement, il en fallait deux.

CHAPITRE 21

Mercredi 14 août 1991, 1:31 p.m.

Je laissai la 9, clé sur le contact, stationnée exactement là où s'étaient interrompues les traces de Graciela hier matin. Les aiguilles de l'horloge du tableau de bord poussiéreux, derrière le volant, indiquaient 1h31. Dans une heure et demie, les dollars devaient être dans la Cueva de los Leones.

Je courus les trente mètres entre la rue et mon atelier de soudure sans me protéger le visage. Durant une seconde, j'eus le pressentiment que j'allais trouver la porte forcée – comme j'avais forcé celle de Coco Hernández – et la caisse à outils de mon grand-père complétement vide. Mais non, le cadenas était en place et les liasses de dollars aussi.

Je les comptai sur la table de travail, séparant ceux qui étaient attachés avec des élastiques de ceux que j'avais trouvés dans le coupé d'Eulalia Contreras. Quand je multipliai le nombre de liasses par dix mille, une sueur froide se condensa dans mon dos. Je les recomptai, et obtins le même résultat.

Un million de dollars en billets neufs, attachés avec des rubans en papier blanc sans inscriptions, provenait du lieu de l'accident. Les autres, tenus par des élastiques, semblaient plus nombreux parce qu'ils étaient usagés, mais ils ne totalisaient que cent mille dollars. Même si j'avais devant moi la plus grande quantité d'argent que je verrais dans toute ma vie, je n'avais jamais été autant désespéré.

J'essayai de garder la tête froide et d'analyser la situation. J'avais rendu à la police les trois millions de dollars en billets neufs et sans marquages que j'avais trouvés dans le coupé Fuego. Ensuite le commissaire avait falsifié ma déposition afin que les trois millions mentionnés se transforment en un million et demi. Une moitié pour la machine bureaucratique de la justice argentine, et l'autre moitié pour lui.

Cependant, dans son sous-sol, il y avait un million et cent mille dollars. Et, à en juger par les deux différents types de billets, seul un million provenait de l'accident d'Eulalia Contreras. Qu'avait fait Rivera avec le demi-million qui manquait ? Et à qui avait-il fauché les cent mille autres ?

Le talon d'un de mes pieds commença à donner des petits coups involontaires sur le sol, projetant des cendres de chaque côté. Même si je rendais la totalité aux ravisseurs, il manquerait quatre cent mille dollars à la somme que je leur avais dit avoir.

J'envisageai la possibilité de tout raconter à la police, mais je renonçai immédiatement. Si j'avais trouvé la totalité de l'argent dans le sous-sol, j'aurais pu soutenir que la malversation était uniquement le fait du commissaire. Mais il en manquait une partie, et les explications possibles se multipliaient.

L'une d'entre elles étant que le commissaire avait planqué le demi-million dans un autre endroit, se référant en cela à l'adage qui dit que l'on ne doit pas mettre tous ses œufs dans le même panier. Et si sa femme était au courant du vol, peut-être l'avait-il envoyée à Comodoro avec le demi-million, prétextant comme excuse l'asthme de sa fille.

L'autre possibilité, celle qui me préoccupait beaucoup plus, était que Rivera n'ait pas agi seul. S'il avait un complice dans le commissariat, ce pouvait être n'importe qui. Même Melisa Lupey. Si je me pointais au commissariat avec mon histoire d'enlèvement, comment réagiraient-ils, sachant qu'une enquête dévoilerait la falsification de ma déposition et les mettrait en cause ? Non, je ne pouvais pas prendre le risque d'aller trouver la police.

Je devais me sortir seul de cet imbroglio.

Je reportai mon attention sur l'argent devant moi. Une seule solution me venait à l'esprit pour récupérer Graciela avec cette somme. Et la probabilité que cela fonctionne était très faible.

Je mis le million en billets neufs dans le sac à dos et rangeai les billets usagés dans la vieille caisse en bois sous l'établi. Je posai dessus quelques bouts de ferraille rouillée et sortis du hangar avec le sac sur les épaules.

***

Je rentrai chez moi par la porte de derrière. En l'ouvrant, le ruban adhésif que j'avais collé la veille s'arracha du chambranle avec le bruit d'une feuille de papier qui se déchire en deux. À tout autre moment, j'aurais été préoccupé par la véritable coulée de cendres qui s'était infiltrée sous la porte malgré le ruban.

J'allai directement dans la petite chambre que nous utilisions comme débarras pour ranger tout ce qui n'avait pas encore sa place dans la maison. Bien qu'elle fût remplie d'objets de toutes sortes, je localisai sans problème l'étui rigide de couleur verte.

Je revins avec lui dans la cuisine et le posai sur la table. J'ouvris le couvercle pour découvrir la machine à écrire Olivetti que m'avaient offerte mes parents pour les cours de dactylographie du secondaire. Je l'utilisais de temps en temps pour certains travaux de l'université. Je pris une feuille vierge. Je tapai aussi vite que mes doigts me le permirent. Quand j'eus terminé, j'enlevai la feuille du chariot, la pliai en quatre et la mis dans le sac à dos, m'assurant qu'elle soit bien visible sur les billets. J'ajoutai la déposition falsifiée que m'avait procurée Quiroga.

J'allai ensuite chercher un bocal vide dans le buffet. Il avait contenu de la confiture de figues et l'étiquette était encore dessus. Je sortis par la porte de derrière et le remplis de cendres avant de me rendre dans l'atelier.

Je saupoudrai d'une fine couche de cendres l'établi et la caisse dans laquelle j'avais caché les cent mille dollars. Peut-être était-ce de la paranoïa, mais si quelqu'un entrait dans le hangar – le commissaire, par exemple, s'il se rendait compte qu'il n'avait plus l'argent et qu'il me soupçonnait –, voir mes traces serait comme le clignotement d'une enseigne au néon qui dirait : « Les dollars sont ici ».

De l'un des clous sur le mur je décrochai le bonnet de laine que j'utilisais pour travailler en hiver et un vieux masque de plongée qui avait été ma protection quand je faisais mes premiers pas avec la meuleuse. Pour finir, je choisis une combinaison de travail qui me couvrait entièrement le corps et que j'utilisais pour souder. Je l'enroulai, la mis sous mon bras et quittai l'atelier en m'assurant de bien fermer à clé.

En revenant à la voiture, je laissai le pot contenant les cendres près du mur de la maison, il était encore à moitié plein.

CHAPITRE 22

Jeudi 6 décembre 2018, 5:21 p.m.

Il se lève de devant la machine à écrire et s'étire la nuque et les bras, essayant d'atténuer les douleurs musculaires. En tant qu'infirmier ou soudeur il n'a jamais eu à passer des heures assis derrière une table de travail. Maintenant il comprend pourquoi il y a tant d'employés de bureau avec des problèmes de dos.

Il se dirige vers le coin de la cuisine où est posée la valise ouverte et fouille parmi les vêtements jusqu'à ce qu'il trouve un pot en verre. Sur l'étiquette blanche, abîmée par les ans, il y a deux figues : une entière et une coupée en deux, révélant une chair juteuse.

De grandes lettres noires indiquent le type de confiture. D'autres, plus petites, mentionnent les ingrédients et l'adresse du fabricant. Mais seule l'intéresse une ligne de texte un peu plus haut, dans une typographie différente des autres : « Mis en pot en 1990 ».

Le souvenir de cette année-là a une saveur aigre-douce. Durant les mois de juin et juillet, lui et son groupe d'amis se rassemblèrent chez Claudio Etinsky pour suivre les rencontres du Mondial. Une espèce de rituel obligeait chacun à occuper le même siège et à prendre la même boisson que lors du match précédent. Tout devait être identique à la fois d'avant pour continuer dans la même série gagnante.

Le jour de la demi-finale contre l'Italie, la femme de Claudio invita une camarade de travail qui était arrivée de Mendoza il y avait un peu plus d'un an et qui n'avait pas encore beaucoup d'amis. Il y eut de sérieuses plaintes, comme si ajouter quelqu'un au groupe détruirait le fragile équilibre divin dont nous avions besoin pour sortir vainqueur.

Il la revit le jour de la finale, et ils se sourirent avant que la partie ne débute.

Après quatre-vingt-dix minutes de souffrance et de cris réclamant à l'arbitre un penalty qu'il y avait et contestant un autre qu'il n'y avait pas, l'Argentine perdit un à zéro contre l'Allemagne. Les vingt et quelques personnes vêtues de bleu céleste et de blanc qui étaient chez Claudio commencèrent à parler de moins en moins fort, jusqu'à ce que l'on n'entende plus que des murmures ponctués de brefs éclats de voix. Certains pleurèrent, comme Maradona à Rome tandis qu'il se hâtait d'enlever la médaille d'argent de son cou. Puis ils partirent un à un, sans rien ajouter.

Lui aussi entama son trajet de retour à la maison et partit, non par hasard, en même temps qu'elle. Ils marchèrent ensemble en discutant dans les rues désertes. De temps en temps, ils croisaient un supporter avec le drapeau sur ses épaules, en berne comme leurs regards, et le bec de sa trompette dirigé vers le bas.

En arrivant à l'intersection où ils devaient se séparer, il l'invita chez lui, plaisantant sur la nécessité de noyer leur peine avec une bouteille de genièvre. À sa grande surprise, elle accepta. Et durant cette soirée où presque tous les argentins étaient tristes, eux s'enivrèrent, rirent aux éclats, et terminèrent en faisant l'amour.

Il relit l'étiquette : « Mis en pot en 1990 ». Il passe le pouce sur la phrase et retourne le pot. Derrière le verre il n'y a pas de confiture mais une fine poudre qui remplit la moitié du pot. Si elle était blanche, n'importe qui assurerait qu'il s'agit de farine. Mais elle est grise comme le fut tout Puerto Deseado durant des mois, juste un an après leur rencontre et un an après que, dans une usine à des milliers de kilomètres, quelqu'un remplisse ce pot avec de la confiture.

D'une main il agite le pot aussi vite qu'il le peut. Le bloc de poussière frappe alternativement le couvercle et le fond du récipient, produisant une suite de *clinks* et *clanks* sourds.

Ensuite il le pose sur la table comme s'il s'agissait d'une de ces boules de verre remplies d'eau et de fausse neige. À l'intérieur, une neige grise tourne en rond comme de la fumée enfermée dans une bouteille.

Il dévisse le couvercle du pot et une vapeur brune s'en échappe au ralenti. Plutôt que de la poussière, on dirait que le récipient contient une soupe très chaude. Il ébauche un sourire amer, le même qu'il aurait s'il retrouvait un vieil ennemi haï pour un motif qui maintenant n'a plus aucune importance.

Il se penche au-dessus du pot et inhale la vapeur. Elle n'a plus la même odeur. Il y a vingt-sept ans elle sentait le soufre et la menace mais pas la vieille terre stérile.

Il plonge l'index dans la poussière et le sort teinté de gris. Il en joint le bout à l'extrémité de son pouce et frotte lentement. Il sait que plusieurs semaines de cette friction peuvent effacer les empreintes digitales. Il le sait depuis fin 1991, quand le consulat argentin lui fit un tas de problèmes pour établir un duplicata de sa carte d'identité parce que les bouts de ses doigts enduits d'encre ne laissaient que de faibles marques discontinues sur le papier.

Maintenant, quand il porte les doigts à sa bouche, il parvient à revenir vingt-sept ans en arrière. La cendre, rêche sur la langue et les dents, le transporte immédiatement au pire cauchemar de son existence.

Il souffle doucement dans le pot jusqu'à ce qu'un nuage de poussière flotte autour de son visage. La gorge et le diaphragme lui demandent de tousser, mais il contient le spasme, s'efforçant d'ouvrir grand les yeux et d'inspirer à fond par le nez.

Arrive le moment où il ne peut plus se retenir et se met à tousser de manière incoercible. Il profite alors des larmes que lui arrachent les cendres pour en laisser couler d'autres, plus lourdes, qui viennent poussées par les souvenirs.

CHAPITRE 23

Mercredi 14 août 1991, 2:46 p.m.

Je conduisis lentement pour parcourir les deux kilomètres qui séparaient le village de la Cueva de los Leones. Je me garai tout au bout du chemin, là où la plage de galets s'interrompait brusquement devant des falaises de trente mètres de hauteur.

Le vent était si fort que la voiture tanguait sur ses amortisseurs. La tête appuyée sur le dossier, je respirai profondément et regardai la mer. Le bleu profond de l'Atlantique avait viré au vert grisâtre et l'écume sur la crête des vagues était aussi marron que du chocolat au lait.

Je descendis de la voiture et chargeai le sac sur mon dos. Je marchai vers l'océan, m'enfonçant les pieds dans la rocaille poussiéreuse, jusqu'à la frange lavée par les vagues. Je suivis la plage qui se rétrécissait de plus en plus face aux falaises jusqu'à un point où elle disparaissait complètement. À partir de là, la paroi rocheuse plongeait directement dans l'eau faisant avec elle un angle de quatre-vingt-dix degrés. D'après le dépôt verdâtre laissé par les algues sur la roche polie par des milliers de déferlantes, la marée basse n'était pas loin.

Je mis un pied dans l'eau, elle était glacée. Par chance les vagues n'étaient pas assez fortes pour me projeter contre la paroi. Je posai le sac à dos sur ma tête et continuai d'avancer, m'immergeant à chaque pas un peu plus dans une eau hivernale qui me causait la douleur de mille aiguilles s'enfonçant dans ma chair.

Je supposai que les ravisseurs savaient parfaitement que la Cueva de los Leones était accessible sans se mouiller seulement quand la marée était au plus bas. En m'obligeant à arriver un moment avant, ils s'assuraient qu'il n'y aurait personne à l'intérieur lorsque je laisserais l'argent.

Avec l'eau au niveau de la ceinture, je traversai le plus vite possible la bande de plage submergée jusqu'à ce que, au bout d'une trentaine de mètres, les galets réapparaissent sous mes pieds. Je lâchai le sac à dos et tombai à genoux sur les pierres, les dents serrées et le visage déformé par la douleur. Quarante-cinq secondes dans une eau à trois degrés, ce n'est pas suffisant pour tuer un homme par hypothermie, mais c'est assez pour qu'il ait l'impression qu'on est en train de l'amputer des jambes avec une râpe à fromage.

Dès que je pus à nouveau bouger les pieds, je ramassai le sac et avançai de quelques mètres sur la plage jusqu'à l'entrée de l'immense caverne creusée dans la falaise où je m'étais tant de fois aventuré.

Comme toujours, les sinuosités dans la roche me donnèrent la sensation d'être entré dans la gorge d'un géant. Je me dirigeai vers le fond où une protubérance rocheuse saillait comme un balcon naturel, surélevant de trois mètres le sol de la caverne. *Leones*, comme l'appelaient certaines personnes dans le village, était une grotte à l'intérieur d'une grotte. Et cette particularité en faisait une cachette parfaite.

La partie basse, où je me trouvais en ce moment, était inondée par la marée deux fois par jour. De fait, il y en avait qui soutenaient que le nom de la caverne n'avait rien à voir avec les colonies de lions de mer qui se trouvaient sur ces rochers avant que l'homme blanc ne les oblige à partir vers des lieux plus difficilement accessibles, mais qu'elle s'appelait ainsi à cause du bruit que faisaient les vagues quand elles se brisaient sur les parois à l'intérieur.

Par contre, la partie du haut où j'avais grimpé mille fois quand j'étais gamin, restait à l'abri des vagues, même les jours de grande marée.

Il était pratiquement impossible d'escalader cette énorme saillie, mais le génie populaire avait très facilement surmonté cette difficulté : des centaines de roches empilées par les visiteurs formaient un monticule sur lequel on pouvait grimper.

Je commençai à gravir cette espèce d'escalier improvisé, mettant toute mon attention dans chacun de mes pas. Ce ne serait pas la première fois, ni la dernière, dans l'histoire de la grotte que quelqu'un mettrait le pied sur une pierre mal fixée et finirait avec un os brisé. Moi-même, je m'étais souvent occupé de ces blessés à l'hôpital.

Une fois au sommet du monticule, je jetai le sac sur le sol de la grotte du haut. Sans poids sur mes épaules, ce ne fut pas trop difficile de m'accrocher à la saillie rugueuse et d'une impulsion poser la poitrine et l'estomac sur la roche. Quelques pierres du monticule s'éboulèrent sous mes pieds avec un bruit qui résonna dans la caverne. Descendre serait plus difficile que monter, mais c'était le moindre de mes problèmes.

La grotte du haut n'était pas très profonde. Les quatre ou cinq pas que je dus faire pour atteindre le fond rompirent la couche de cendres vierge sur le sol. Près de la paroi, je trouvai une bouteille de vin vide et de nombreux mégots de cigarette, recouverts de gris, comme dans le jardin de Fermín Almeida.

Bien que la Cueva de los Leones ne fût pas Times Square, ce n'était pas non plus un endroit secret. Durant des générations, elle avait servi de cachette pour adolescents rebelles ou amants furtifs, deux groupes auxquels j'avais appartenu. Mais c'était la première fois, d'après ce que j'en savais, qu'on l'utilisait pour payer une rançon.

Quand je posai le sac sur le sol poussiéreux, à côté de la bouteille vide, une sorte d'impulsion m'obligea à ouvrir la fermeture éclair pour m'assurer que tout était là. Sur les billets je trouvai la lettre que je venais de taper à la machine. En la prenant, je me rendis compte que mes mains tremblaient de manière incontrôlable. Les vêtements trempés me glaçaient les os. Si je ne les enlevais pas rapidement, j'allais vite ressentir les premiers symptômes de l'hypothermie.

Malgré tout, je relus la lettre. C'était un acte masochiste, car maintenant il était trop tard pour changer quoi que ce soit.

Salut,

Voici un million de dollars. Comme j'ai essayé de vous l'expliquer, le commissaire les avait chez lui. Quand vous m'avez appelé, je venais de trouver l'argent et je n'avais pas eu le temps de le compter. Ensuite je me suis rendu compte qu'il manquait cinq cent mille dollars.

S'il vous plaît, essayez de comprendre. Ce n'est pas moi qui vous les ai volés, c'est lui. Moi j'ai rendu les trois millions que j'ai trouvés sur les lieux de l'accident, mais lui, a falsifié ma déclaration afin que ne soit mentionnée que la moitié. C'est-à-dire un million et demi. Sauf que chez lui il n'y avait qu'un million. Je ne sais pas ce qu'il a fait des cinq cent mille autres. Peut-être les a-t-il cachés ailleurs ou bien partagés avec quelqu'un du commissariat.

Je sais que c'est difficile à croire, et c'est pour ça qu'avec cette lettre je vous joins une copie de ma supposée déposition au commissariat quand j'ai rendu l'argent. Ce n'est pas ma signature, quelqu'un l'a imitée. Je suis sûr que vous pouvez vérifier tout ça.

J'aimerais en discuter avec vous au téléphone, mais vous n'allez probablement pas m'appeler avant d'avoir récupéré la rançon. S'il vous plaît, ne faites pas de mal à Graciela et croyez-moi.

De mon côté, j'ai réussi à contacter quelques personnes qui peuvent me prêter de l'argent et même quelqu'un disposé à acheter ma maison. Je crois que je peux réunir cent mille dollars au total. Je peux aussi vous donner ma voiture.

S'il vous plaît, soyez raisonnables. Moi, je ne peux pas plus.

Raúl Ibáñez

Quand j'eu fini de lire le message, la faible lumière grise qui pénétrait par l'entrée de la caverne disparut comme si quelqu'un avait soufflé une bougie. Je regardai derrière moi et découvris un nuage de cendres beaucoup plus dense que ce que nous avions jusqu'à présent. À l'entrée de la grotte, c'était l'obscurité totale. Je regardai ma montre et n'en crus pas mes yeux : la nuit venait de tomber à trois heures de l'après-midi.

Je posai le papier sur les dollars, à côté de la copie de ma déposition et fermai les yeux un instant. Je serrai les dents pour qu'elles arrêtent de claquer et, faute d'un dieu à qui promettre je ne sais quoi, je demandai à la vie, à l'univers ou à quiconque m'entendrait, qu'il nous donne un coup de main, à Graciela et à moi, pour sortir de cet enfer où nous nous trouvions depuis deux jours.

Je me laissai glisser, étirant les pieds vers le bas autant que je le pus, comme quand j'étais gamin. Après plusieurs essais, le bout de ma chaussure frôla le sommet du tas de pierres. Je posai mon poids peu à peu, pour être sûr de me trouver sur du solide, puis je descendis lentement jusqu'au sol. Malgré l'obscurité, ce fut moins difficile que je le pensais.

Je sortis de la grotte pour trouver un ciel aussi noir que s'il était trois heures du matin au lieu de trois heures de l'après-midi. À tâtons, je me remis dans l'eau glacée et progressai jusqu'à la plage de galets où j'avais laissé ma voiture.

***

Je retournai au village aussi vite que je pus. Les phares de l'auto ne pénétraient que de quelques mètres l'épais nuage de cendres et, dans le rétroviseur, tout ce que je pouvais voir était un rideau de poussière que les feux arrière teintaient de rouge. Il m'était donc impossible de savoir si quelqu'un me suivait, bien que cela me semblât peu probable. Je supposai que les ravisseurs étaient restés cachés près de la grotte et, après m'avoir vu entrer puis sortir, s'étaient employés à récupérer l'argent sans perdre une minute.

Je refis à l'envers la montée puis la descente du chemin de graviers jusqu'à deviner sur ma droite le grand mur blanc du cimetière. À peine un kilomètre de plus et j'entrai dans le bourg. Le nuage de cendres qui avait causé la nuit en plein jour était tellement dense qu'il avait entraîné l'allumage de l'éclairage public. *Un point pour moi*, pensai-je alors que je roulais dans la rue Oneto. La faible visibilité allait me servir.

Je pris à droite dans la rue Maípu et me garai en face du terrain du club de foot Deseado Juniors. La montre au verre rayé que j'avais au poignet indiquait trois heures dix. Si, comme ils l'avaient dit, ils me rappelaient une heure après le paiement de la rançon, il me restait encore cinquante minutes.

Le plus rapidement que me le permirent mes doigts engourdis par le froid, j'enlevai mes vêtements trempés et enfilai la combinaison. Je remplaçai le masque et les lunettes par le vieux masque de plongée et un foulard qui me couvrait la bouche et le nez. Pour finir, je secouai mes cheveux avant de les recouvrir avec le bonnet en laine.

Je me mis à courir à travers un Puerto Deseado désert et sombre, traçant le chemin inverse à celui que je venais de parcourir avec la 9. À chaque pas, mes extrémités dégelaient un peu plus.

Je baissai le rythme en arrivant à la dernière rangée de maisons du bourg, dans la rue Patagonia. Je traversai les voies ferrées abandonnées et continuai vent de face. La route vers la Cueva de los Leones partait de la rue où je me trouvais en s'éloignant du village parallèlement aux rails. Personne en pleine possession de ses facultés mentales ne viendrait se balader ici pendant une tempête de cendres comme celle-là.

Persuadé que le changement de vêtement me rendrait méconnaissable, je décidai de déambuler dans un sens puis dans l'autre, le long de la rue Patagonia dans laquelle débouchait le chemin. Quand j'allais des voies vers la mer, j'étais un ouvrier consciencieux se rendant à son travail dans une des pêcheries qui se concentraient dans cette partie du village. Quand j'allais dans la direction opposée, j'étais l'un de ceux qui rentraient chez eux après avoir appris que leur entreprise restait fermée jusqu'à nouvel avis.

En faisant demi-tour pour la cinquième fois après être arrivé aux voies, je vis enfin sur ma gauche des lumières qui approchaient depuis le cimetière. Je baissai la tête, faisant semblant de me protéger du vent et des cendres, et avançai sans me presser vers l'intersection.

Les feux s'éteignirent juste avant d'entrer dans la vingtaine de mètres où l'éclairage du lampadaire rompait un peu l'obscurité totale. Je distinguai la silhouette cubique d'un Trafic tel que l'avait décrit le voisin de l'ex de Graciela. À l'intérieur se trouvaient les salopards qui avaient enlevé ma femme. Peut-être qu'elle aussi y était.

Je marchai lentement, les mains dans les poches, tandis que le Trafic ralentissait en arrivant à l'intersection, à moins de dix mètres de moi. Je levai à peine les yeux pour essayer de lire le numéro d'immatriculation à l'avant du véhicule, mais il était maintenant trop près de la rue Patagonia et je le voyais de côté. Je pus seulement distinguer la lettre U au début du numéro, ce qui identifiait la province du Chubut. Auraient-ils loué la camionnette à Comodoro ?

Il me fut impossible de distinguer les six caractères qui suivaient le U. Je ralentis encore un peu le rythme de mes pas, attendant qu'ils tournent à droite ou à gauche et que j'aie ainsi un meilleur angle de vue pour discerner la totalité du numéro, mais la camionnette ne tourna ni à droite vers le village, ni à gauche vers les pêcheries. À ma grande surprise, elle traversa la rue et continua sans s'arrêter dans le chemin délaissé parallèle aux voies ferrées qui conduisaient à la gare abandonnée. Elle s'éloigna, laissant derrière elle un nuage de cendres.

Je commençai à les suivre en espérant qu'à un moment ou un autre une rafale de vent dégagerait suffisamment la poussière pour que je puisse lire la totalité du numéro. En me mettant à courir à toute vitesse j'évitai durant quelques secondes que l'avance qu'ils avaient continuât d'augmenter, mais le goût métallique du sang dans ma gorge me fit comprendre que la bataille était perdue d'avance. Si c'était déjà impossible en conditions normales, ça l'était encore plus au milieu d'un nuage de cendres volcaniques.

Quand mon corps eut atteint ses limites, je m'arrêtai. Penché en avant, les mains sur les genoux, je respirai à mille à l'heure à travers le foulard qui me couvrait le visage. Chaque bouffée d'air me brûlait les poumons comme de l'acide, et les battements accélérés de mon cœur tambourinaient dans mes tempes. Je mis presque une minute avant d'être sûr que je n'allais pas vomir.

Quand je regardai devant moi, l'obscurité avait avalé le Trafic, et autour de moi tout était redevenu calme. J'entendais seulement le crépitement des cendres sur mon vieux masque de plongée.

Je m'assis sur le sol et donnai un coup de poing à la terre, comme si cela allait arranger quelque chose. J'arrivai juste à soulever un petit nuage de poussière et à laisser la marque de mes jointures dans la cendre.

J'allumai la petite lampe et éclairai derrière moi : on voyait très nettement l'empreinte de mes pas, avec de chaque côté les bandes zigzagantes tracées par les roues de la camionnette.

Je commençai à suivre les roues en direction de la gare de chemin de fer. Les traces s'interrompaient seulement dans les parties élevées du terrain, là où le vent ne laissait pas les cendres s'accumuler. Mais quand il y avait une dépression dans le relief ou un buisson qui avait poussé au milieu de ce chemin abandonné, la cendre se déposait révélant les empreintes du véhicule.

Des empreintes qui à chaque rafale de vent s'effaçaient un peu plus.

***

Je ne savais pas très bien ce qui me poussait à suivre ces traces. Non seulement je connaissais l'identité des ravisseurs mais j'avais la certitude que s'ils découvraient que j'étais en train de les suivre, il n'arriverait rien de bon. Cependant, je continuai, un pas après l'autre, comme si quelque chose en moi me disait que plus j'en saurais sur la situation de Graciela et plus je pourrais l'aider.

Trois cents mètres plus loin, je fus surpris de découvrir que les traces n'arrivaient pas jusqu'à la gare, mais qu'elles pénétraient dans le plus grand des trois hangars en tôles qui jouxtaient les voies ferrées.

C'était une construction de cent mètres de long qui servait autrefois d'entrepôt pour l'entretien des trains qui amenaient la laine depuis la meseta jusqu'à Puerto Deseado où elle était chargée sur les bateaux. Il y avait maintenant une quinzaine d'années que les hangars étaient à l'abandon, tout comme la gare et toutes les dépendances du chemin de fer, et cela depuis qu'un ministre de l'Économie avait décidé que les trains enlevaient trop de clients à la flotte de poids lourds dont il était le propriétaire.

Je trouvais cela étrange que les ravisseurs aient choisi cet endroit pour se cacher. Même si le fait qu'il fût abandonné et éloigné des habitations jouait en leur faveur, ils se trouvaient sur un terrain découvert qui, dès que les cendres se seraient un peu dispersées, les laisserait dans une position très vulnérable. La seule explication qui me vint à l'esprit fut que leur plan initial avait été d'emmener Graciela hors du village la nuit où ils l'avaient enlevée, mais l'éruption du volcan les avait obligés à renoncer. Peut-être avaient-ils pensé qu'ils ne risquaient rien à rester là tant que les cendres recouvriraient tout.

Les traces du Trafic disparaissaient derrière un grand portail en tôle sur un des côtés de l'immense hangar. Toujours simulant un ouvrier qui rentrait chez lui depuis une pêcherie, les mains dans les poches, je fis le tour du bâtiment jusqu'à un second portail encore plus grand par où sortait une voie ferrée rouillée. La grosse chaîne qui unissait les deux battants était fermée par un cadenas auquel des années d'intempéries patagoniques avaient enlevé tout le brillant.

Je regardai par le trou dans lequel passait la chaîne. La faible clarté des lampadaires du village et celle des projecteurs d'une pêcherie toute proche parvenaient difficilement à se frayer un chemin à travers les mille fentes que le temps avait ouvertes dans le bâtiment. Je repérai tout de suite le Trafic, stationné de l'autre côté du petit portail, là où les traces disparaissaient. Il avait les deux portières avant ouvertes et le nez dirigé vers moi de telle manière que je pus lire sans problème le numéro d'immatriculation. Je le répétai mentalement afin de le mémoriser.

Une cinquantaine de mètres plus en arrière, le flamboiement d'un feu à même le sol se projetait sur un des deux longs murs de la construction rectangulaire. J'imaginai qu'en d'autres circonstances, la fumée qui sortait des conduits de ventilation sur le toit les aurait fait repérer. Mais détecter une colonne de fumée dans un village couvert d'un nuage de cendres revenait à jeter une bouteille d'eau minérale dans l'océan puis essayer d'en retrouver la trace.

Autour du feu je distinguais deux silhouettes. L'une d'elles était celle d'un homme corpulent avec une grosse moustache, qui gesticulait d'une main et maintenait un sac à dos en l'air de l'autre. Il parlait à une femme assise sur le sol, le dos appuyé à un énorme rayonnage en métal perpendiculaire au mur. Elle avait les yeux bandés et un masque à gaz lui couvrait le nez et la bouche. Par la façon peu naturelle dont ses mains se rejoignaient derrière son dos, je sus qu'ils l'avaient attachée.

Je supposai que l'homme était Frederico Contreras. Quant à la femme, je n'avais aucun doute.

Contreras fit quelques pas vers ma femme et lui caressa le bout du menton qui dépassait du masque. Tous les muscles de mon corps se contractèrent en même temps, et un feu me monta de l'estomac jusqu'à la gorge. Je serrai si fort les poings que mes ongles s'enfoncèrent dans mes paumes. C'était la première fois que je ressentais une telle haine. Je voulais entrer et arracher la tête de ce fils de pute. La rage m'emportait de manière irrésistible, bien que je sache qu'en faisant cela, je finirais sûrement avec plusieurs balles dans le corps.

Un vacarme à quelques mètres de ma tête me tira de cet état de transe. Une rafale avait apporté avec elle un panneau en bois arraché je ne sais où et venait de l'exploser contre le portail. Le bruit sur la tôle fit sursauter Frederico Contreras qui cria quelque chose que je ne parvins pas à saisir. Il attendit quelques instants une réponse, mais voyant que personne ne répondait, il prit un pistolet et se dirigea vers moi d'un pas décidé.

Je m'éloignai à toute vitesse à la recherche d'un endroit où me cacher. Sur le terrain vague qui séparait le village du hangar, où il n'y avait que des buissons et des voies de chemin de fer rouillées, mon seul espoir était le vieil échangeur qui autrefois avait servi à inverser le sens des locomotives.

Je me jetai tête la première dans la fosse circulaire où pivotait le mécanisme. Les genoux tapèrent si fort sur le ciment que je ne sais comment je ne me brisai pas les os.

Je restai là, m'attendant à tout moment à ce que Frederico Contreras sorte du bâtiment pour s'avancer vers moi, mais les minutes passèrent et j'étais toujours vivant. Je mis plus d'un quart d'heure à me convaincre qu'il ne m'avait pas vu.

Je sortis la tête de ma cachette avec l'intention de partir en courant, mais je remarquai du coin de l'œil la petite silhouette d'un homme qui se dirigeait, en suivant les voies, vers le hangar où ils séquestraient Graciela. Il avait le visage protégé par une écharpe et portait un sac noir à la main.

Je crus tout d'abord qu'il s'agissait d'un employé de l'une des pêcheries, mais quand je le vis entrer dans le hangar abandonné, je sus que ce ne pouvait être que Jacinto

Contreras, le frère de Frederico.

Tandis que je me demandais pourquoi il n'était pas allé avec son frère récupérer la rançon à la Cuevas de los Leones, une forte rafale de vent réduisit la visibilité. J'en profitai pour partir en courant vers le village.

CHAPITRE 24

Mercredi 14 août 1991, 3:44 p.m.

Quand j'arrivai chez moi, je sus que tout avait merdé. Dans toutes les pièces le contenu des tiroirs était répandu sur le sol, dans la chambre le matelas était retourné, et la porte de derrière ouverte. En passant la tête, la première chose que je vis fut le cadenas avec lequel j'avais fermé l'atelier, il était réduit à deux bouts de métal tombés sur le sol.

Je courus, sachant très bien ce que j'allais trouver. Et je ne m'étais pas trompé : la vieille caisse en bois était posée sur l'établi, ouverte et vide. Quelqu'un avait emporté les cent mille dollars.

Ma vue se troubla si soudainement que je dus m'accrocher à la table pour ne pas tomber. Je supposai que la seule chose qui m'empêcha de m'évanouir fut que dans le fond, vraiment dans le fond, se logeait l'espoir que ce ne fût pas Jacinto Contreras mais le commissaire. Les conséquences du vol chez le chef de la police ne seraient rien comparées à celles du mensonge servi aux narcotrafiquants qui détenaient ma femme.

Je regardai ma montre, essayant de ne pas penser. Cela faisait trois quarts d'heure que j'avais déposé le million de dollars dans la Cuevas de los Leones et il restait quinze minutes avant qu'ils m'appellent.

Mais le téléphone ne sonna pas une seule fois durant les trois heures où je restai assis à côté de lui.

Ce ne fut que vers sept heures du soir, quand tout était obscur, que j'entendis trois coups timides à la porte d'entrée.

CHAPITRE 25

Jeudi 6 décembre 2018, 6:42 p.m.

Cela fait dix minutes qu'il regarde la machine à écrire, sans oser appuyer sur une seule touche. Comment raconter ce qu'il n'a pas vécu sans trahir la vérité ?

Comme le ferait un historien. Il n'était pas là, c'est sûr, mais il a disposé de nombreuses années pour rassembler des petits bouts de l'histoire. Une parole qu'elle a dite en dormant, certains regards, des réactions inattendues.

S'il devait raconter n'importe quel autre des moments que Graciela passa seule avec les frères Contreras, il ne saurait pas par où commencer. Mais celui qu'il se prépare à relater maintenant est différent. C'est le seul pour lequel il a une théorie solide sur la manière dont les événements se sont déroulés.

Il a construit cette théorie durant des années, comme un passionné de puzzles emboîtant avec une patiente infinie vingt mille pièces colorées jusqu'à composer un paysage de deux mètres de large.

Dans sa tête il y a eu, il y a encore, plusieurs de ces puzzles. La plupart sont inachevés, les pièces étalées en désordre, certaines à l'envers. Au mieux il a réussi à en assembler quelques-unes en groupes trop petits pour savoir s'il s'agit d'un arbre, d'un fleuve ou d'une montagne.

Un seul de ces casse-têtes est complet, et c'est celui qu'il se prépare à taper à la machine. Après plusieurs années d'essais et d'erreurs, il sait quelle image ces pièces ont fini par dessiner. Il a essayé mille fois de les assembler d'une autre manière, mais il y a toujours quelque chose qui ne cadre pas.

C'est pour cela qu'il se répète que les choses n'ont pas pu se passer différemment. Détail en plus ou détail en moins.

Ses doigts, maintenant dans la peau de Graciela, recommencent à courir sur les touches.

CHAPITRE 26

Mercredi 14 août 1991, 4:24 p.m.

Graciela voulut ouvrir les yeux, mais le bandeau lui permit à peine de décoller les paupières. Si elle levait la tête jusqu'à toucher avec le sommet du crâne les étagères en acier auxquelles elle était attachée, elle pouvait voir la faible lueur du feu par le minuscule espace entre le tissu et ses pommettes.

Les flammes, qui tentaient de lui réchauffer les pieds, étaient incapables de s'opposer au froid qui venait à la fois du sol, où ils l'avaient obligé à s'asseoir, et de la colonne en métal contre laquelle elle appuyait son dos.

Cela faisait des heures qu'elle avait cessé de gigoter et de se contorsionner pour se libérer. Ses efforts ne servaient qu'à faire pénétrer un peu plus dans sa chair les brides en plastique qui lui liaient les mains.

Elle ferma les yeux derrière le bandeau, essayant de ne pas penser. Le bâillon avait un goût de torchon de cuisine sale, et le masque en plastique qu'ils avaient mis par-dessus amplifiait le bruit de l'air entrant et sortant de ses fosses nasales. Elle devait retenir sa respiration pour entendre la conversation des deux types de l'autre côté du feu.

- Tu as bien choisi ton jour, hein ? disait l'un d'eux.

Au timbre de la voix, Graciela sut qu'il s'agissait du plus gros. Le même qui l'avait déplacée et chargée comme un sac de pommes de terre pour aller récupérer la rançon.

- Comment je peux savoir qu'un volcan va exploser dans ce trou perdu et que les cendres vont voler jusqu'ici ? répondit l'autre. C'était celui qui donnait les ordres.

- Mais, je te l'ai dit ou pas, quand nous sommes allés chercher la Torino, que cette poussière était bizarre et que nous devrions remettre ça à plus tard ?

- Nous ne pouvions pas ! Comment remettre ça à plus tard, imbécile ? Ce n'est pas une réservation dans un restaurant.

- On pouvait parfaitement tout reporter, Jacinto.

- Ah, oui ? Et pourquoi ? Explique-moi donc comment nous allons partir d'ici avec le fric ? Toutes les routes sont coupées.

- Tout n'est pas coupé. Tout est bloqué, ce n'est pas la même chose. Tu ne t'en es pas rendu compte ? La police, l'hôpital, tous courent dans tous les sens, désespérés, faisant ce qu'ils peuvent pour aider. Personne ne va soupçonner deux types qu'ils ne reconnaissent pas agissant bizarrement, parce que tout le monde est méconnaissable et se comporte de manière inhabituelle.

Les dernières paroles se firent plus nettes et elles parvinrent à Graciela accompagnées de bruits de pas. Elle comprit qu'ils faisaient le tour du feu pour s'approcher d'elle.

- Graciela, comment allons-nous ? dit le dénommé Jacinto, de sa voix nasale.

Bien qu'elle ne puisse pas le voir, elle sut, grâce aux craquements des articulations des genoux, qu'il s'était accroupi en face d'elle.

Elle ne répondit pas.

- Tu as peur ? Non, ma belle, n'aie pas peur.

Des doigts rêches lui touchèrent le front. Elle recula, se cognant la tête contre le métal.

- Du calme, tu vas te blesser.

Les doigts revinrent sur son visage pour se glisser sous le bandeau, le tirant vers le bas.

Elle ouvrit les yeux. Le nasillard lui souriait à moitié, la bouche à quelques centimètres de son visage. Debout derrière lui, le gros l'observait, tenant un sac dans chaque main.

Elle regarda autour d'elle. La clarté du feu, atténuée par la poussière en suspension, n'éclairait que quelques mètres alentour.

- Où est-ce que j'étais ?

- C'était très simple, Graciela. Raúl nous rendait la brique et demie qu'il nous a volée et nous te laissions partir sans une égratignure.

Elle essaya de parler, mais le torchon sur sa bouche l'en empêcha. Jacinto sourit et, avec délicatesse, enleva le masque et le bâillon pour les laisser pendre autour du cou.

Raúl ne vous a rien volé, dit-elle, le goût rance du torchon toujours sur sa langue. Il a trouvé trois millions de dollars qu'il a rendus à la police.

- Aïe, Graciela. J'ai l'impression d'entendre un perroquet à écouter répéter toujours la même chose. Raúl a rendu un million et demi, mais il y en avait trois. Et trois moins un et demi, ça fait un et demi, non ?

Graciela soutint son regard, décidée à ne pas prononcer une parole. Mais la main de l'homme lui attrapa le visage avec la rapidité d'une attaque de serpent, plantant ses doigts dans les muscles des maxillaires.

- Combien font trois moins un et demi, Graciela ?

- Un et demi, répondit-elle. Mais la pression sur ses mâchoires fit que l'on entendit « un et 'emi ».

- Exactement, acquiesça-t-il, relâchant un peu son étreinte. C'est ce que nous lui avons demandé. Ni plus, ni moins. On ne prend même pas d'intérêts, bien que nous ayons perdu un million et demi au bénéfice de la police. Parce que, comme tu peux l'imaginer, la part qu'a rendue ton fiancé, nous ne la reverrons jamais plus.

- Mais, pourquoi vous ne le croyez pas ? Pourquoi ne rendre que la moitié, ça n'a aucun sens.

- Et quel sens ça a que tout à coup il ait une brique pour payer la rançon ? Dis-moi, si tu étais à ma place, qu'est-ce qui te semblerait le plus probable ? Que le million, il l'ait gardé pour lui et que finalement il se soit décidé à nous le rendre avec cette histoire que le véritable voleur serait le commissaire ?

Graciela décida de ne pas emprunter ce chemin.

- Mais, dans tous les cas, vous avez l'argent. Alors maintenant, laissez-moi partir, s'il vous plaît.

- Il en manque encore une bonne partie, et Raulito semble vouloir la garder pour lui, dit-il en tendant la main derrière lui.

Le grand échalas lui donna un sac de sport que Jacinto Contreras posa sur le sol.

- Raúl a un atelier de soudure derrière la maison, non ?

- Oui.

- Bien, je vais te raconter une histoire. Ton mari, je ne lui fais pas confiance. Je ne sais pas trop comment te l'expliquer mais, au cours des années passées dans mon domaine d'activité, j'ai développé un flair infaillible pour repérer les gens qui me mentent. Et il y a dans cette histoire qu'il m'a racontée, du style « Je n'ai pas l'argent, c'est le commissaire qui l'a, maintenant si, je l'ai », quelque chose qui ne me satisfait pas du tout. Alors aujourd'hui, quand Raúl est sorti de chez lui pour aller payer ta rançon, qui attendait au coin de la rue ?

Jacinto Contreras se désigna de la pointe des doigts.

- Donc, pendant que Frederico et toi alliez à la Cuevas de los Leones, j'ai décidé de procéder à une petite inspection de ta maison. Très jolie la chambre matrimoniale, c'est sûr. Pardon pour le bordel que j'ai laissé, mais tu comprendras que je ne pouvais rien négliger si je voulais être certain que Raúl me mentait.

- Mais Raúl ne te ment pas.

Contreras leva les paumes pour lui indiquer qu'il n'avait pas terminé. Puis il montra du doigt le sac à ses pieds.

- Quand j'en eus fini avec la maison, je passai à l'atelier de soudure. Et là, j'ai trouvé un truc qui m'a un peu surpris et sur lequel j'aimerais avoir ton avis. Raúl garde-t-il toujours cent mille dollars dans sa caisse à outils crasseuse ?

L'homme ouvrit le sac et lui montra le contenu. À l'intérieur il y avait plusieurs liasses de billets attachés avec des élastiques.

- Qu'est-ce que c'est ? demanda-t-elle.

- C'est exactement la question que je me pose. Voyons si tu peux m'aider à trouver une explication. Comment se fait-il que Raúl nous écrive une lettre pour nous supplier de le croire quand il nous dit qu'il n'a qu'un million de dollars alors que nous en avons trouvé cent mille de plus chez lui ?

- Non, ce n'est pas possible, ce n'est pas à nous. C'est sûrement la police qui les a cachés là. Regardez, ce ne sont pas les mêmes billets que ceux de l'accident.

- Cent mille dollars sont cent mille dollars, Graciela. Froissés ou repassés ils ont la même valeur.

Jacinto Contreras tendit à nouveau la main derrière lui et son frère lui passa un sac en toile dans lequel se devinait un objet lourd. Il le posa devant lui, l'ouvrit et en sortit une petite hache rouillée.

- Ce n'est pas que je sois un expert en enlèvement, dit-il en regardant la lame ébréchée, mais il y a une chose que je sais. Mon expérience me dit que quand quelqu'un se ferme comme une huître, comme ça semble être le cas de ton cher Roli, la meilleure façon de l'ouvrir est de lui envoyer un souvenir.

Il fit un signe de la tête, et le grand balèze se pencha et arracha d'un coup la chaussure droite de Graciela. Elle essaya de toutes ses forces de retirer son pied, mais les mains énormes immobilisèrent sa cheville avec la fermeté d'une paire de tenailles.

- Si tu sais quelque chose, c'est maintenant qu'il faut parler, Graciela. Mais tu peux aussi payer la rançon.

Le nasillard déchira la chaussette et appuya le tranchant de la hache sur le petit orteil. Elle essaya encore de retirer son pied, mais il ne bougea pas d'un centimètre. L'autre avait tant de force qu'elle avait l'impression d'avoir la plante du pied collée au sol.

- Je ne sais rien, s'il vous plaît.

Jacinto Contreras leva la hache à la hauteur de son épaule et la regarda dans les yeux.

- Raúl est un homme honnête, je vous le jure. Il a voulu faire les choses correctement et rendre l'argent qui ne lui appartenait pas. Une somme que nous n'aurions pas pu gagner durant toute notre vie. Je ne sais pas d'où viennent ces cent mille dollars, mais Raúl n'a rien à voir avec ça. Moi-même je lui ai proposé de garder pour nous une partie de l'argent, mais il a tout rendu le jour-même. Il a des principes en fer.

Avec la hache toujours en l'air, il lui adressa un petit sourire en même temps qu'il acquiesçait de la tête.

- Je ne sais pas pourquoi, mais je te crois, Graciela.

Graciela relâcha tout l'air de ses poumons en un long soupir. Lui, sans cesser de la regarder, élargit son sourire.

- Toi, je te crois, mais Raúl, non.

D'un coup de hache rapide, Jacinto Contreras sectionna l'orteil.

Graciela resta sans voix, contemplant la flaque de sang qui se formait sous la plante du pied.

Ce ne fut qu'après plusieurs secondes qu'elle comprit ce qui venait de se passer, et elle lâcha un hurlement qui se répercuta dans tous les coins du hangar abandonné.

CHAPITRE 27

Mercredi 14 août 1991, 7:03 p.m.

En entendant les coups à la porte, je quittai la chaise d'un bond pour traverser la salle à manger. J'ouvris, m'obligeant à afficher un large sourire au cas où de l'autre côté il y aurait Graciela. Mais je me retrouvai face à Fermín Almeida.

Mon voisin était immobile sur le seuil, les cheveux emmêlés comme à son habitude. Il était venu sans aucune protection sur les yeux, le nez et la bouche. La couche de poussière qui recouvrait son visage se craquela quand il me présenta un sourire gêné.

- Fermín, ce n'est pas le bon moment.
- Je le sais bien, me dit-il en appuyant son regard vitreux. Les types du whisky sont revenus me voir. Bon, en réalité il n'y en a qu'un qui est venu : le nasillard avec la cicatrice sur la lèvre.
- Quand ?
- Il y a cinq minutes.
- Que voulait-il ?
- Que je t'amène ça.

Il sortit du sac un petit carton de la taille d'une boîte de médicaments, il était enveloppé dans une feuille de papier blanc dactylographiée que je reconnus immédiatement : c'était la lettre que j'avais mise avec le million de dollars.

- Que t'a-t-il dit d'autre, Fermín ?
- Rien de plus. Il m'a donné ça et m'a dit que j'attende cinq minutes après son départ pour venir te le donner.

Je lui arrachai le paquet de la main et lui claquai la porte au nez.

Les mains tremblantes, j'ouvris la boîte et enlevai le coton qui se trouvait dans la partie supérieure. Ce que je découvris me provoqua un haut-le-cœur.

Un orteil humain.

Le bout par où ils l'avaient coupé était un amas informe de fibres de chair collées au coton teinté de rouge. Je reconnus le petit ongle encore recouvert d'un reste de verni rouge.

J'essayai de respirer à fond, une fois, deux fois. Mais la troisième fut impossible. Je donnai un coup de pied dans la table, qui se renversa. Serrant la petite boîte dans une main, avec l'autre je soulevai la chaise en bois et l'explosai contre le sol. Elle se rompit en plusieurs morceaux, projetant des éclats dans toute la salle à manger.

Puis la rage céda le pas à la panique. Je reculai de quelques pas jusqu'à toucher le mur. Je me laissai glisser et, assis sur le carrelage glacé, me mis à pleurer comme un enfant.

Je suis incapable de dire si je restai là quelques secondes ou plusieurs minutes. Ce qui est sûr, c'est qu'en émergeant de cette horrible transe, je sus que je devais prendre une décision. Je haïssais les salopards qui avaient fait ça à Graciela, mais je me haïssais encore plus. C'était mon honnêteté, ma putain d'honnêteté, qui m'avait mis dans cette situation. Si je n'avais pas touché à ce fric, Graciela serait avec moi à la maison. Et si je ne l'avais pas rendu j'aurais pu payer la rançon. Mais non, ce con de Raúl avait voulu jouer, une fois de plus, au citoyen exemplaire.

Que pouvais-je faire ? La seule alternative qui me venait à l'esprit était d'aller voir la police, mais je prenais le risque de mettre Graciela encore plus en danger. Quoique ? Que risquait-elle de plus maintenant qu'ils l'avaient mutilée ?

C'est alors que le téléphone sonna.

- Oui ? répondis-je.

- Ibáñez. Ça te plaît de jouer avec le feu… dit Jacinto Contreras.

- Que lui avez-vous fait, fils de pute ?

- Nous ? Rien. C'est toi. Tu nous as rendu une partie de l'argent et nous te rendons une partie de Graciela. Un marché est un marché.

Je voulus rugir, mais je réussis juste à émettre un grognement qui, à mon grand regret, ressemblait plus à un sanglot.

- Pourquoi vous nous faites ça ? La seule chose dont je suis coupable, c'est d'avoir bien fait les choses.

- Eh bien, ça dépend à qui tu poses la question. Pour nous, tu as tout fait de travers.

- Je n'ai pas gardé un seul putain de dollar. J'ai tout donné à la police, et le commissaire en a gardé la moitié. J'ai récupéré un million et vous me payez en mutilant ma femme, fils de pute.

De l'insulte ne sortirent que les voyelles. Les larmes roulaient sur mes joues l'une après l'autre et une morve liquide et transparente me coulait du nez.

- Mais tu en as gardé un petit peu, non ?

Je ne sus que dire.

- Tu nous as menti Ibáñez. Tu nous as menti, répéta l'homme d'une voix tranquille. Tu nous as dit au téléphone que tu avais l'argent, et nous on t'a cru. Et comment tu nous paies ? En nous donnant un demi-million en moins et une lettre.

J'étais trop désespéré pour dire quelque chose qui m'aiderait à sortir de cette situation. Je savais que c'était impossible.

- Nous avons les cent mille que tu as cachés dans ton atelier. Où sont les quatre cents autres ?

- Je sais que vous n'allez pas me croire, mais dans le sous-sol je n'ai trouvé que le million que je vous ai rendu et les cent mille que j'ai cachés. Je jure que mon intention était de vous les donner. Dans la lettre, je vous disais que si on me prêtait de l'argent et si je vendais ma maison, j'arriverais à la somme. Mais, qui va acheter une maison en ce moment ? Vous comprenez ? Je l'ai fait pour vous prouver ma bonne foi, pour vous convaincre que j'étais prêt à vous donner tout ce que je possède, mais je n'ai pas eu de chance.

- Tu as raison sur deux choses, Raúl : tu n'as pas eu de chance et on ne te croit pas.

- Vraiment, insistai-je. Je n'ai aucune idée de qui peut avoir le reste de l'argent. La femme du commissaire a quitté la ville, c'est possible qu'elle l'ait emporté.

- Ou, encore mieux, c'est toi qui l'as, et tu joues au plus malin.

- Non.

- Moi, personnellement, je n'échangerais pas Graciela pour du fric, dit-il d'un ton mielleux. C'est une fille sublime.

Je sentis un feu me brûler l'estomac.

- Je n'ai pas le reste de l'argent ! criai-je, désespéré. En quelle langue dois-je vous le dire, débris de fils de pute ? Je veux que vous me rendiez ma femme !

- Dis-moi une chose, Ibáñez, ça fait combien de temps que tu es avec Graciela ? demanda le ravisseur sans perdre son calme.

- Un an.

- Un année que vous vous connaissez. Mais beaucoup moins à vivre ensemble, non ? Sept mois, d'après ce que j'ai entendu dire.

Je supposai que ces renseignements étaient eux aussi un cadeau de Fermín Almeida.

- Où veux-tu en venir ?

- Tu n'es pas encore suffisamment amoureux d'elle. Personne n'échangerait l'amour de sa vie pour de l'argent, quelle que soit la somme. Mais vous, ça ne fait pas longtemps que vous êtes ensemble. J'irais même jusqu'à dire que ce que tu souhaites, c'est qu'on la tue et qu'on s'en aille en te laissant profiter tranquillement des quatre cents briques.

- Non.

- Bien sûr que non. Parce que si nous en avons fini avec Graciela, nous allons continuer avec qui tu sais, Ibáñez. Salta est un peu loin, mais en avion on y est vite.

Je pensai à mon frère qui travaillait là-bas. Je pensai aux mots choisis par Jacinto Contreras pour parler de ma femme : « Si nous en avons fini avec Graciela », comme s'il parlait d'un bout de pain.

C'est à cet instant que je me rendis compte qu'il n'y avait qu'une seule façon de sortir de ce cauchemar.

- C'est bon, dis-je en lâchant un soupir. C'est vrai. C'est moi qui ai les quatre cent mille qui manquent.

- Tu vas regretter ça, Ibáñez.

- Non, non. Vous voulez l'argent ? Moi je l'ai et je peux vous le donner aujourd'hui-même, mais ne faites plus de mal à Graciela. Dès que la marée descend, je laisse ce qui vous manque dans la Cuevas de los Leones. Dans environ huit heures, selon mes calculs, je pourrai à nouveau y entrer.

- Je te le fais simple. Si dans huit heures tout le fric est là, nous te rendons Graciela dans l'état où elle est. Je ne te dis pas saine et sauve, pour des raisons évidentes. Mais s'il manque un seul dollar, tu la reçois dans un cercueil avec une belle couronne de fleurs. Après, nous prenons le prochain vol pour Salta.

***

Pendant que je mettais les balles dans le chargeur du colt du commissaire, je pensais aux différentes possibilités. La première consistait à utiliser les huit prochaines heures pour trouver les dollars manquants. Mais si la femme de Rivera avait emporté le demi-million à Comodoro, le récupérer à temps me serait impossible. Dans l'état où étaient les routes, rien que pour aller jusqu'à cette ville, il me faudrait au moins six heures. À condition que la 9 tienne le coup.

Non. Ça n'avait aucun sens de continuer à essayer de récupérer l'argent de la rançon. J'avais joué, et j'avais perdu. À partir de maintenant il fallait que ça change.

Quand je mis le chargeur avec les sept balles dans le

pistolet, j'étais convaincu que si je voulais gagner, j'allais devoir jouer avec mes propres règles.

Cette harangue intérieure me fit marcher jusqu'à la porte avec les muscles du dos tendus comme des câbles d'acier. Mais à peine avais-je posé les yeux sur la boîte contenant l'orteil de ma femme, que les doutes apparurent. Je me demandai comment allait Graciela en ce moment. Si la blessure la faisait beaucoup souffrir. S'ils l'avaient désinfectée. Et surtout, si ce que je me préparais à faire avait une petite chance de réussir.

Je serrai les dents et empoignai avec force la crosse du pistolet. Avant que la partie sensée de mon cerveau me fasse changer d'avis, je sortis de la maison et montai dans la 9.

CHAPITRE 28

Mercredi 14 août 1991, 7:39 p.m.

Je me garai derrière un bâtiment abandonné et fis à pied les cent derniers mètres qui me séparaient du hangar du chemin de fer.

Je me postai derrière l'immense portail par où j'avais regardé à l'intérieur quatre heures auparavant. Maintenant, le projecteur de la pêcherie la plus proche était éteint, et par les fentes ne filtrait pas la moindre clarté. La seule source de lumière était le feu qui flambait près de l'une des longues parois de la construction, à cinquante mètres de l'endroit où je me trouvais.

Je fis prudemment le tour du hangar, laissant derrière moi le portail latéral par où était entrée la camionnette, je continuai en longeant la paroi jusqu'à un autre portail identique. Là aussi je trouvai un espace qui me permit de regarder à l'intérieur. Ce vieil atelier des chemins de fer était une véritable passoire.

Depuis ma nouvelle position, ils étaient beaucoup plus proches. À vingt mètres de moi, Graciela était toujours attachée au rayonnage en acier. Elle n'avait plus les yeux bandés ni le masque sur le visage mais un simple bâillon grisâtre sur la bouche. Un grand pansement de gaze lui recouvrait la moitié du pied droit.

Face à elle, de l'autre côté du feu, Jacinto Contreras ouvrait des noix avec la pointe d'un couteau. Près de lui, son frère Frederico dormait blotti sous une couverture qui montait et descendait au rythme de sa respiration.

Mon attention fut attirée par la propreté du sol autour du feu ; il n'était pas recouvert par la couche de cendres qu'il y avait partout ailleurs. Je ne mis pas longtemps à trouver l'explication : il y avait un balai appuyé contre les étagères auxquelles était attachée Graciela. Le monticule de cendres sous les brins de paille était si grand qu'il n'aurait pas logé dans un sac de supermarché.

Je passai une demi-heure contre cette paroi, me demandant comment sortir ma femme de là avant qu'ils ne l'égorgent avec le couteau qui ouvrait les noix. Une voix dans ma tête me répétait constamment que j'aurais dû attendre les huit heures convenues ; un des deux ravisseurs aurait alors quitté le hangar pour aller récupérer la rançon dans la Cuevas de los Leones, il m'aurait ainsi été plus facile de libérer Graciela.

Malgré tout, cela aussi aurait été très risqué. Peut-être allaient-ils emmener ma femme dans la camionnette et, en découvrant que l'argent n'était pas dans la grotte, la tuer sur-le-champ. Ou alors ils décidaient de quitter le hangar une heure plus tôt, me faisant perdre mon unique opportunité.

Enfin, je remarquai un peu de mouvement. Après s'être retourné sous la couverture, Frederico Contreras s'assit et étira ses énormes bras. Il regarda Graciela et, souriant, lui dit quelques mots que je ne parvins pas à entendre. Ma femme soutint son regard, mais les lèvres autour du bâillon conservèrent leur tranquillité.

Sans cesser de sourire, le type se mit debout et contourna les étagères auxquelles Graciela était attachée. En passant près d'elle, il lui glissa une main sur l'épaule. Elle n'esquissa même pas un geste pour l'esquiver. Je compris qu'auparavant elle avait essayé sans succès.

Comme le rayonnage était perpendiculaire à la paroi face à moi, de l'endroit où je me trouvais je pouvais voir des deux côtés de la structure. Frederico Contreras marcha jusqu'à l'extrémité du hangar. Il s'arrêta devant une porte de taille standard qui paraissait minuscule comparée à l'immense mur dans lequel elle était encastrée.

Il retira difficilement la traverse en bois qui sécurisait la porte et, en l'ouvrant, sa silhouette musclée se découpa dans un rectangle à peine plus clair que l'obscurité du hangar. Il fit deux pas à l'extérieur, ouvrit sa braguette et commença à uriner.

Je sortis le pistolet du sac et l'armai afin d'introduire une balle dans la chambre. Je n'aurai pas de meilleure opportunité que celle-ci.

Je courus le long de la paroi en essayant d'avancer sur la pointe des pieds afin de faire le moins de bruit possible. Une fois passé le coin du hangar, je m'arrêtai près du grand portail, celui par lequel pénétraient les voies ferrées. Maintenant, il n'y avait plus qu'un angle qui me séparait du ravisseur. J'étais contre un petit côté du rectangle, lui était sorti par un grand.

Je me penchai à peine et vis à quelques mètres le dos de Frederico Contreras. En Patagonie, personne ne met longtemps pour apprendre qu'il faut pisser avec le vent dans le dos. Il avait les jambes un peu écartées et les mains toujours dans la braguette. Une grande partie du jet qui tombait entre ses pieds s'éparpillait en minuscules gouttelettes avant de toucher le sol.

J'avançai dans sa direction avec mon arme visant son dos. M'approcher par derrière avait l'avantage qu'il ne me voyait pas arriver, mais par contre il entendrait le moindre bruit. Par chance, la couche de cendres amortissait mes pas.

Quand je fus à moins d'un mètre de lui, le jet se transforma en un goutte-à-goutte et ses épaules s'agitèrent de haut en bas. Avant qu'il ait le temps de se retourner pour rentrer dans le hangar, de toutes mes forces je lui assénai un coup de crosse sur le crâne. Il tomba à genoux puis sur un côté, perdant connaissance sans se rendre compte de qui l'avait attaqué.

***

Dans le hangar, les machines et les meubles empilés depuis une quinzaine d'années dégageaient une odeur de vieux et d'humidité qui laissait au second plan le soufre des cendres et la fumée du feu de bois. Je marchai le plus silencieusement possible vers l'énorme rayonnage. La plus grande partie était occupée par des caisses en bois tellement bien alignées que l'éclat du feu arrivait à peine à se faufiler entre elles. Il y avait aussi une étagère remplie de livres de la taille des tomes d'une encyclopédie.

Je regardai par l'un des rares interstices entre les caisses en bois et parvins à voir le feu. En face de moi, le regard dirigé vers le bas, Jacinto Contreras continuait à se concentrer sur l'ouverture des noix. Il avait le dos appuyé contre une pile de vieux bureaux bien rangés et de chaises en bois. Il était si proche de moi que je reconnus le couteau qu'il utilisait ; c'était celui que j'avais pris dans le sous-sol du commissaire.

Je longeai les étagères en faisant attention à ne pas faire de bruit. Depuis ma position je n'arrivais pas à voir Graciela, mais je savais qu'il n'y avait que quelques mètres qui me séparaient d'elle. Quand j'arrivai au bout du rayonnage, j'empoignai le colt à deux mains, fermai les yeux et respirai trois fois à fond.

Avant de succomber à la voix dans ma tête qui me disait que tout cela était une folie, je levai l'arme et fis un pas en avant, entrant ainsi dans le champ de vision de Jacinto Contreras. Il y avait à peine quatre ou cinq mètres entre nous.

- Ne bouge pas, reste calme, menaçai-je en le visant au torse.

L'homme leva la tête. Il posa d'abord le regard sur le canon du pistolet puis sur moi.

- Ibáñez, dit-il. En personne. Sa voix n'était pas aussi nasillarde que dans le téléphone. Ne fais pas le con ou tu vas t'en repentir le restant de ta vie.

Il appuya la main qui ne tenait pas le couteau sur un genou et se leva.

- Ne bouge pas.

Il fit un pas vers moi et sourit.

- Ibáñez, tu n'es pas aussi bête. Tu crois qu'il n'y a que nous deux et rien d'autre ? dit-il en faisant un geste vers la porte par où était sorti son frère. S'il nous arrive quelque chose, tu es cuit, et elle aussi.

Il désigna Graciela de la pointe de son couteau. Je m'autorisai à la regarder une seconde. Elle avait les yeux débordant de larmes et une grimace de terreur sous le bâillon.

Je pourrais prétendre avoir vu un geste menaçant dans le scintillement de la lame, ou bien avoir eu l'intuition que le prochain pas de Contreras serait pour se jeter sur ma femme, ou sur moi ; mais ce qui m'a vraiment décidé à tirer fut quelque chose de beaucoup plus viscéral et en même temps calculé. Je pressai la détente poussé par la haine que j'avais accumulée contre ce fils de pute durant les trente-six dernières heures.

Je dis que ce fut calculé parce qu'avant de tirer, je baissai le pistolet pour ne pas le tuer. Je voulais le faire payer œil pour œil. Je voulais qu'il souffre autant qu'avait souffert Graciela, et je préférai que la balle lui détruise une jambe plutôt que lui perforer un poumon.

La déflagration résonna contre les parois en tôle et Jacinto Contreras tomba sur un côté, essayant sans succès de s'accrocher à la pile de bureaux. Le couteau tinta en tombant sur le ciment pour finalement s'immobiliser à quelques centimètres de sa jambe blessée.

Tandis qu'il regardait sa cuisse en serrant les dents pour contenir un cri, sa main se dirigea vers sa ceinture d'où dépassait un pistolet.

Mon coup de pied l'atteignit au poignet juste à temps et l'arme vola à trois mètres de nous, juste à côté du feu.

D'un geste rapide j'appuyai fortement le canon du colt sur sa tempe, de l'autre main j'attrapai le couteau et le jetai hors de portée. À partir de là, je m'éloignai un peu, mais sans cesser de le tenir en joue.

Je me dépêchai de couper les liens qui attachaient Graciela à la structure en acier ainsi que ceux qui entravaient ses chevilles. Quand elle fut libre, elle enleva le bâillon et m'embrassa avec une force dont je ne la croyais pas capable. Ensuite elle s'écarta un peu de moi pour regarder mon visage, et de nouvelles larmes tracèrent des sillons rosés sur sa peau grise.

- Qu'allons-nous faire ? me demanda-t-elle, alternant le regard entre le type qui se tenait la jambe à côté de nous et l'extrémité des étagères par où était parti l'autre.

- Attache-le, lui dis-je en ramassant le pistolet que j'avais arraché à Contreras. Je nettoyai un peu la cendre qui avait adhéré au métal et le donnai à Graciela. Je me charge du frère.

Ma femme acquiesça et se dirigea vers un sac posé sur une des étagères. Il était rempli de brides en plastique identiques à celles qu'ils avaient utilisées pour l'attacher. Je me dirigeai vers l'extrémité du rayonnage et, après l'avoir contourné le pistolet levé, je courus vers la porte restée ouverte au fond du hangar.

Quand je me penchai dans la nuit venteuse, je ne trouvai pas l'énorme corps de Frederico Contreras étendu sur le sol. Je vis seulement le cercle irrégulier de son urine dans la cendre. Le peur me noua l'estomac. Je fis demi-tour pour revenir avec Graciela, mais avant que je puisse faire le premier pas, un coup au-dessus de l'oreille me fit exploser le crâne de douleur et je perdis connaissance.

***

En ouvrant les yeux, je ne sus si j'étais resté évanoui une seconde ou une heure. Je me relevai en lâchant un grognement. Je fouillai du regard le sol autour de moi, mais fus incapable de retrouver le colt que je tenais juste avant qu'il m'assomme. À chaque battement de cœur, une douleur intense me vrillait le crâne et une pression derrière les yeux me donnait l'impression qu'ils allaient sortir de leurs orbites.

J'avançais en m'appuyant sur la paroi pour ne pas perdre l'équilibre. De l'autre côté des étagères on entendait des voix. En passant la tête, je vis que j'étais resté sans connaissance seulement quelques secondes, parce que je trouvai Frederico Contreras accroupi en train de caresser la tête de son frère blessé.

Après avoir promis à Jacinto que tout allait s'arranger, il se leva et braqua les yeux sur Graciela, que je ne voyais pas d'où j'étais. Il s'avança vers elle, une barre de fer à la main. Je compris alors pourquoi la bosse me faisait autant mal.

- Casse-lui la tête, grogna Jacinto d'où il était, sans quitter des yeux sa jambe en piteux état.

J'étais convaincu qu'à tout moment les tirs de l'arme que j'avais donnée à Graciela allaient résonner dans le hangar.

À chaque pas que Frederico faisait vers elle, je me disais que c'était le moment où la première balle lui entrait dans la poitrine et où le type tombait à genoux en vomissant du sang.

Mais le tonnerre des coups de feu ne retentit pas. Le seul bruit que j'entendais était le raclement de la barre de fer sur le ciment.

Au risque que les Contreras devinent ma présence, je me penchai un peu plus. Mon cœur s'arrêta en voyant ma femme se débattre avec la culasse sans arriver à la faire revenir à sa place afin qu'une cartouche s'insère dans la chambre. Je supposai que lorsque j'avais arraché le pistolet à Jacinto d'un coup de pied et qu'il était tombé sur le sol, les cendres avaient grippé une quelconque partie du mécanisme.

Comme si ce n'était pas assez désespérant que Frederico Contreras avançât vers ma femme avec une barre en acier trempé à la main, quand il se retourna pour parler à son frère, je découvris que dans l'autre main il tenait mon colt.

- Reste tranquille Jacin, ces deux-là ne vont pas sortir d'ici vivants, dit-il en s'immobilisant face à Graciela. Mais d'abord, ils vont payer pour ce qu'ils t'ont fait.

D'un mouvement rapide, Frederico Contreras frappa les mains de Graciela avec la barre, lui arrachant le pistolet inutile. Ensuite il leva l'acier au-dessus de ses épaules et l'abaissa avec force, directement sur la tête de ma femme.

Par miracle, Graciela parvint à interposer son avant-bras entre le métal et son crâne. Le craquement des os en se brisant et le gémissement de douleur arrivèrent avec netteté jusqu'à mes oreilles. Elle tomba sur le balai posé contre les étagères, cassant le manche comme si c'était une allumette.

Frederico Contreras s'accroupit face à elle et la visant avec le colt, il sourit sous sa moustache fournie. Il posa la barre de fer sur ses cuisses pour libérer une main et serra avec ses gros doigts l'avant-bras de Graciela.

- Ça te fait mal ? lui demanda-t-il

Graciela poussa un hurlement.

- C'est à peu près ce que doit ressentir mon frère, dit-il en désignant Jacinto qui, étendu sur le sol, regardait de l'autre côté du feu.

- Mets-lui une balle dans la tête et tirons-nous avec le fric, Fede ! cria l'autre.

Frederico Contreras acquiesça vigoureusement comme si son frère venait d'avoir une brillante idée. Il étendit son bras musclé et appuya le canon du colt sur le front de Graciela. Je sus que si je ne faisais rien immédiatement, ma femme mourrait.

Je poussai de toutes mes forces une des caisses rangées sur les étagères. Le vacarme qu'elle fit en s'écrasant sur le sol obligea Frederico Contreras à quitter des yeux Graciela durant un instant. Il leva la tête comme un chien de chasse à l'affût puis appuya le bout de ses doigts entre ses pieds, prêt à se relever. Mais avant qu'il en ait le temps, ma femme tendit une main derrière elle, là où auparavant se trouvait le balai, puis la releva de toutes ses forces vers le visage de son ravisseur.

Un nuage de poussière éclata au visage de Contreras. Il se mit debout d'un bond, criant de douleur en se frottant les yeux, ne faisant que rayer la cornée encore et encore.

Aveugle, il leva l'arme vers Graciela et appuya sur la détente trois fois de suite.

***

Graciela eut juste le temps de se jeter sur le sol avant que Contreras lui tire dessus. Si le type avait pu voir où elle était, elle n'aurait eu aucune chance de survivre. Mais Graciela lui avait mis une bonne dose de cendres dans les yeux. Et la cendre, on le sut longtemps après, était essentiellement composée de dioxyde de silicium. C'est-à-dire du verre pilé.

Malgré le bras cassé et l'orteil sectionné, Graciela se mit debout dès que Frederico Contreras eut fini de tirer et se jeta sur lui pour attraper de sa main valide le bras qui tenait le colt. Quand elle eut fermement agrippé le bras, elle le mordit avec tant de force qu'un filet de sang lui inonda le menton et coula sur le sol en un goutte-à-goutte rapide.

Le ravisseur rugit de douleur et laissa tomber l'arme. Graciela se pencha pour la ramasser, mais à peine l'avait-elle en main qu'il se laissa tomber sur elle de tout son énorme poids et tous deux roulèrent au sol, près du feu. Je me précipitai vers eux pendant qu'ils se débattaient, mais une détonation me força à m'arrêter à mi-chemin.

Frederico Contreras roula sur lui-même, se tenant l'épaule droite avec la main opposée. Ma femme se sépara de lui et s'éloigna en traînant la jambe à cause de sa blessure au pied, mais sans cesser de le tenir en joue.

Elle fit un effort pour se pencher et tenter de récupérer la barre en acier qui lui avait brisé le bras, mais renonça avec une grimace de douleur.

Je ramassai la barre pour elle et me dirigeai vers le mastodonte qu'était Frederico Contreras. En me voyant approcher, il se remit debout comme il put et essaya de s'éloigner de moi. Avec la barre je lui assénai de toutes mes forces un coup sur la jambe. L'acier atteignit la face externe du genou qui se plia vers l'intérieur dans un angle uniquement possible quand il ne reste plus un seul ligament valide. Il tomba au sol en hurlant de douleur.

Maintenant j'étais sûr que cette ordure n'irait pas plus loin. Je revins vers ma femme.

- Tu vas bien ? demandai-je en l'embrassant.

Mais elle ne répondit pas à mon étreinte et s'éloigna en me repoussant doucement de la main qui tenait le pistolet. Avant de me regarder, elle cracha sur le sol une salive rougeâtre.

Ce fut la première fois de ma vie que j'eus peur d'un être aimé. Elle avait les lèvres et les dents teintées par le sang de Frederico Contreras et dans ses yeux irrités par les cendres, une haine qui semblait ne jamais devoir s'apaiser.

- Attache-les, m'ordonna-t-elle, me montrant les étagères en acier où elle-même était ligotée quelques instants auparavant.

- Graciela, allons-nous-en. Partons tout de suite.

- Attache-les, répéta-t-elle, cette fois en dirigeant l'arme vers ma poitrine. L'autre bras, celui qui avait bloqué l'acier, pendait inerte le long de son corps.

- Mon amour, qu'es-tu en train de faire ? Nous devons partir, il faut que tu voies un médecin.

- S'il te plaît, me dit-elle. Et en plus de la haine, je vis dans ses pupilles de la tristesse, de la fatigue et du désespoir.

J'acquiesçai et m'approchai des frères Contreras. Tous deux se tortillèrent sur le sol, mais aucun d'eux ne fut capable de s'éloigner, ne serait-ce que d'un seul mètre, de l'endroit où ils s'étaient écroulés.

Avec un rouleau de ruban adhésif je ligotai Frederico aux étagères. Je voulais attacher l'autre à ce robuste bureau en bois auquel il était adossé, mais je n'étais pas sûr qu'il soit suffisamment lourd. Je préférai assurer le coup et, en le tirant par la bride avec laquelle Graciela lui avait lié les poignets, je l'obligeai à se déplacer de quelques mètres jusqu'à un essieu rouillé de wagon. Je lui attachai les bras à l'énorme masse d'acier avec mille tours de ruban adhésif.

- Dans la camionnette il y a des bidons. Tu en amènes un, m'ordonna-t-elle.

Conscient que ça n'avait aucun sens de la contredire, je courus jusqu'au véhicule. À l'arrière je trouvai trois bidons de quinze litres, tous pleins. Je n'avais pas besoin de les ouvrir pour savoir ce qu'ils contenaient. La plupart des Portègnes se rendant en Patagonie emportent autant de carburant qu'il en faudrait pour traverser la moitié de l'Antarctique.

Quand je revins avec l'un d'eux, Graciela me dit de le poser par terre, à environ cinquante centimètres de Jacinto Contreras.

Après avoir mis le pistolet dans la ceinture de son pantalon, elle déboucha le bidon d'une seule main et l'inclina jusqu'à ce que le liquide rouge coule sur la jambe fracassée du ravisseur.

- Arrête ! Que fais-tu ? Tu es folle ? cria Jacinto Contreras en se tordant de douleur.

Faisant la sourde oreille, elle tira comme elle put le bidon jusqu'à Frederico et versa sur lui aussi une bonne quantité de combustible. Il secoua son énorme corps de toutes ses forces, mais la solide armature en acier à laquelle il était attaché ne bougea pas d'un centimètre.

- Tu vas le regretter, salope.
- Graciela, partons. C'est de la folie, criai-je.

M'ignorant autant qu'elle ignorait les Contreras, de son bras valide elle leva un peu plus le bidon et fit couler le carburant directement sur les cheveux de Frederico Contreras. Bien que le balèze fermât les yeux et secouât la tête pour évacuer le liquide, d'après sa plainte gutturale, il était clair que le liquide avait atteint ses yeux déjà bien abîmés.

Graciela continua en aspergeant les caisses en bois et les

livres sur les étagères. Quand le bidon fut aux trois-quarts vide, elle revint à côté de Jacinto en s'assurant de laisser une traînée continue de combustible sur le sol. Elle aspergea les bureaux empilés et les chaises tout autour.

- Sérieusement, dit l'aîné des Contreras. Laisse-nous partir et nous oublions ta dette.

Graciela interrompit sa tâche, posa le bidon sur le sol et se pencha sur le type en réprimant une grimace de douleur. Elle lui prit le visage dans son unique main valide, lui plantant ses ongles dans les joues.

- Il n'y a jamais eu de dette, fils de mille putes.

La bouche de Contreras esquissa un sourire entre les mains de ma femme.

- Comme c'est facile de faire la fière maintenant, Graciela. Mais attends que mes amis apprennent ça. Ce qu'on t'a fait n'est rien comparé à ce qui va t'arriver.

Quand il eut fini de parler, Contreras sortit sa langue et lécha la main de ma femme en une mimique lascive. Par réflexe, Graciela retira sa main pour aller l'essuyer sur son pantalon, mais à mi-chemin elle stoppa son geste. Puis elle se redressa lentement et leva le bidon.

- Autre chose ? lui demanda-t-elle pendant qu'elle laissait couler un mince filet sur sa tête.

- Arrête ! Arrête ! cria-t-il. Je te le jure, si vous nous laissez partir, on ne vous causera plus jamais aucun problème. On vous oubliera.

- Là, tu te trompes ; tu ne vas jamais nous oublier. Pour ce qui est de ne plus nous causer de problèmes, ne t'inquiète pas, je m'en charge.

Lorsque plus une goutte ne sortit du bidon, Graciela prit un des gros volumes sur les étagères et l'ouvrit sur le sol. Les pages étaient couvertes de lignes soigneusement écrites à la main. Je supposai qu'il s'agissait des registres de tous les travaux de maintenance réalisés sur les trains dans ce local.

Elle arracha une des pages, la plia pour former une espèce

de bâton et en alluma un bout sur les braises. Sans hésiter une seconde, elle lança le papier en flamme sur la tache brune aux pieds de Jacinto Contreras. Une flamme bleue se répandit lentement, comme au ralenti, d'abord sur les pantalons du ravisseur puis sur le chemin liquide qui l'unissait à son frère.

Les hurlements des Contreras commencèrent à résonner contre les parois du vieil atelier. Et, bien que je n'aie jamais haï qui que ce soit comme je haïssais les deux frères, les voir brûler vifs me retourna l'estomac et la conscience.

Leur tournant le dos, Graciela me fit signe de la suivre et, avec difficulté, elle se dirigea vers l'extrémité du hangar où se trouvait la camionnette. Elle m'indiqua un vieux placard que je m'empressai d'ouvrir sans cesser d'observer du coin de l'œil les flammes qui peu à peu dévoraient tout autour d'elles. À l'intérieur je trouvai le sac à dos que j'avais laissé dans la Cueva de los Leones et la sacoche avec les vieux billets que j'avais cachée dans la caisse à outils de mon grand-père. Quand je les accrochai à mes épaules, Graciela soupira, exténuée.

- Maintenant, nous pouvons partir, me dit-elle.

CHAPITRE 29

Jeudi 6 décembre 2018, 7:58 p.m.

Il termine la page et se rend compte qu'il a les épaules complétement voûtées sur la machine à écrire. Il se redresse, sort la poitrine et remplit ses poumons d'air.

Il se met debout, étire un peu les bras et se dirige vers sa valise. Il tâtonne entre les vêtements jusqu'à ce que ses doigts entre en contact avec le bois verni.

La boîte de Habanos est une grande, de celles qui contiennent une cinquantaine de Montecristo Edmundo. Cependant, dedans il n'y a pas de cigares – il y a des décades que l'on a fumé le dernier –, mais un pistolet, des balles et deux boîtes de valium dix milligrammes.

De sa vie d'avant, quand il n'était pas millionnaire mais infirmier, il lui reste quelques connaissances. Par exemple, il sait qu'une surdose de ces benzodiazépines provoque une dépression respiratoire qui entraîne la mort par asphyxie. Il sait aussi que les quarante comprimés que contiennent les deux boîtes sont plus que suffisants pour tuer une femme de soixante-dix kilos et des poussières.

Il pose les comprimés sur la table et prend l'arme. Elle est froide. D'abord il la soupèse sur la paume sa main, puis il l'empoigne. Il appuie sur la sécurité près de la culasse et le chargeur tombe dans sa main gauche.

À chaque mouvement de ses doigts il se demande s'il va agir correctement. Et chaque fois, la réponse se trouve dans ces quatre lettres : Dani.

Il s'oblige à se rappeler la seconde fois où son fils est parti étudier, après avoir abandonné la faculté durant une année pour s'occuper de sa mère : ça n'a pas duré plus de quatre mois. En mai 2012, Graciela sortit de son séjour à l'hôpital après avoir avalé deux boîtes d'antibiotiques avec une demi-bouteille de vodka. Des antibiotiques ! Qui tente de se suicider avec des antibiotiques ? Évidemment, pas une personne qui a l'armoire à pharmacie de la salle de bain remplie d'antidépresseurs. Si réellement elle voulait se supprimer, pourquoi n'a-t-elle pas pris deux boîtes d'imipramine au lieu de cette comédie avec la streptomycine ?

Dès que la clinique eut donné son accord, ils l'internèrent dans un hôpital psychiatrique de Buenos Aires pendant trois mois. Le pauvre Dani resta avec elle durant tout le temps qu'il fallut pour la stabiliser, puis ils rentrèrent ensemble à Deseado.

À partir de là, son fils travailla comme assistant vétérinaire, voyant chaque jour ce que sa vie aurait pu être. En 2015, quand une université d'enseignement à distance ouvrit une antenne à Deseado, Dani s'inscrivit en licence de biologie. Dans ce qu'ils proposaient, c'était ce qu'il y avait de plus proche de vétérinaire.

Les souvenirs de Raúl voyagent jusqu'au commencement de l'histoire, quand la pluie de cendres arriva et qu'ils la séquestrèrent plus de quarante heures. D'après les calculs du gynécologue, la conception de Dani a eu lieu cette semaine-là.

Au début, le doute l'a rongé de l'intérieur, puis avec le temps il s'est décidé à demander des réponses. En plus de l'avoir mutilée, que lui avaient-ils fait d'autre, les fils de pute, durant ces deux jours ? De qui était l'enfant qu'elle attendait ?

Il a demandé, certes, mais toutes ses questions ont été reçues par Graciela avec le même refus que celles sur son passé à Mendoza. De la même manière qu'elle ne lui avait jamais rien dit de sa vie avant Puerto Deseado, concernant sa captivité, elle semblait décidée à ne lui raconter rien d'autre que des banalités.

Les mois qui suivirent l'enlèvement furent bizarres. Leur relation devint tendue par moments et tendre à d'autres. Il y avait des après-midi où elle s'étendait sur le lit et lui demandait de poser la tête sur son ventre. Ils parlaient alors des prénoms possibles et rêvaient au fils qui allait arriver. D'autres jours, parfois dans la même journée, elle perdait les pédales pour n'importe quel motif absurde et finissait en faisant voler les assiettes.

Durant dix-huit ans, la chose ne fit qu'empirer. Il y eut même des circonstances où il fut convaincu qu'elle le faisait à dessein et que la méchanceté qu'elle portait en elle n'avait rien à voir avec l'enfer qu'elle avait vécu durant les jours de captivité. Mais, au fond, il savait qu'autant de psychologues, psychiatres et autres spécialistes ne pouvaient s'être trompés. Qui était-il pour les contredire ? Un infirmier. Un soudeur. Un professionnel du blanchiment d'argent.

Il observe les veinures marron et rugueuses sur la crosse en bois de cerf. Il calcule depuis combien de temps il n'a pas rechargé ce colt qui, à un certain moment, a appartenu à un commissaire. Vingt-sept ans et quatre mois. Le calcul est facile puisqu'il ne l'a utilisé que le jour où il l'a pris dans la maison de Manuel Rivera. Une maison dans laquelle, d'après ce qu'on lui a dit, vit encore ce salopard.

Il ouvre la boîte contenant les cartouches. Les anneaux de bronze avec au centre l'amorce lui font penser à des yeux dorés. À première vue elles semblent toutes identiques, mais un quart de siècle, c'est beaucoup de temps, et une sur dix de ces amorces ne fonctionne plus. Il le sait parce qu'il y a peu de temps il a offert la deuxième boîte de balles récupérée dans le sous-sol à une amie de Bariloche passionnée de tir sportif. Sur les cinquante balles, cinq n'ont pas fonctionné.

Il met une à une les sept balles que contient le chargeur. Il assemble le pistolet et introduit une cartouche dans la chambre avec un claquement métallique.

La dernière fois que cette arme a servi, ce fut pour sauver Graciela. Quelle ironie de penser que vingt-sept ans après il va l'utiliser pour la tuer.

CHAPITRE 30

Jeudi 15 août 1991, 8:16 a.m.

Ce qui est sûr, c'est que depuis plusieurs jours notre village ne cesse d'être le théâtre de tragédies. En plus des cendres du volcan Hudson, qui nous maintiennent tous en état d'urgence, la nuit dernière s'est produit un spectaculaire incendie dans un des hangars abandonnés du chemin de fer.

À l'heure où les pompiers ont enfin réussi à éteindre le feu et à pénétrer dans le local, nous apprenons la triste nouvelle : ils ont trouvé à l'intérieur deux corps entièrement calcinés.

Nous sommes en communication téléphonique avec le commissaire de notre localité, Don Manuel Rivera, qui a l'amabilité de nous accorder quelques minutes.

- Bonjour, commissaire, en supposant qu'il y ait quelque chose de bon dans cette journée.

- Salut, Mario. Bonjour à vous et à toute la communauté.

- Commissaire, que pouvez-vous nous dire sur ce qu'on a trouvé dans le hangar calciné ? En particulier, savons-nous qui sont les victimes ?

- Pour le moment je peux vous confirmer qu'au moins deux personnes ont péri dans le sinistre. L'état d'avancement de l'incendie, quand les pompiers sont intervenus, fait que le travail d'identification des victimes reste très difficile. Il y avait aussi un véhicule dans le hangar. Bien qu'il soit complétement détruit, les pompiers ont pu relever le numéro d'immatriculation et aussi les numéros de série du châssis et du moteur. Avec ces renseignements, nous tenterons d'identifier le propriétaire et de vérifier l'identité des victimes.

- De quel type de véhicule s'agit-il, commissaire ?

- Pour le moment, je ne peux pas vous révéler ce genre de détail.

- Et que faisaient deux personnes et un véhicule dans un hangar

abandonné ?
- *Quoique je vous dise sur le sujet, ce serait m'aventurer sur le terrain de la spéculation. Il y a peu de chose à ajouter. Si vous voulez bien m'excuser, je dois retourner au travail.*
- *Bien sûr, commissaire. Merci pour les minutes que vous nous avez consacrées.*

J'éteignis la radio, me demandant si le commissaire savait à qui appartenait la camionnette et s'il s'était rendu compte de ce qui s'était passé dans le sous-sol de sa maison.

Ça ne changeait rien, décidai-je, de toute manière, tôt ou tard il s'en apercevra. Et s'il avait été capable de falsifier une déposition pour garder l'argent qui ne lui appartenait pas, sûrement qu'il n'hésiterait pas à fausser une enquête pour dissimuler qu'un couteau avec ses initiales avait été retrouvé sur les lieux de l'incendie.

En plus, un des types calcinés avait un pruneau calibre 45 dans une jambe. Et, bien qu'il ne puisse pas en être certain, il était possible que la balle provienne de l'arme qu'on lui avait volée. Si le pistolet finissait par refaire surface, l'expertise balistique établirait que la balle était sortie de ce Colt 1911 et qu'il était enregistré au nom du commissaire Manuel Rivera.

Non. Il n'allait pas prendre le risque.

- Et maintenant, qu'allons-nous faire ? me demanda Graciela après s'être douchée pour la deuxième fois depuis notre retour, il y avait à peine une heure.

Je levai les yeux de la serpillère humide avec laquelle je frottais le sol pour essayer d'enlever un peu des cendres qui avaient envahi toute la maison.

Ma femme avait les cheveux enveloppés dans une serviette et les extrémités dans des sacs en plastique. Le plus grand couvrait le plâtre que je lui avais posé moi-même sur l'avant-bras gauche. Ce n'était pas la première fois que je plâtrais une fracture, mais je ne l'avais jamais fait sans le contrôle d'un médecin, chez moi et avec du matériel volé à l'hôpital au cours d'une visite sous un prétexte ridicule.

Nous avions décidé de procéder ainsi pour que personne ne puisse voir Graciela dans cet état. Il aurait été trop facile de faire le lien, surtout durant les premiers jours. Par chance, le chaos provoqué par les cendres nous donnait le prétexte parfait pour rester à la maison et ainsi lui permettre de récupérer.

Le second sac protégeait le bandage sur le pied. Je lui avais bien conseillé d'éviter la douche durant les premiers jours, jusqu'à ce que la blessure commence à cicatriser, mais j'avais vite compris que c'était peine perdue. Avec les cendres et ce qui venait de lui arriver, il était impossible qu'elle ne veuille pas se laver. Je lui avais donc proposé les sacs en plastique.

- Dans l'immédiat, nous allons manger, répondis-je avec un sourire tout en désignant la table.

J'avais mis deux petites assiettes et deux tasses la tête en bas pour éviter qu'elles se remplissent de cendres avant de servir le petit déjeuner.

- Je n'ai pas faim, vraiment, Roli. Et si quelqu'un de l'entourage de ces types vient nous chercher ?

Je laissai la serpillère et me plantai face à elle, la prenant doucement par les épaules. Je lui parlai, le sourire aux lèvres, la regardant droit dans ses yeux effrayés, avec tout le calme que je pus y mettre.

- Ne nous préoccupons pas de ça pour le moment. Les routes sont coupées depuis hier après-midi à trois heures, il y a des endroits où la visibilité et totalement nulle.

- Donc, nous ne pouvons pas partir ?

- Ni personne venir.

- Mais le commissaire ? Que va-t-il arriver s'il comprend que c'est toi qui l'a volé ?

- Rivera ne va pas me soupçonner.

Graciela me regarda sans comprendre.

- Le couteau, expliquai-je. Près des morts calcinés va apparaître un couteau que le commissaire va reconnaître dès qu'il le verra, ses initiales sont gravées dessus. Je le lui ai volé en même temps que les dollars, et les Contreras, à leur tour, me l'ont volé. Quand Rivera va trouver ce couteau, il va en déduire que le cambriolage de son sous-sol est l'œuvre des Contreras.

Graciela acquiesça durant un instant, puis nia en secouant la tête. Elle ne bougea plus, le regard perdu dans un coin de la salle à manger.

- Que se passe-t-il, mon amour ? lui demandai-je.
- Je ne sais pas. J'ai peur. Même si le commissaire ne se doute de rien, il reste les gens des Contreras. Dès que les routes seront ouvertes, ils pourront venir nous chercher.
- J'en doute, dis-je, en partie parce que je voyais les choses ainsi et aussi pour la tranquilliser.
- Qu'est-ce qui te fait penser ça ?
- Melisa Lupey.

En mentionnant son nom, je me demandai ce que je lui dirais si elle venait me trouver en apprenant que les morts dans l'incendie étaient les frères Contreras.

- Qui est Melisa Lupey ?
- Une vieille amie qui est policière. Elle m'a assuré que la bande des Contreras n'était constituée que des deux frères, ceux qui t'ont enlevée, et de la sœur, Eulalia, qui est venue en personne récupérer le paiement d'un chargement de cocaïne, et qui est morte dans l'accident où j'ai trouvé les dollars. S'ils avaient eu un homme de confiance, ils ne se seraient pas salis les mains en faisant eux-mêmes le travail, tu ne crois pas ?
- Mais dans le hangar, Jacinto Contreras a parlé de ce qui allait nous arriver quand *ses gens* seraient au courant.
- Il était sur le point de mourir brûlé vif. Moi aussi, j'aurais dit n'importe quoi dans le but de me sauver.
- Je ne sais pas. J'ai peur, Roli.
- C'est normal, lui dis-je en lui caressant le dos, mais je te promets que ça va aller en s'arrangeant, avec le temps.

Graciela esquissa un sourire amer qui me remerciait de

mes efforts pour la tranquilliser et en même temps me confirmait que tout ça n'avait servi à rien.

À cet instant quelqu'un frappa énergiquement à la porte. Je fis signe à ma femme pour qu'elle aille dans la chambre.

- J'arrive. Une seconde, criai-je en direction de la porte.

J'étais sur le point de ne pas remarquer, posés sur une chaise, les ciseaux et le reste de la bande que j'avais utilisés pour soigner Graciela. Je les cachai dans une armoire et ouvris la porte.

Je trouvai Melisa Lupey, engoncée dans son uniforme couvert de cendres, tout comme la veille. Apparemment ils n'avaient pas mis longtemps pour identifier les cadavres.

- Melisa, dis-je en essayant de paraître surpris. Entre.

- Comment vas-tu, Raúl ?

- Aussi bien que ça peut aller un jour affreux comme celui-ci, répondis-je en fermant la porte.

- Tu sais pourquoi je suis là ?

- En vérité, je n'en ai aucune idée.

- La nuit dernière il y a eu un incendie dans un des hangars du chemin de fer.

- Oui, j'en ai vaguement entendu parler à la radio. Rivera a dit que deux personnes étaient mortes brûlées.

- Jacinto et Frederico Contreras.

J'ouvris grands les yeux.

- Les narcos ? Les frères de la femme de l'accident ?

- C'est ça.

- Mais le commissaire vient de dire à la radio qu'ils ne sont pas encore identifiés.

- On ne révèle pas toujours tout ce qu'on sait aux journalistes.

J'acquiesçai en silence.

- T'ont-ils recontacté depuis hier matin, quand nous avons parlé ?

- Non.

- Tu en es sûr ?

- Oui, évidemment que j'en suis sûr. Que faisaient-ils là-bas ?

Melisa regarda les deux tasses posées à l'envers sur la table.

- Tu es seul ?
- Non. Ma femme est en train de dormir, répondis-je en montrant la porte qui conduisait aux chambres.
- Une des possibilités, dit-elle en baissant la voix, c'est qu'ils viennent pour chercher l'argent.

Cachée sous mes cheveux, la bosse au-dessus de mon oreille se mit à battre plus fort.

- Je ne comprends pas.
- Quand l'as-tu amené au commissaire ?

J'avalai ma salive sans savoir quoi répondre. La vérité n'est pas toujours la bonne réponse. Par chance, Melisa continua.

- Tu as trouvé un million et demi dans l'accident, et tu l'as amené au commissaire, mais peut-être qu'il y avait plus, tu comprends ? Une autre valise que tu n'as pas vue parce qu'elle a été éjectée quand la voiture faisait les tonneaux, et elle est restée dans le champ, par exemple. Ou alors, pour un motif quelconque, ils ont payé à Eulalia moins que ce qui était convenu, mais les frères Contreras ne l'ont jamais su car elle est morte avant de pouvoir le leur dire. Et peut-être que ces types étaient à Deseado parce que la somme ne leur convenait pas. Cela expliquerait pourquoi ils t'ont appelé pour te demander ce que tu avais fait du reste de l'argent.

- Tu m'inquiètes.
- Il ne faut pas. Ils t'ont éliminé.
- Je ne comprends pas.
- Hier soir, à l'heure de l'incendie, deux jours s'étaient écoulés depuis la dernière fois où ils t'ont contacté. Ça signifie que tu ne les intéressais plus. S'ils t'avaient vraiment suspecté, ils ne t'auraient pas laissé en paix aussi rapidement.

Me laisser en paix ? Melisa ne pouvait pas avoir choisi une phrase plus malheureuse. J'eus envie de lâcher un éclat de rire hystérique.

- Autrement dit, je peux être tranquille.
- Je crois que oui. C'est pour ça que je suis là. Hier tu m'as paru préoccupé et je voulais te dire que, même s'ils paraissaient ne plus s'intéresser à toi, de toute manière ils sont morts.

J'acquiesçai et nous restâmes quelques instants silencieux.

- Merci.
- De rien.
- Et qu'en est-il de tout ça, Melisa ?
- À quoi fais-tu allusion ?
- Et bien, même si les Contreras ne sont plus là, le trafic de drogue ne va pas disparaître.

Melisa Lupey rit de bon cœur devant une question aussi innocente. Cela signifiait que je jouais bien mon rôle.

- Évidemment que non. Il en viendra d'autres. Et nous, nous continuerons à recueillir des informations pour la Police Fédérale.
- Si seulement il y avait un moyen d'arrêter ça.
- Si seulement, mais ça ne dépend pas…
- … de quelques policiers de province, complétai-je avec les même mots qu'elle avait employés la veille.

Melisa acquiesça et haussa les épaules. J'eus l'impression que son geste était sincère. De nouveau je la remerciai, nous échangeâmes encore quelques mots, puis elle me dit qu'elle devait retourner au travail.

Nous nous quittâmes avec une embrassade gênée et maladroite. Pendant que je la regardais se perdre dans le brouillard de cendres, je pensais à la belle amitié que nous aurions pu avoir si je ne m'étais pas comporté comme un goujat il y a quelques années.

- Qui était-ce ? me demanda Graciela, la serviette encore autour de la tête.
- Melisa Lupey.
- Ton amie policière ? Qu'est-ce qu'elle voulait ? demanda-

t-elle alarmée.

Je lui expliquai ce qu'on venait de dire, mais ça ne parut pas la rassurer le moins du monde.

- Elle peut raconter ce qu'elle veut, mais moi j'ai peur, Roli, dit-elle avec un tremblement dans la voix.

Je la pris dans mes bras et sentis les courts spasmes de ses sanglots.

- Écoute, faisons une chose : laissons passer quelques heures, proposai-je. Cette nuit, quand nous serons plus au calme, nous en parlerons. D'accord ?

Elle hocha la tête et sécha ses larmes avec une pointe de la serviette. Je me penchai sur son sein gauche et posai un baiser sur son cœur.

CHAPITRE 31

Jeudi 6 décembre 2018, 9:11 p.m.

Il laisse le pistolet sur la table et va à la cuisine se préparer un thé sur le petit réchaud. Quand il est prêt, il prend la tasse à deux mains et déambule dans la maison. Même si cela fait presque vingt-quatre heures qu'il est ici, c'est la première fois qu'il ose prêter attention aux détails qui, il le sait, vont réveiller des souvenirs.

Il va dans le couloir et pousse la porte de la salle de bain. À la différence des autres fois où il est entré au cours des dernières heures, il regarde plus loin que la cuvette des WC couverte de tartre. Il examine tout, sauf le rideau de la douche, qu'il fait un effort pour ignorer.

Il parcourt du regard le carrelage bleu aux bords noirs. Il le trouve démodé, mais quand il a scellé les carreaux sur ce mur de ses propres mains, il y a presque trente ans, il lui paraissait magnifique. « Même les pierres vieillissent », pense-t-il.

Il s'arrête sur les robinets auxquels le temps a enlevé tout brillant. Pareil pour le miroir du petit meuble au-dessus du lavabo, qui se couvre de taches noires qui avancent des coins vers le centre comme une maladie.

Il le regarde de côté. Il n'a pas le courage de se mettre face à ce miroir qu'il a utilisé un nombre incalculable de fois pour se raser. Il sait que s'il s'approche, il verra un homme marqué par mille désillusions. Ou, plus exactement, par la même répétée mille fois.

Il boit une gorgée de thé et pense à ce qu'il est sur le point de faire. Ce n'est pas la mort de Graciela qui l'inquiète, car il la voit comme une espèce d'euthanasie. Si on lui demandait si elle veut mourir, probablement qu'elle répondrait que non, mais ses quatre tentatives de suicide au cours des trois dernières années disent le contraire.

Le moment arrive où il ne peut plus continuer à ignorer le rideau de la douche. Sur la toile est imprimé un motif représentant un cheval, il ne l'a jamais vu car ce ne fut jamais son rideau mais celui des derniers locataires de la maison, il y a dix ans. Il est tellement fendillé par le temps que lorsqu'il prend un bord entre les doigts, le matériau se désintègre au toucher comme une fleur séchée.

Il se souvient du bébé de ces locataires, mort noyé dans la baignoire qui se trouve derrière le rideau, et en peu de temps il sent l'angoisse lui serrer la gorge. Pour la première fois de sa vie il se dit que Graciela avait peut-être raison quand elle s'obstinait à répéter que cette maison attirait le malheur sur ceux qui l'habitaient et qu'elle ne voulait plus la louer à personne.

Il secoue la tête, essayant d'éliminer ces pensées. Ce n'est pas le moment pour les superstitions ni pour les faiblesses de cœur.

Il se concentre à nouveau sur son plan. Ce qui le préoccupe vraiment, c'est si Dani ne va pas se sentir coupable. Si, quand il va apprendre que sa mère s'est suicidée – car il pense faire passer cela pour un suicide –, il ne va pas se dire qu'il n'a pas fait ce qu'il fallait. Mais quand le doute commence à le rendre nerveux, Raúl respire profondément et se répète qu'il a déjà analysé tout ça de nombreuses fois. Et chaque fois, la conclusion est la même : Dani se dit que s'il avait été plus présent, s'il avait aidé un peu plus sa mère, elle ne se serait pas suicidée. Mais il sait qu'avec le temps, il comprendra qu'il a été un fils exemplaire, et que faire plus que ce qu'il a fait, il n'aurait pas pu.

Il retourne dans le couloir et entre dans la chambre matrimoniale. Il n'y a plus de lit, ni de table de nuit, ni de réveille-matin. Maintenant c'est une pièce quasiment vide à l'exception d'une vieille armoire et du sac de couchage.

Quoi qu'il en soit, il entre et marche jusqu'au mur du fond. Quand il est tout près, il observe la peinture jaunâtre. Il se demande combien de couches il y a entre cette peinture et les souvenirs qui maintenant lui reviennent à l'esprit. Il approche un peu plus le visage, jusqu'à ce que le bout de son nez touche le mur froid. Il inspire profondément mais il ne parvient à identifier qu'une légère odeur de poussière. Il n'y a plus aucune trace de la puanteur de plastique brûlé qui a failli le tuer il y a vingt-sept ans.

Il pense de nouveau à Dani. Une fois qu'il aura dépassé sa douleur, il n'y aura plus aucune entrave pour l'empêcher de déployer ses ailes. Qu'il vole où il veut, mais qu'il vole, parce que ce sera à partir de là que Raúl aura soldé la dette qu'il avait envers lui. Il aura transféré la charge des épaules de son fils sur les siennes, d'où elle n'aurait jamais dû partir.

Sauf que cette fois le fardeau ne consistera pas à vivre attaché à Graciela, mais à vivre avec la culpabilité de l'avoir tuée.

C'est un prix élevé à payer, mais son fils le mérite. Surtout quand c'est peut-être lui, Raúl, le responsable de tout ça. En fin de compte, il s'est trompé deux fois. S'il n'avait pas pris la valise pleine de dollars sur les lieux de l'accident, rien de tout ce qui a suivi ne serait arrivé. Et s'il n'avait pas rendu l'argent à la police, contre la volonté de Graciela, il aurait au moins pu payer la rançon après le premier appel téléphonique.

Avant qu'ils la mutilent.

Et avant qu'ils lui fassent on ne sait quoi d'autre.

Il baisse les yeux et se rend compte qu'il tient encore la tasse de thé entre ses mains. Il boit une longue gorgée pour se réchauffer et, avant de quitter la chambre, il regarde le plafond du coin de l'œil, presque avec méfiance. Il est très différent des autres dans le reste de la maison.

Il revient dans la salle à manger et se dirige vers la porte d'entrée. La véritable porte d'entrée, pas celle qu'il a forcée pour entrer. Il tire sur quelques centimètres le rideau de la fenêtre et observe la cour. Le chemin en ciment qui va jusqu'à la grille d'entrée est toujours là. Les années y ont laissé de nombreuses fissures dans lesquelles croissent de robustes mauvaises herbes.

Il se souvient des fois où il a enlevé la neige avec la pelle au cours des deux hivers qu'il a passés dans cette maison. Il se rappelle aussi l'été 91, quand Graciela venait d'emménager avec lui et qu'ils sortaient deux chaises pour prendre le maté après manger, les jours où il n'y avait pas de vent. Mais, plus que tout, il a gravé dans sa mémoire l'image de ce chemin couvert de cendres, des empreintes qui s'éloignent et que le vent recouvre.

Il pose le thé sur le sol de la salle à manger et tire la table dans le couloir des chambres. Du regard il examine le plafond en bois et calcule l'endroit exact où la mettre. En montant sur la table, les genoux lui font mal et craquent, mais il arrive à se stabiliser.

Il doit se pencher pour ne pas se cogner la tête contre les lattes de pin. Il pousse celle qui a un nœud noir en son milieu, un panneau carré s'ouvre vers le haut en faisant grincer les charnières.

Le grenier est à peine éclairé par les derniers rayons de la lumière du jour qui se coulent entre les tuiles du toit. Les rais ténus révèlent deux sacs en plastique qui ne brillent plus. Il ne les reconnaît pas, et de toute manière ils ne l'intéressent pas. Il n'a pas ouvert cette trappe pour récupérer des vêtements usagés qui sont là depuis les derniers locataires.

Ses yeux se dirigent vers la partie du plafond qui est au-dessus de la salle de bain, de la cuisine et de la salle à manger. Vingt-sept ans après l'éruption du volcan Hudson, la couche de deux centimètres de cendres et toujours là, comme dans tant d'autres entretoits de Deseado.

Mais quand il regarde en direction des chambres, le panorama est totalement différent. L'isolement thermique est beaucoup plus moderne, et dessus il n'y a qu'une très fine couche de poussière. La même que celle qu'il y a dans les maisons construites après 91, imagine-t-il.

Ou dans celles qui ont été reconstruites, comme ces deux chambres.

CHAPITRE 32

Lundi 2 septembre 1991, 3:22 a.m.

Les cris de Graciela me réveillèrent en pleine nuit. Je pensai qu'il s'agissait des cauchemars qui revenaient presque chaque nuit depuis son enlèvement, il y avait trois semaines, mais non. Cette fois sa voix était plus intense, plus réelle, et elle était arrivée accompagnée d'un bruit de verre brisé.
- Le feu ! me dit-elle en me plantant ses ongles dans l'avant-bras.
En une fraction de seconde j'étais assis sur le lit. Un feu circulaire se propageait sur la moquette synthétique de la chambre et commençait à embraser le couvre-lit. Le goût âcre de la fumée noire m'envahit le fond de la gorge.
- Nous devons sortir, ajouta-t-elle en me prenant par la main.
Nous nous déplaçâmes de son côté du matelas pour nous éloigner des flammes, et posâmes les pieds dans l'étroit passage qu'il y avait entre le lit et le mur.
La sortie se trouvait dans le coin opposé de la chambre. Je m'y dirigeai, mais une vive douleur dans la plante des pieds m'obligea à m'arrêter.
- Fais attention, le sol est couvert de morceaux de verre.
Par l'énorme trou dans la fenêtre entraient les rafales d'un vent glacé qui mélangeait la fumée avec les cendres.
À ce moment-là, nous entendîmes un nouveau bruit de verre brisé, mais plus lointain. Dans les secondes qui suivirent, le rugissement d'un moteur s'éloigna à toute vitesse dans le silence de la nuit.
Je regardai à nouveau vers la porte de la chambre. Les flammes sur la moquette atteignaient maintenant une cinquantaine de centimètres de hauteur et nous bloquaient le

passage.

- Nous allons devoir sortir par la fenêtre, dis-je en toussant.

J'enlevai le bas de mon pyjama et en frappai les rideaux en flammes. Après les avoir éteints, j'ouvris la fenêtre. Le métal de la poignée parvint à me brûler les doigts, même à travers le tissu avec lequel je m'étais enveloppé la main.

Ce ne fut pas facile d'aider Graciela à se hisser sur l'encadrement de la fenêtre pour sauter à l'extérieur. Son pied droit ne pouvait pas encore supporter beaucoup de poids, et sa main gauche était inutilisable à cause du plâtre. Il nous fallut plusieurs essais avant qu'elle parvienne à se jucher sur le rebord.

Une fois assise, elle pivota avec difficulté pour laisser pendre ses pieds à l'extérieur. Elle s'arrêta un instant, estimant prudemment la hauteur du saut d'environ un mètre qui aurait été du gâteau une semaine avant. Je fus sur le point de la pousser, mais elle finit par trouver le courage de sauter et se laissa tomber en amortissant la chute avec le pied gauche. Je la suivis, les flammes me léchaient le dos.

C'était un matin glacé. Les cendres froides sur le sol avaient un effet balsamique sur mes pieds tailladés. Je m'éloignai vers la rue, portant Graciela dans mes bras. Quand je la posai sur le bitume, elle se pencha pour vomir.

Je lui caressai la tête pour essayer de la calmer, mais elle leva la main pour me demander un peu d'espace.

Je reculai de quelques pas et levai le regard sur l'image la plus triste que j'aie jamais vue d'une maison. De la fenêtre de notre chambre et de celle de la chambre d'amis sortaient de grosses colonnes de fumée noire que le vent dissipait, à peine avaient-elles dépassé le toit.

- Les pompiers, dit Graciela entre deux haut-le-cœur, me sortant de mon état de transe. Je courus vers la maison d'une voisine et frappai à la porte comme si je voulais la démolir.

Les pompiers mirent quinze minutes pour arriver, cinq

pour éteindre le feu et un peu plus d'une demi-heure pour conclure que l'incendie avait été provoqué par deux cocktails Molotov, un dans chaque chambre.

***

Nous passâmes la nuit dans un des deux hôtels de la ville. Notre voisine nous avait proposé de rester chez elle, mais nous étions à bout de nerf et avions besoin d'être seuls. Par contre, les quelques vêtements qu'elle nous proposa furent les bienvenus, car le chef des pompiers nous avait interdit de rentrer chez nous tant que la police n'aurait pas fini son travail.

- Dans tous les cas, nous dit-il, je suis désolé de devoir vous dire qu'avec le feu, la fumée et l'eau, tout ce qui se trouvait dans les deux chambres a été totalement détruit. La bonne nouvelle, c'est que la salle à manger, la cuisine et la salle de bain sont pratiquement intactes.

Par chance, quelques jours auparavant, nous avions caché les dollars dans la cave de la maison de mes grands-parents qui était vide et à louer depuis des mois.

À l'hôtel, nous nous douchâmes et nous couchâmes, tous les deux regardant le plafond dans un silence seulement interrompu par le tambourinement des ongles de Graciela sur le plâtre de son avant-bras. Nous n'avions pas besoin de parler. Nous savions très bien ce qui venait de se passer. En fin de compte, les Contreras n'étaient pas aussi seuls que je le croyais. Et il était plus que probable que ceux qui avaient jeté les Molotov n'étaient pas décidés à s'arrêter avant de nous voir morts.

Nous restâmes presque deux heures dans une pénombre silencieuse à essayer de faire croire à l'autre que nous avions réussi à dormir.

***

- Ça te paraît toujours être une bonne idée de rester à Deseado ? me demanda-t-elle le matin suivant, après sa première gorgée de café.

Remuant plus que nécessaire mon capuccino, je jetai un coup d'œil à l'extérieur de la cafétéria vide de l'hôtel. Nous étions les premiers à être descendus pour prendre le petit-déjeuner. Ou peut-être, les seuls clients de l'hôtel.

Mes yeux s'arrêtèrent sur la grande baie vitrée. Ce jour-là, la grisaille qui recouvrait tout, était un peu moins épaisse et me permettait de distinguer l'autre côté de l'estuaire. J'observai la meseta brune, me rappelant que la matinée d'avant, quand j'avais commencé à penser que nos vies pouvaient retrouver un semblant de normalité, ils avaient dit à la radio que les moutons tombaient comme des mouches. La laine pleine de cendres pesait le triple et se transformait en une carapace fatale. De plus, les rares points d'eau dans les champs s'étaient transformés en marécages dans lesquels les animaux s'abreuvaient par dizaines.

- Non, dis-je, tu avais raison. Nous devons partir.

Au cours des jours qui suivirent l'enlèvement de Graciela, je m'étais convaincu que notre problème avec les frères Contreras s'était arrêté là. D'après Melisa Lupey, la bande travaillait dans un cercle très réduit. C'était une affaire familiale qui s'était retrouvée sans ses trois leaders en peu de temps. Et j'avais été suffisamment bête pour croire que les quelques sous-fifres qu'ils pouvaient avoir seraient trop occupés à se tirer dans les pattes pour prendre le pouvoir resté vacant.

Mais, l'incendie de la nuit précédente démontrait que je m'étais trompé. Et, pire que tout, nous n'avions aucune idée de la taille de l'organisation qui était restée debout.

- Tu as raison, répétai-je, nous devons quitter Deseado durant quelque temps.

- *Très* longtemps, Raúl. Ces gens vont en envoyer d'autres

pour nous chercher. Nous ne pourrons pas vivre en paix à Deseado durant des années.

Tandis que Graciela se battait pour étaler de la confiture sur une biscotte avec une seule main, je me demandai ce qu'elle savait du pouvoir des types qui l'avaient séquestrée. Elle connaissait leur cruauté, il n'y avait aucun doute, et elle s'en souviendrait le reste de sa vie chaque fois qu'elle regarderait son pied. Mais que savait-elle de l'organisation de la bande ?

Je sus que c'était inutile de lui poser la question encore une fois. Je n'avais pas réussi à lui tirer un seul mot sur ce qu'elle avait vu et entendu durant les quelques quarante heures qu'avait duré sa captivité. Et, bien entendu, pas une seule parole sur ce qu'ils lui avaient fait subir.

- Quoique, d'un autre côté, ce n'est pas un peu trop suspect ? me demanda-t-elle.

- Quoi donc ? dis-je en jouant avec la clé de la chambre.

- Tout abandonner et partir, du jour au lendemain.

- Ces jours-ci, rien n'est suspect. Même les éleveurs sont obligés de quitter les champs, tous leurs moutons sont en train de mourir. En ville, des gens laissent tout pour s'en aller ailleurs. Le grand Armendáriz est parti dans le nord avec toute sa famille. Les Putner aussi. Jusqu'au commissaire qui a envoyé sa femme et sa fille à Comodoro. Beaucoup de gens quittent Deseado en attendant que les choses s'arrangent. Et ça ne m'étonnerait pas que certains ne reviennent plus.

Bien qu'il n'y eût personne dans la cafétéria, Graciela baissa la voix.

- Mais on n'a pas incendié leur maison. C'est impossible que le commissaire ne fasse pas le rapprochement entre les cocktails Molotov et les Contreras.

- Exact, et cela joue en notre faveur.

- Comment, demanda-t-elle avant de mordre dans sa tartine.

- Rivera va penser que les associés des Contreras veulent

les dollars.

- Et ce n'est pas le cas ?

- Si, mais pour lui les billets ont brûlés dans le hangar. Et, au pire, il va penser : « Pauvres Raúl et Graciela, pour ce que moi j'ai fait, c'est eux que l'on persécute ». Tu comprends ? Ça lui convient très bien que nous quittions le village.

- Et où allons-nous aller ?

- Avec un million et cent mille dollars, où nous voulons.

La clé de la chambre tournait maintenant à toute vitesse autour de mon doigt.

- Je n'ai pas de famille à Mendoza, dit-elle catégorique. Allons à Salta chez ton frère. Avec les contacts qu'il a dans l'industrie du pétrole et le capital que nous pouvons amener, ça ne peut que bien se passer.

Je me rappelai alors ce que, jusqu'à présent, j'avais passé sous silence. Je sentis mon sang se glacer.

- C'est impossible. Les Contreras savent que j'ai un frère à Salta. Si nous disparaissons, c'est lui qu'ils vont aller chercher.

- Alors, que faisons-nous ?

- Nous allons au Chili. Punta Arenas.

- Je ne comprends pas, tu viens de me dire que si nous partons nous mettons ton frère en danger.

- Pas s'il vient avec nous.

- Et pourquoi à Punta Arenas ?

- Parce que c'est le trou avec du pétrole le plus paumé que je connaisse.

Maintenant la clé tournait beaucoup plus lentement autour de mon doigt, suivant le rythme de mes pensées. Ça pouvait marcher. Graciela avait raison : si nous combinions notre argent avec ce que mon frère connaissait du monde des hydrocarbures, on devrait s'en sortir. Tout ça, à condition qu'Alejo me m'en veuille pas de lui demander de rompre tous ses liens avec son ancienne vie à Salta.

- Le premier jour de la pluie de cendres, j'ai parlé avec lui au téléphone, dis-je. Il m'a expliqué qu'il avait un mois pour décider s'il acceptait le poste à Punta Arenas. Je vais immédiatement l'appeler pour le mettre au courant de toute l'histoire. Tant que nous sommes à Deseado, il ne court aucun danger, mais dès...

Avant que je puisse terminer ma phrase, Graciela m'arracha la clé d'un coup de main et se leva si brusquement que la chaise bascula sur le sol. Ignorant le vacarme, elle se dirigea vers la chambre aussi vite que le lui permit son pied bandé.

Après avoir remis la chaise debout et ramassé quelques objets, je la suivis. Elle était dans les toilettes, agenouillée devant la cuvette, se tenant les cheveux avec la main qui n'était pas plâtrée.

- Ça va ?

Elle hocha la tête et, après s'être essuyée la bouche avec du papier hygiénique, me regarda avec les yeux remplis de larmes à cause des vomissements.

- Je crois que je suis enceinte.

CHAPITRE 33

Jeudi 6 décembre 2018, 10:17 p.m.

Il finit de taper la phrase « Je crois que je suis enceinte », puis il tire la feuille de la machine et la pose à l'envers sur les autres empilées à côté. Il a mal aux mains, mais il est satisfait d'avoir raconté l'histoire jusqu'à son terme.

Il suppose qu'à sa place un écrivain relirait, vérifierait et corrigerait jusqu'à ce que tout soit parfait, comme lui rectifie avec la meuleuse les bavures des soudures et cache les raccords avec de la peinture afin que l'on ait l'impression d'une seule pièce. S'il était déjà perfectionniste quand il soudait pour gagner un peu d'argent, il y a maintenant plusieurs années, il l'est encore plus maintenant qu'il le fait comme thérapie. Lorsqu'il soude, il trouve la paix.

Mais il n'est ni en train de souder, ni écrivain. Bien qu'il sache que son récit contient mille erreurs, il décide de le laisser tel qu'il est. Après tout, c'est un plan B, et si tout se passe bien, ces papiers brûleront avant que quiconque puisse les lire.

Dans le cas contraire, ils n'auront qu'un seul lecteur.

Il compte le nombre de pages qu'il a écrites tout au long de la journée : quatre-vingt-sept. Il y en a beaucoup plus que ce qu'il avait prévu. Malgré cela, il est surpris que l'histoire de tant de vies ruinées tienne en moins de cent pages.

Tout à coup il se rend compte qu'il a oublié quelque chose. Il a laissé de côté un élément fondamental qui fait que son récit n'est rien d'autre que de simples notes de musique sur une portée. Il doit ajouter une clé de sol, de fa ou de do pour que l'on puisse les interpréter.

Il s'appuie au dossier de la chaise et pivote le torse d'un côté jusqu'à ce que les vertèbres craquent. Il répète le même mouvement en sens inverse et elles craquent à nouveau. La douleur dans le dos diminue un peu. Il met une feuille dans la machine et commence à taper. Cette fois les mots lui viennent deux fois plus vite.

Cher Dani,

J'ai deux raisons pour souhaiter que jamais tu ne lises cette lettre ni les pages qui la précèdent. L'une d'elles est que certainement elles te briseront le cœur. L'autre, c'est que si cette feuille est entre tes mains, cela signifie que je suis en prison ou mort.

Ce que tu viens de lire est notre histoire, Dani. La tienne, celle de ta mère et la mienne. C'est peut-être aussi l'explication des problèmes psychiatriques qui l'ont poursuivie toute sa vie, bien que l'on ne puisse l'affirmer de science exacte.

Quant à mon rôle dans cette histoire, je ne suis pas sûr de l'avoir interprété correctement. Je veux que tu saches qu'il ne se passe pas un seul jour sans que je me pose des questions sur les décisions que j'ai prises à l'époque. Je te le jure, pas un seul jour. Et sais-tu ce qui est pire que tout ? C'est que toutes les années passées à me demander « que se serait-il passé si... ? », ne m'ont servi à rien, car je ne suis arrivé à aucune conclusion. Cette interrogation est le pire des acides que l'on puisse verser sur une âme humaine.

Aujourd'hui, vingt-sept ans après le début de cette histoire, je me vois dans l'obligation de prendre une autre de ces décisions que je vais peut-être regretter le restant de ma vie. Mais je préfère ça à cette interrogation, cet acide, qui me ronge de l'intérieur.

Peut-être que c'est moi qui ai les problèmes psychiatriques les plus graves, mais je ne suis pas non plus un psychopathe incapable de ressentir de l'empathie. Précisément, c'est par empathie qu'aujourd'hui je fais ce que je fais. Je me mets à la place de ta mère, qui n'arrive pas à trouver le courage d'assumer une décision qu'elle a prise il y a des années, et à la tienne, qui ne peux vivre pleinement à cause de sa maladie.

J'espère que tu n'auras jamais à lire cette lettre, Dani. J'espère qu'après la peine immense de ton âme, provoquée par la mort de ta mère, tu ouvriras tes ailes sans te sentir coupable. Pourvu que j'arrive à être l'éponge qui absorbera toute ta douleur et la sienne. Tous les deux vous le méritez.

Et si tu la lis, j'espère qu'un jour tu pourras me pardonner.

Je t'aime. Elle aussi, je l'ai énormément aimée.

Papa.

CHAPITRE 34

Jeudi 6 décembre 2018, 11:23 p.m.

Il enlève la feuille de la machine et la pose sur la pile comme ultime page de son récit. Ensuite il met la machine dans son étui vert râpé et se dirige vers la chambre. Presque comme un automate, il la range dans la vieille armoire où il l'a trouvée et s'agenouille pour enrouler son sac de couchage. Il est possible que dans quelques heures il soit obligé de le déplier au même endroit, mais c'est peu probable. Graciela n'a pas l'habitude de sortir ou de recevoir des visites. La nuit, encore moins.

Si tout se passe bien, il devra quitter Deseado le plus vite possible. Le premier autobus part à quatre heures du matin, il ne veut pas prendre le risque de le manquer parce qu'il n'a pas préparé ses bagages.

Il jette un coup d'œil à la pièce pour s'assurer qu'il n'y a aucune trace de sa nuit passée ici. Il revient dans la salle à manger et met dans la valise le réchaud et les vivres qu'il n'a pas utilisés. S'il n'a pas besoin de revenir ici, il n'aura quasiment pas touché à la nourriture.

De la boîte de Habanos il sort le Colt et les quarante valium achetés à Comodoro. Il met l'arme dans la poche de son manteau pendu près de la porte et les comprimés dans le sac à dos.

Bien que la pile de pages dactylographiées soit épaisse, il arrive à la plier en deux et à la faire rentrer dans la boîte vide. Il range le tout dans la valise et ferme enfin la fermeture éclair.

Il regarde autour de lui pour vérifier que les seuls indices de sa présence ici durant les vingt-quatre dernières heures sont la valise et un sac d'ordures fermé.

Avant de sortir, il prend dans sa poche le petit carnet et relit une fois de plus la liste des raisons. Ses yeux s'arrêtent sur la dernière, elle est beaucoup plus courte que les autres et soulignée trois fois : « 02/12/18. Menace Dani de se poignarder parce qu'il n'est pas venu manger les empanadas ».

La date correspond à dimanche dernier. La goutte qui a fait déborder le vase est tombée il y a quatre jours.

***

Il est 23h30 quand il ouvre la porte et sent sur son visage l'air glacé du printemps en Patagonie.

Il marche la tête inclinée, écartant de son corps la main qui tient le sac d'ordures, au cas où il fuirait. Cent cinquante mètres plus loin, il le jette dans un container en fer peint en blanc qui, il le jurerait, est le même qu'il y a vingt-sept ans.

Le sac à dos est si léger qu'il rebondit sur ses épaules. Il ajuste les courroies et presse le pas. Il ne met pas plus de dix minutes pour arriver à la maison de Graciela. C'est une maison ancienne recouverte de tôles ondulées peintes en vert avec les ouvertures en bois. Il a horreur de ce style de construction, mais Graciela adore.

Ils l'achetèrent dès qu'ils purent retourner à Deseado, après cinq années passées au Chili. Bien entendu, ils ne se seraient pas aventurés à revenir si les informations fournies par le détective privé que Raúl avait engagé pour une fortune n'avaient pas été aussi convaincantes. Les investigations du détective, appuyées par les articles de presse et les enquêtes policières, rapportaient que l'héritier du négoce des Contreras avait été retrouvé avec six balles dans le corps dans sa maison de Ezeiza en 1993. À son tour, celui qui lui avait subtilisé le gouvernail, un type de Rosario, s'était tué deux ans après dans un accident sur l'autoroute. Autrement dit, durant les cinq années que dura l'exil de Raúl et Graciela à Punta

Arenas, trois générations de narcotrafiquants s'étaient succédées en Patagonie. La cocaïne continuait de sortir à toute vapeur de Deseado jusqu'à Vigo, mais les propriétaires n'avaient plus rien à voir avec les Contreras.

Ils décidèrent de revenir en 1996, et Graciela s'enticha de la maison que Raúl avait maintenant en face de lui. À l'époque elle tombait en ruine, mais aucun argument ne put la convaincre d'en acheter une autre. Elle insista en disant que la maison dégageait une énergie idéale pour élever Dani. Quand il lui expliqua que la remettre en état allait leur coûter les yeux de la tête, elle se contenta de lui sortir une de ses phrases favorites au cours des dernières années :

- Avec cette mentalité de pauvre, tu vas finir le plus riche du cimetière.

Il reconnaît que dans cette plaisanterie il y avait du vrai. Durant les cinq ans qu'ils passèrent à Punta Arenas, ils doublèrent presque leur million de dollars grâce à l'entreprise de soudure spécialisée dans les infrastructures pétrolières que Raúl créa avec son frère Alejo. Malgré tout ça, Raúl aurait conservé sans problème le style de vie austère que menait le couple quand leurs trois boulots suffisaient à peine à boucler les fins de mois.

Et si à cette époque quelqu'un lui avait dit que vingt ans après il aurait une Rolex au poignet et un voilier de six mètres amarré à Villa la Angostura, il aurait eu du mal à le croire. Quoique, à dire vrai, c'était beaucoup moins incroyable que si on lui avait prédit qu'il se retrouverait planté devant cette maison avec un pistolet dans la poche.

Ce qui est sûr, c'est qu'il est là, quel que soit le pronostic, observant une à une les quatre voitures garées dans la rue. Aucune n'est celle de son fils. Bien.

Les fenêtres de la salle à manger donnent sur un patio qui maintenant n'est que tristesse ; seuls deux buissons de luzerne sylvestre rompent la monotonie d'un sol marron et stérile. Quand Dani n'était encore qu'un enfant et qu'ils vivaient tous les trois ici, le jardinier qui venait deux fois par semaine l'avait transformé en un verger magnifique et résistant au climat anti-plantes de la steppe. À tel point que le journal local l'avait élu « le plus beau jardin de l'année 1999 ».

Raúl ouvre le portail, faisant attention à ne pas faire de bruit. Autour des volets de la salle à manger, fermés depuis des années, filtre la lumière changeante d'un téléviseur. Il fait le tour de la maison jusqu'à la porte de la cuisine, qui est celle qu'utilise Graciela pour entrer et sortir. La porte principale est obstruée afin que la salle à manger ressemble encore plus à une caverne obscure, ce qui correspond le mieux à l'endroit où elle se sent le plus à l'aise.

Il tape au carreau de la porte. Pendant qu'il attend, il passe inconsciemment la main dans ses cheveux et redresse les épaules. Quelques secondes après il entend des pas traînants sur le parquet ciré.

- Qui est-ce ? demande Graciela sans tirer les rideaux.
- Raúl.

Maintenant, le rideau qui les empêchait de se voir bouge un peu et Graciela apparaît derrière la vitre.

Quand la porte s'ouvre, l'air chaud frappe Raúl en pleine figure, comme une gifle. Elle est vêtue d'une chemise de nuit d'été en soie. Logique, la température de la pièce est celle d'un pays tropical.

Raúl se penche pour l'embrasser sur la joue, mais elle s'empresse de faire un pas en arrière et croise les bras.

- J'arrive, dit-elle en lui tournant le dos pour prendre le couloir qui conduit aux chambres.

Il sait parfaitement qu'elle va revenir avec un vêtement à manches longues par-dessus la chemise de nuit. Une autre de ses manies est de ne laisser personne, pas même lui quand ils vivaient encore ensemble, la voir bras nus. Pas depuis les trois ans de Dani.

***

Graciela regagne la salle à manger avec un cardigan violet foncé passé sur la chemise de nuit. Sans rien dire, elle se dirige vers le mur où est accrochée une immense carte du monde faite d'algues séchées. C'est lui qui l'avait commandée à une artiste de Chiloé pour en faire cadeau à Graciela le jour de son premier anniversaire dans cette maison, il y a plus de vingt ans. Jusqu'à aujourd'hui, c'est un des cadeaux dont il est le plus fier. Pour l'idée, parce qu'il a plu à Graciela, et pour être parvenu à ce qu'il survive, déjà encadré, au cauchemar logistique du transport depuis l'île de Chiloé.

Son ex-femme passe devant la carte sans même la regarder et se dirige vers le boîtier en plastique encastré dans le mur. Elle appuie plusieurs fois sur le même bouton, et à chaque *bip* le thermostat du chauffage central baisse d'un degré.

- Que fais-tu ici ? finit-elle par lui demander sans s'asseoir ni l'inviter à se mettre à l'aise.

- Je suis venu parce que j'ai besoin de te parler.

Cela fait cinq ans qu'ils ne se sont pas rencontrés. Et, bien que de temps en temps Raúl voie des photos d'elle sur les réseaux sociaux de Dani, il la trouve vieillie. Il semble que pour elle le temps ait accéléré.

- Pour me demander quelque chose, sûrement. Tu vas recommencer avec la location de la maison d'en bas ?

Elle se réfère à la maison dans laquelle il vient de passer les dernières vingt-quatre heures. Au début c'était simplement « la maison », et quand ils déménagèrent au Chili, « la maison de Deseado ». Mais quand ils revinrent avec suffisamment d'argent pour acheter plusieurs propriétés, ce fut « celle d'en bas », parce qu'elle se situait dans la partie basse du bourg, à deux cents mètres de l'estuaire.

- Non, ça n'a rien à voir avec cette maison. Je viens te parler de Dani.

- Que lui arrive-t-il à mon petit ?

- On s'assied ? suggère-t-il.

Graciela hoche la tête mais, au lieu de prendre un siège, elle fait le tour du comptoir en marbre qui sépare la salle à manger de la cuisine et sort deux tasses du placard. Le plus logique serait que Raúl s'installe sur le grand tabouret à côté du comptoir, mais il préfère une des chaises autour de l'énorme table en bois massif qui se trouve au centre de la salle à manger.

Il accroche son manteau sur le dossier de la chaise et s'assied. De là il peut voir son ex-femme, qui en ce moment allume une bouilloire électrique en acier inoxydable.

- Thé ? Café ? demande-t-elle sans cesser de lui tourner le dos.

- Non, ça va, merci.

Quand il est sûr qu'elle ne le voit pas, il descend sa main et la plonge dans la poche droite du manteau. Il sent le contact froid du Colt, mais ne le saisit pas. Il veut juste être certain qu'il est bien là, que ce ne sera pas trop difficile de l'atteindre quand le moment sera venu.

Ses mains reviennent vides sur la table et il les occupe en parcourant le contour d'un nœud dans le bois de la table. C'est irrégulier mais doux à la fois, comme la crosse en bois de cerf.

- Je vais te faire un thé, ça te fera du bien. Il fait froid. J'ai du chai et du matcha, Dani me les a fait venir de Buenos Aires. C'est fou ce que l'on peut obtenir de nos jours avec internet.

Bien que la température de la pièce soit plus pour un mojito que pour un thé, il sait que ça ne sert à rien de la contredire. Il se contente de dire que bon, d'accord, qu'elle lui fasse un thé. Et comme il ne connaît aucune des deux variétés, il choisit le chai, qui lui rappelle vaguement un film.

- Bon, venons-en au fait. Elle se tourne vers lui et pose deux tasses vides sur le comptoir. Que se passe-t-il avec mon petit ?

- Notre petit.

- Évidemment.

Il bouge sur sa chaise, comme s'il était possible de trouver une meilleure position pour ce qui allait suivre.

- Écoute, Graciela. Il n'y a pas de façon agréable de dire ça, alors je te demande de m'écouter sans m'interrompre et d'essayer de comprendre pourquoi je te dis ce que je te dis.

- Ah, ne me parle pas ainsi, Raúl ; tu sais qu'immédiatement ça me fait peur. En plus de venir en pleine nuit, maintenant tu me dis ça.

- Sans m'interrompre, Graciela. S'il te plaît.

Il fait une pause, prend une inspiration et prononce l'unique phrase qu'il a apprise par cœur.

- Je suis venu pour m'assurer qu'une fois pour toutes, tu laisses Dani vivre sa propre vie.

- À quoi fais-tu allusion ? demande-t-elle avec un geste d'authentique surprise. Dani fait ce qu'il veut. Il a sa maison, son travail, sa fiancée...

- Ça fait plus de six mois que tu te chamailles avec la fiancée, Graciela. Et tu sais très bien pourquoi.

- On ne se chamaille pas, dit-elle, levant la main comme pour chasser une mouche. Paola est partie à San Martín de los Andes pour son travail, mais ils sont toujours ensemble. À distance.

- Graciela, tu m'écoutes ? Elle voulait que Dani l'accompagne à San Martín, elle était même prête à accepter que tu viennes avec eux, pour ne pas te laisser seule.

- Pourquoi j'irais aussi loin ? Ma maison est ici. Ma vie est ici.

- La pire partie de ta vie.

Graciela rit entre ses dents et secoue la tête.

- Comme si celle que j'ai eue avant était beaucoup plus belle.

- Je n'en sais rien, puisque tu ne m'as jamais rien dit. De même qu'un tas d'autres choses.

Malgré l'imprécision des mots, tous deux savent très bien

à quoi Raúl fait allusion. De nouveau elle nie de la tête et lâche un long soupir. Ce geste est la copie conforme de celui qu'elle a fait chaque fois qu'il a abordé le sujet durant les dix-huit années qu'ils passèrent ensemble après l'enlèvement.

Il pense à l'irréversibilité de ce qu'il est sur le point de faire, et tout à coup il se dit que l'heure est peut-être venue d'obtenir cette réponse. Lui demander sans bégayer si ces fils de putes l'ont violée, par exemple. Mais avant qu'une seconde ne passe, il se sent déjà la pire des ordures au monde. Veut-il connaître la vérité pour essayer de la comprendre ou parce qu'il doute d'être le père biologique de Dani ?

Il serre fort les dents et décide de se taire, une fois de plus. Il n'a pas besoin de savoir si Dani porte ses gènes ou pas. À l'époque, les tests ADN n'existaient pas, et il s'en félicite. Il n'y eut pas un papier pour ternir ce qu'il a ressenti quand il est né, quand il l'a entendu dire papa, quand il lui a appris à faire du vélo, à souder...

- Graciela, Dani ne fait pas ce qu'il *veut*. Dani fait ce qu'il *peut* dans ce que tu lui permets. Et ce qui me préoccupe le plus, c'est qu'il semble que tu ne te rendes pas compte qu'en permanence tu lui mets des bâtons dans les roues.

- À quoi tu penses ?

- Chaque fois qu'il n'est pas d'accord avec une de tes décisions, tu menaces de te suicider...

- Tu crois que je le fais pour attirer l'attention ? crie-t-elle depuis l'autre côté du comptoir. Tu crois que je n'aurais pas voulu réussir la première fois ?

Cette dernière phrase est pour lui comme un coup de poing à l'estomac. Avec « la première fois » elle fait allusion à l'époque où ils vivaient à Punta Arenas, Dani avait trois ans, et elle s'était enfermée dans la salle de bain pour s'ouvrir les veines. Comment pouvait-elle souhaiter avoir réussi sachant qu'elle laissait un tout petit sans maman ?

Ils restent tous les deux silencieux. À nouveau elle lui tourne le dos et il entend l'eau chaude remplir les tasses. Il pose le sac à dos sur ses genoux et l'ouvre. Il voit les boîtes de valium au fond.

Quand Graciela apporte le plateau avec le thé, il la regarde et se force à sourire de manière conciliante. Tandis qu'il lève la tasse pour boire la première gorgée, il repasse son plan pour la énième fois. Il posera les comprimés sur la table, il lui dira ce que c'est, et essaiera de la convaincre de se suicider une fois pour toutes. Si elle résiste, il mettra la main dans la poche du manteau et l'obligera à les avaler sous la menace du pistolet. Et si elle continue de refuser, il n'aura pas d'autre solution qu'appuyer sur la détente.

Mais s'il faut qu'il supporte ce fardeau le reste de sa vie, il doit savoir. Il doit être absolument sûr que Graciela n'ait pas de retour en arrière possible.

Il pose lentement les deux mains sur la table, essayant de la tranquilliser. Avant de reprendre la parole, il respire à fond deux fois de suite.

- Ton fils n'en peut plus, Graciela.

Elle pose la tasse sur la soucoupe avec tant de force que la petite cuillère tinte comme un grelot.

- *Lui*, il n'en peut plus ? Lui qui est jeune, beau, avec un travail, il n'en peut plus ? Et moi ? Personne ne pense à moi, non ? Parce que si personne ne s'en est rendu compte, moi aussi je n'en peux plus.

- Personne ne pense à toi... Tu t'entends ? Dani a sacrifié son rêve pour toi. Deux fois il est parti étudier pour être vétérinaire et deux fois il est revenu pour rester près de toi. Cela fait deux ans que tu l'as à ton service.

Son ex-femme ne répond pas. Elle se limite à un sourire sarcastique, comme s'il ne comprenait rien.

- Je sais que tu es malade, Graciela. Mais tu es en train de lui pourrir la vie de la même façon que tu as pourri la mienne durant dix-huit ans. Si je suis ici, c'est parce que je veux l'aider. Et toi aussi.

- M'aider ? demande-t-elle avec un petit rire. Tu m'as

laissée au pire moment, Raúl. Tu es parti à plus de mille kilomètres de moi durant la première année d'université de Dani. Si tu avais voulu m'aider, tu serais resté avec moi.

- Graciela, s'il te plaît. Tu étais triste parce que ton fils était parti étudier. Comme moi j'étais triste, et tous les parents qui envoient leur fils à l'université. Mais que ça ait été ton pire moment...

- Depuis quand as-tu décidé ça ?

Raúl est sur le point de perdre les pédales. Apparemment Graciela ne se souvient pas que Dani l'a trouvée les veines ouvertes alors qu'il n'avait que trois ans. Il sent un désir irrépressible de lui crier que celui-ci fut le pire moment de leur vie à tous les trois. Quel autre, sinon ?

Mais il ne crie pas. Il ne lui parle même pas, parce qu'il est maintenant l'heure de faire le pas définitif. Il tend la main gauche derrière lui et la met dans la poche du manteau jusqu'à ce que ses doigts rencontrent la surface dure et froide qu'ils cherchent.

Lentement, il sort le téléphone et le lui montre.

- Voyons si avec ça tu vas comprendre, dit-il en le posant sur la table.

Il cherche parmi les messages vocaux qui sont dans les favoris et sélectionne celui du 23-04-2018. Le message dure deux minutes et cinquante-cinq secondes mais il ne lui fait écouter que les neuf dernières secondes. De l'appareil sort la voix de Dani, brisée par les sanglots : « Je me demande si un jour elle va me laisser en paix. Je me fais l'effet d'être une ordure pour penser cela, mais parfois je préfèrerais qu'elle disparaisse de ma vie ».

Une fois le message terminé, Graciela reste silencieuse, le regard fixé sur le téléphone.

- Il ne parle pas sérieusement, finit-elle par dire, alors que l'écran est noir depuis un bon moment.

Raúl hausse les épaules et serre les lèvres.

- Il ne parle pas sérieusement, répète-t-elle. Comment mon

petit peut-il vouloir ça ? Tu sais quoi, Raúl ? Je pense que je ne suis pas la seule à être malade ici. Je pense que tu as un problème égal ou même plus important que le mien.

Il ne va jamais le reconnaître, mais il soupçonne qu'en cela Graciela a raison.

- Je pense qu'il est temps d'en finir avec tout ça, dit-il pour toute réponse.

Il sort du sac les deux boîtes de valium et les pose sur la table. Graciela regarde les médicaments avec un léger froncement de sourcils, surprise.

- Qu'est-ce que c'est ?
- Le moyen de te suicider pour de vrai.
- C'est quoi cette connerie, Raúl ? Tu es fou ?

Sans lui répondre, il se penche en arrière et cherche dans la poche droite du manteau la crosse en bois de cerf. Il empoigne le pistolet.

- Qu'as-tu là ? demande-t-elle.
- Rien.

Tout ce qu'il a à faire, c'est sortir le pistolet et le poser sur la table, le canon dirigé vers elle. C'est le dernier pas pour libérer son fils. Il serre la culasse de toutes ses forces, mais c'est comme si l'arme était soudée à une enclume. Il veut le faire, il veut véritablement la sortir et viser, mais il y a quelque chose dans son cerveau qui l'en empêche. C'est comme s'il était paralysé, mais rien que pour accomplir ce geste.

Il retire de la poche sa main vide et la porte à son visage. Il se frotte les yeux et se pince l'arête du nez entre le pouce et l'index.

- Au cas où tu voudrais encore te suicider ; tu as là ce qu'il faut pour réussir, dit-il sans la regarder. Tu prends tous les comprimés et *ciao*. On ne sent rien. Tu t'endors et ton corps oublie de respirer.

Il pousse les boîtes vers elle du bout des doigts, se lève de la chaise et met son manteau.

- Tu es un vrai fils de pute ! De mille putes, Raúl !

L'ignorant, il attrape le sac à dos et se dirige vers la porte. Au troisième pas, un impact sec sur la tête lui provoque une douleur qui irradie dans tout le crâne. Une seconde après, lui parvient le bruit de la tasse de porcelaine qui se brise en mille morceaux sur le sol.

Il porte les doigts à sa tête et les examine. Il n'y a pas de sang. En faisant demi-tour, il trouve Graciela à quelques centimètres de lui, respirant bruyamment, ses yeux vitreux plantés dans les siens.

- Emporte ça de chez moi, fils de pute, lui dit-elle en lui plaquant les boîtes de sédatif contre la poitrine.

Raúl prend lentement les boîtes de médicaments, reconnaissant sa défaite. Il a tout fait de travers. Tout à l'envers de ce qu'il avait planifié.

Et Graciela, en guise d'adieux, lui dévisse la tête en le giflant à la volée.

CHAPITRE 35

Vendredi 7 décembre 2018, 1:07 a.m.

Dans la rue, le seul mouvement est celui des branches des ormes agitées par le vent. Il marche vite, les mains dans les poches. La gauche tient les boîtes de valium, la droite le Colt.

Le plan a échoué. Nul, vraiment. Maintenant Graciela sait qu'il préférerait qu'elle soit morte. Il se demande si elle va parler à Dani de leur rencontre de cette nuit. Difficile, conclut-il, car elle devrait prendre le risque que son fils lui confirme que ses manipulations permanentes ne lui permettent pas de vivre pleinement.

Il ne peut s'empêcher de se demander pourquoi lui. Vingt-sept ans sont passés et il continue sans comprendre ce qu'il a fait pour que sa vie se transforme en cauchemar. Il ne peut pas non plus s'arracher de la tête l'idée que tout est de sa faute. S'il n'avait pas touché à cet argent... Ou s'il ne l'avait pas rendu à la police...

Il s'arrête net. Sans se donner le temps de s'apitoyer sur son sort, il fait demi-tour et revient sur ses pas. En arrivant au coin de la rue, au lieu de tourner à droite vers la maison de Graciela, il va à gauche. Il fait les cinq cents mètres suivants en courant, l'adrénaline fait galoper son cœur.

Ce n'est certainement pas la première fois qu'il pense à ce qu'il se prépare à faire. Des centaines de nuits à haïr jusqu'à la nausée le pourri qui a ruiné sa vie. Surtout si c'est un pourri décoré et applaudi qui, grâce à sa réputation sans tache, est arrivé chef de la police pour toute la province.

Cependant, cette nuit est bien différente des nombreuses autres où il l'a maudit. Cette nuit, Raúl Ibáñez a un pistolet chargé dans la poche de son manteau et plus rien à perdre.

En arrivant à la Plaza del Vagón, il diminue un peu le

rythme de ses pas pour reprendre son souffle. Au loin, dans la rue San Martín, on aperçoit les phares d'une voiture. Elle roule lentement, sûrement des gens faisant une balade, ils ne vont nulle part, il l'a fait si souvent quand il vivait ici.

Avant que la voiture ne soit trop près, il tourne vers Banco de la Nación et prend la direction de la mairie. Trois cents mètres de plus et il arrive à la maison en pierre. Il a souvent rêvé qu'il revenait la visiter, mais il n'aurait jamais imaginé qu'il le ferait cette nuit.

Les grilles qui maintenant protègent les fenêtres sont les seuls indices qui révèlent que presque trois décennies sont passées depuis la dernière fois où il est entré. Même de nuit, on voit que les choses ont été bien faites. C'est sûrement le travail d'un soudeur différent de celui qui a fabriqué l'armoire en acier du sous-sol.

Y aurait-il toujours un coffre dans le sous-sol ?

Il longe la façade en pierre et se réfugie de l'autre côté de la rue, se protégeant de la lueur des lampadaires sous un orme. Il sort son téléphone, ouvre l'application et tape le numéro. Après plusieurs sonneries, une femme décroche :

- Allo !

- Pourrais-je parler à la señora Amanda Rivera, s'il vous plaît.

- C'est moi-même.

Deseado a beaucoup grandi en vingt-sept ans, mais le commérage y reste le sport le plus populaire. Il a suffi à Raúl de deux ou trois questions glissées en passant dans les conversations téléphoniques avec de vieux amis au cours des derniers mois pour être sûr que l'ex-commissaire Manuel Rivera vit toujours dans la même maison. Apparemment il est très vieux et assez malade. Certains disent même que si sa fille aînée, toujours célibataire, ne vivait pas avec lui, il serait déjà en maison de retraite.

- Señora Rivera, je vous appelle de l'hôpital. Votre sœur Patricia a eu un accident grave. Gardez votre calme et venez

le plus tôt possible.
- Ma sœur ? Quel hôpital ?
- Celui de Puerto Deseado.
- Ce n'est pas possible. Ma sœur est à Comodoro.
- Justement, elle était sur la route de Comodoro à Puerto Deseado, improvise-t-il. Le véhicule a fait plusieurs tonneaux et elle est gravement blessée. De plus, son asthme aggrave la situation. Si vous ne pouvez pas venir, s'il vous plaît donnez-nous les coordonnées d'autres personnes de la famille...
- Je viens immédiatement.

La lumière s'allume à l'une des fenêtres. Cinq minutes plus tard, une femme de trente et quelques années sort dans la rue emmitouflée dans un manteau de couleur sombre, elle monte dans une auto et part à toute vitesse.

Lui, traverse la rue et ouvre sans difficulté la porte de la grille puis celle de la maison. Dans sa hâte, Amanda Rivera ne les a pas fermées à clé. Il entre et se dirige vers la chambre principale où une silhouette corpulente dort profondément, étrangère au départ précipité de sa fille et à l'arrivée de l'étranger.

Il sort le Colt de sa poche et dirige le canon vers la bosse sous les couvertures. Il arrive même à mettre le doigt sur la détente, mais il y a quelque chose qui lui dit que non, qu'une mort pendant qu'il dort tranquillement est beaucoup trop douce pour ce salopard.

Alors il allume la lumière.

La chambre est comme il se la rappelle. Le lit en fer forgé et le crucifix en bois au-dessus de la tête du lit sont les mêmes. La seule différence, c'est que le mur, aux pieds de Jésus, est couvert de Post-it de couleur jaune fluorescent.

Manuel Rivera remue un peu entre les draps et se couvre les yeux avec l'oreiller pour se protéger de la lumière.

- Qu'y a-t-il, Amanda ?

Pour toute réponse, Raúl lève le canon du Colt vers sa tête.

- Qui êtes-vous ?

- Tu ne te rappelles pas ?
- Non.
- Fais un effort.
- Vraiment, non. Ces derniers jours je ne sais pas ce qui m'arrive, j'ai la mémoire qui me lâche.

Il dit ça sur un ton chantant, presque joyeux, qui ne colle pas avec quelqu'un qui est du mauvais côté du pistolet.
- Je vais te donner une piste. Je suis la personne à qui tu as bousillé la vie à cause de ta corruption.

Rivera fronce les sourcils. Plus qu'une expression de surprise, c'est de la concentration, comme s'il essayait de trouver un livre dans une immense bibliothèque.
- Je suis l'imbécile qui t'a rendu trois millions de dollars en pensant que tu étais un flic honnête.
- Raúl Ibáñez ?

Il acquiesce.
- Tu es bien vieux, Raúl. C'est incroyable, les années nous passent dessus comme un rouleau compresseur.

Encore une fois ce ton blagueur, presque infantile, qui ne correspond pas à la situation.
- Tu sais que tu n'as pas fait que détruire ma vie, mais aussi celle de ma femme et de mon fils ?

Rivera ne répond pas.
- La déclaration que tu as falsifiée pour te garder un million et demi de dollars, elle est tombée entre les mains des frères Contreras, sûrement grâce à un autre flic véreux de ton commissariat. Et tu sais ce qu'ils ont fait pour que je leur rende le million et demi que d'après ton papelard j'avais gardé pour moi ? Tu sais ce qu'ils ont fait, espèce de vieux fils de pute ? Ils ont enlevé ma femme.
- Ce n'est pas possible.
- Pourtant, c'est ce qui est arrivé ! Et quand j'ai réussi à la libérer, il était déjà trop tard. Nous avons passé toute notre vie à souffrir des conséquences de ce que tu as fait.
- Ça n'a aucun sens. Les frères Contreras ont pris un

million et cent mille dollars dans le sous-sol de cette maison, ils savaient donc parfaitement que c'est moi qui avais gardé l'argent et pas toi.

Il est surpris par l'aisance avec laquelle parle Rivera. Il n'y a aucun sentiment dans ses paroles pragmatiques.

- À eux non plus, ça ne leur a pas servi à grand-chose ; ils ont fini carbonisés avec le fric, continue l'ex-commissaire. Ils s'étaient planqués dans un hangar du chemin de fer.

- Laisse-moi deviner : un des cadavres avait un genou explosé par un coup et l'autre une balle dans la cuisse.

- Oui. Sûrement qu'ils se sont battus entre eux pour les dollars.

Raúl lâche un petit rire et secoue la tête.

- La balle était de calibre 45, provenant d'un Colt 1911 comme celui-ci ? demande-t-il en le visant entre les deux yeux.

Rivera regarde l'arme, sans comprendre.

- Nous n'avons jamais retrouvé l'arme dans les décombres de l'incendie, dit-il plus pour lui que pour Raúl.

- Et je suppose que le feu a détruit le ruban adhésif avec lequel nous les avions attachés pour être sûr qu'ils meurent brûlés.

- Nous n'avons pas pu mener une investigation approfondie, à cause de la situation que nous vivions ces jours-là.

- C'est vrai, s'exclame-t-il sur un ton sarcastique. Tu t'es dit qu'avec le désastre des cendres, personne ne prêterait trop d'attention à cet incendie, non ? Il ne fallait pas qu'ils découvrent que la balle dans la jambe de Jacinto Contreras provenait d'une arme enregistrée à ton nom. Ou qu'ils trouvent un couteau avec tes initiales.

Rivera garde le silence, le regard perdu sur le canon du Colt.

- Ça t'a bien arrangé aussi que la police fédérale mette des semaines à envoyer quelqu'un pour enquêter. Quelqu'un qui, je suppose, a trouvé les restes de l'incendie recouverts d'une couche de cendres et n'a pu obtenir rien d'autre que ce qui était mentionné dans les rapports de la police locale.

L'ex-commissaire observe quelques instants le rideau de sa chambre, comme s'il avait un intérêt quelconque. L'idée que Rivera n'enregistre pas tout ce qui se passe effleure Raúl.

– C'était moi, tu comprends ? dit-il en désignant sa poitrine du doigt. J'ai pris dans ton sous-sol les dollars, le pistolet et le couteau. J'ai tué ces salopards. Et c'est ma famille qui a passé toute la vie à souffrir des conséquences de ce que tu as fait.

Le regard de Rivera abandonne le rideau pour revenir sur le canon du pistolet. En le voyant, il croise les bras avec autorité.

– Qui êtes-vous ? Et qui vous a donné la permission d'utiliser mon Colt ? dit-il du ton sec de quelqu'un habitué à exiger des explications.

Raúl fait deux pas en avant et lui enfonce le bout du canon dans son double menton flasque.

– En plus tu fais le malin ?

– Vraiment, qui êtes-vous ? insiste Rivera. Si vous m'autorisez à me retourner, je vais peut-être arriver à me rappeler.

D'un doigt noueux, Rivera montre par-dessus son épaule le mur couvert de Post-it.

Raúl s'approche et en lit un.

« J'ai deux filles. L'aînée s'appelle Amanda. La plus jeune, Patricia ».

Sans baisser le pistolet, il passe à un autre.

« Je suis veuf depuis 2006 ».

Il en lit plusieurs autres au hasard.

« J'aime déjeuner avec du café au lait et des gâteaux secs ».

« Je vis avec Amanda, ma fille aînée ».

« J'achète le pain à la boulangerie Don Bartolo ».

Soudain, tout s'emboîte.

« Ma femme s'appelait Celia ».

« En 2011 ils m'ont diagnostiqué Alzheimer ».

En lisant le dernier, il regarde à nouveau le vieux policier. Il a le front couvert de sueur et respire très rapidement.

- Je ne sais pas qui vous êtes ni pourquoi vous me menacez avec une arme, mais j'ai besoin d'aller aux toilettes.

Raúl regarde sa Rolex. Dix minutes sont passées depuis qu'Amanda Rivera est partie pour l'hôpital. Dans peu de temps elle va comprendre que sa sœur n'y a pas été admise et elle reviendra chez elle.

À l'origine, le plan était qu'Amanda le trouve avec une balle dans la tête. Et, bien qu'elle ne croie jamais qu'il s'agisse d'un suicide à cause du faux appel de l'hôpital, l'arme à feu que la police scientifique trouverait dans la main du commissaire serait, du moins aurait été il y a des années, enregistrée à son nom.

Mais en voyant ce qu'il en était, une balle serait faire une faveur à ce vieux gâteux. Lui reprocher quoi que ce soit, ou même lui faire du mal, ne servirait à rien. Que vaut une vengeance si celui à qui elle est destinée n'en a pas assez conscience pour en souffrir.

- Va aux toilettes, si tu te pisses dessus ta fille va devoir te changer, dit-il finalement, bien qu'il sache que l'égratignure qu'il fait à la dignité de Manuel Rivera se perdra immédiatement dans sa mémoire brisée.

Sans éteindre la lumière, Raúl sort de la chambre puis de la maison. Il se hâte jusqu'au coin de la rue et avant de perdre de vue la maison du commissaire, il regarde derrière lui pour la dernière fois. La rue est toujours aussi silencieuse.

***

Il marche jusqu'à la plage de Punta Cascajo avec l'envie de pleurer. Il a vraiment tout raté. Ne pas avoir eu le courage d'obliger Graciela à avaler les comprimés est une chose, mais ne pas avoir le cran de tirer sur le responsable du cauchemar dans lequel a vécu sa famille le dégoûte de lui-même.

Quand il arrive à la plage, il s'est convaincu que ce qu'il a imaginé pendant des années s'est avéré impossible à réaliser. Quoi qu'il fasse il ne peut réparer les dommages. En fait, à chaque tentative, il n'a fait qu'empirer les choses. Ça ne lui a pas réussi quand il a décidé de cacher les cent mille dollars aux ravisseurs, tout comme rien n'a fonctionné cette nuit. Et tout le reste entre les deux. En fin de compte Graciela a raison ; c'est lui qui a un grave problème.

La marée est haute. Derrière le brise-lame, une grue éclairée par de puissants projecteurs empile des containers sur un énorme cargo. Raúl s'assied sur les pierres et ferme les paupières pour chasser les larmes qui s'accumulent dans ses yeux. Ce qu'il était sur le point de faire avec Graciela est digne d'un véritable monstre. De nazis, réellement. Personne n'était plus expert qu'eux pour éliminer les malades et les handicapés, plus décidé à empêcher que ces anomalies nuisent aux autres.

Mais si l'humanité a appris quelque chose de cette époque, c'est que le monde devient meilleur quand celui que l'on élimine est le monstre.

Il serre encore plus fort les paupières et lève le pistolet jusqu'à ce que le canon glacé lui touche la gorge. Il acquiesce fermement de la tête, sûr de ce qu'il s'apprête à faire, et appuie encore plus fort le pistolet contre la chair tremblante. Il lâche un sanglot à mi-chemin entre la plainte et la rage.

Puis il demande pardon à Dani et à Graciela, inspire par le nez et presse la détente.

CHAPITRE 36

Vendredi 7 décembre 2018, 1:31 a.m.

Clic.
L'amorce ne détonne pas et la vieille balle reste inerte dans la chambre.

Un mathématicien aurait conclu qu'il avait dix pour cent de chance de survivre, sa professeure de yoga, par contre, que rien n'arrivait par hasard.

Il laisse tomber le pistolet à ses pieds, un mètre au-dessus de l'endroit où se brisent les énormes vagues. Il étend son dos sur les pierres en espérant que son cœur emballé se calme. Le ciel est tapissé d'étoiles floues et tremblotantes.

Malgré le poids énorme, il est incapable de faire office de bourreau. Pas pour lui et encore moins pour les autres. On naît pour cela, on ne le devient pas.

Automatiquement, cette dernière phrase le ramène trente ans en arrière, à son premier jour de travail à l'hôpital de Deseado. Il venait de laisser son poste d'infirmier militaire pour se consacrer au monde civil. La directrice de l'hôpital, une pédiatre avisée qui se nommait Josefina Suils, l'avait convoqué dans son bureau pour lui souhaiter la bienvenue.

- Je suis sûre que vous ne perdrez pas de vue qu'un hôpital n'est pas une caserne, monsieur Ibáñez. Et que nos patients ne sont pas des soldats.

Raúl avait acquiescé sans rien dire.

- Et dans mon hôpital, la valeur la plus importante de toute est la compassion. Vous savez d'où vient le mot compassion ?

- Non, señora Suils.

- Du grec. Il veut dire « souffrir ensemble » ou « accompagner dans la souffrance ». Le temps dira si vous êtes fait pour passer votre vie à accompagner les autres dans la souffrance. On naît pour cela, on ne le devient pas.

Etendu sur les rochers, Raúl sort son téléphone et tape un message.

« Dani, je suis à Deseado. Je dors dans la maison d'une amie. Je passe te voir demain en milieu de journée ».

Puis il ramasse l'arme, se met debout, et de toutes ses forces la jette dans l'eau.

Dans le port, la grue continue de charger les containers.

***

Il revient à son ancienne maison, déroule le sac de couchage et s'étend dessus. Il ne peut s'empêcher de penser au « on naît, on ne devient pas » de la vieille Josefina Suils. Il dort peu et mal. Il se lève bien avant que les premières lueurs du jour commencent à filtrer à travers les volets. Il reste environ sept heures avant midi.

Il déjeune avec un thé et des gâteaux secs, assis à la table de la salle à manger. Face à lui il pose un grand plat rouillé qu'il a trouvé dans le four. Une à une, il relit les pages tapées sur l'Olivetti. Quand il a fini, il prend un briquet et met le feu à la première page puis la dépose dans le plat rouillé. Avant qu'elle ait brûlé entièrement, il alimente le feu avec la seconde et ainsi avec les quatre-vingt-sept autres pages jusqu'à ce qu'il ne reste plus que des cendres grises qui s'effritent dès qu'on les touche. Il sourit devant l'ironie : ce qui a commencé dans les cendres finit en cendre.

Il passe la matinée en s'occupant comme il peut. Il essaie de lire un roman, mais il ne fait que laisser glisser ses yeux sur les mots sans parvenir à les transformer en une histoire. Il se distrait un peu avec le téléphone. Maintenant, il n'a plus besoin de se soucier de la batterie. Il lit les nouvelles de Buenos Aires et de Bariloche. Il complète quelques sudokus *online*. Il regarde pour la première fois au cours des derniers mois le courrier indésirable. En même temps il échange quelques messages avec Alejo, toujours au Chili et maintenant grand-père depuis peu. Son frère lui raconte qu'il va se déguiser en Père Noël la nuit du 24 décembre comme il l'a fait pour Dani les quatre Noël qu'ils ont passés ensemble à Punta Arenas.

Quand enfin arrive onze heures et demie, il sort par la porte de derrière en tirant la valise.

CHAPITRE 37

Vendredi 7 décembre 2018, 11 : 32 p.m.

Le milieu de journée est agréable, presque sans vent. Il préfère aller chez Dani par la rue Ameghino plutôt que par la rue San Martín. Il y a plus de dénivelé, mais il y a moins de probabilités qu'il rencontre quelqu'un. La dernière chose qu'il veut c'est entamer une conversation avec une vieille connaissance.

Il parcourt les cinq cents mètres qui le séparent de la maison de son fils et appuie sur le bouton de la sonnette. Dani ne tarde pas à ouvrir. Il est en manches courtes et porte un tablier sur lequel on a du mal à distinguer le visage de Mafalda derrière la couche de farine.

- Tu as ouvert une boulangerie et tu ne m'as rien dit ? plaisante-t-il, lâchant la valise pour le prendre dans ses bras.

- Non, je t'ai fait des pâtes maison. Je n'en ai pas préparé depuis la dernière fois où tu es venu, alors peut-être allons-nous finir en commandant des pizzas.

Dani lui rend son étreinte. Puis ils s'écartent un peu et Dani lui offre un de ses magnifiques sourires. Un sourire qui lui rappelle Graciela il y a de nombreuses années.

La maison est remplie du parfum d'une sauce à la tomate très différente de celle qu'il a l'habitude de faire avec la viande ou le poulet. La version végan de Dani contient des champignons et des épices dont Raúl n'a même jamais entendu le nom. Elle est délicieuse, oui, mais Raúl continuera de préférer ses nouilles à l'étouffée avec du vrai fromage râpé plutôt que ce plastique à base de soja que Dani commande sur internet à Buenos Aires.

Sur la table, la guitare et la voix de José Larralde s'échappent d'un appareil cylindrique qui ressemble plus à une grenade à main qu'à une radio. Dani sort son téléphone de sa poche, appuie sur une touche et le volume de la musique baisse.

- À quel moment tout a foutu le camp au point que l'on ait besoin d'un téléphone pour baisser le volume de Larralde ?

Son fils rit en secouant la tête, comme si Raúl ne comprenait rien.

- Tu prends quelque chose p'pa ?
- Une bière, si tu en as ?
- Brune seulement.
- Ça ira.

Dani s'affaire un peu dans la cuisine et ramène un plateau avec de quoi grignoter et deux verres de bière.

- Pourquoi n'as-tu pas répondu au message ? demande-t-il en lui tendant un verre.
- Quel message ?
- Le dernier que je t'ai envoyé te demandant chez quelle amie tu passais la nuit.
- Il y a sûrement une raison, dit-il en exagérant son ton complice.

Son fils hausse les épaules et lui désigne une assiette contenant une purée beige entourée de petits bâtons de carotte.

- Houmous, lui explique-t-il. C'est une purée de pois chiches et d'ail. C'est très bon.

Dani en prend un peu avec le bout d'un bâtonnet de carotte qu'il lève à la hauteur de ses yeux, montrant à son père comment il l'amène à sa bouche. Raúl sourit en pensant qu'il y a vingt-cinq ans, presque chaque jour, il accomplissait le même geste face à son fils.

- D'accord, je comprends que tu ne répondes pas au message. Mais pourquoi ne m'as-tu pas dit à quelle heure exactement tu allais venir ? Le milieu de journée, ça peut vouloir dire midi, une heure…

Avant de répondre, il goûte l'houmous. Ce n'est pas

mauvais, mais il continue de penser que la bière est meilleure avec des cacahuètes salées.

- Parce que je n'aime pas avoir le téléphone collé au cul vingt-quatre heures sur vingt-quatre comme toi.

À ce moment-là, comme si cela avait été planifié, la voix de Larralde se tait et un son de cloche la remplace. Raúl rit sous cape en voyant comme son fils s'empresse de répondre.

- C'est sûrement une urgence, plaisante-t-il en se laissant basculer en arrière dans la chaise. Il avale une gorgée de bière.

- Allo, répond son fils qui se lève et marche jusqu'à la cuisine. Oui, c'est moi. Comment ? Non, ce n'est pas possible, quand ?

Il y a un silence qui dure quelques instants. Quand Dani recommence à parler, ses paroles sont saccadées.

- J'arrive immédiatement.

Dans la cuisine, Raúl trouve son fils les deux mains posées sur le plan de travail et le front collé contre le placard.

- Que se passe-t-il, Dani ?
- Maman.
- Il lui est arrivé quelque chose ?
- Elle est morte.

CHAPITRE 38

Vendredi 7 décembre 2018, 12 : 27 p.m.

Dans la morgue du tribunal, ils sont reçus par Luis Guerra, le médecin légiste.

- Ils l'ont trouvée sur une plage, plusieurs kilomètres au sud de l'embouchure de l'estuaire, leur explique-t-il. L'identification va être douloureuse car le corps est tout boursoufflé. Il est resté plusieurs heures dans l'eau.

Malgré l'avertissement, Dani subit un choc quand le médecin ouvre la fermeture éclair du sac mortuaire noir. Raúl le prend dans ses bras pour le tranquilliser et le guide hors de la salle.

Ils attendent des heures sur un banc, le temps que Guerra termine l'autopsie.

- Mort par noyade, conclut-il en revenant les voir.
- Et il fallait l'ouvrir pour savoir ça ? lui reproche Dani.
- Quand on trouve un cadavre dans l'eau, il est important d'écarter la possibilité que quelqu'un l'ait jeté à l'eau déjà mort. C'est pour ça que l'on est obligé de pratiquer une autopsie.

Raúl acquiesce et du regard demande au médecin de ne pas tenir compte de l'hostilité de son fils. Guerra secoue la tête en lui disant qu'il n'y a pas de problème.

- Je n'ai pu éviter de remarquer plusieurs cicatrices sur ses poignets. Avait-elle déjà tenté de se suicider ?

Sans répondre, Dani fait demi-tour et part en courant. Raúl fait un signe à Guerra pour lui indiquer qu'il revient dans un instant et sort derrière son fils.

***

Il est presque trois heures de l'après-midi quand ils entrent dans la maison de Graciela. De jour, les lumières éteintes, la salle à manger avec ses volets en permanence fermés à un aspect encore plus lugubre que la nuit d'avant.

Dani balaie du regard la table en bois massif et le plan de travail avant d'enfiler à grandes enjambées le couloir qui mène aux chambres. Raúl l'attend dans la salle à manger et ne peut éviter de remarquer la tasse posée à l'envers sur l'égouttoir près de l'évier. Dans la poubelle il y aura sûrement les morceaux de l'autre.

- Elle m'a laissé une lettre ! crie son fils depuis la chambre, et il revient quelques secondes après, une enveloppe à la main.

Il s'assied sur la même chaise que Raúl il y a quelques heures. Il ouvre l'enveloppe et lit en silence.

Cher Dani,

En commençant à écrire cette lettre, la première chose qui me vient à l'esprit, c'est de te demander pardon. Mais, attention, ce n'est pas pour la décision que j'ai prise aujourd'hui. Au contraire, j'aurais dû la prendre plus tôt.

Je veux m'excuser de ne pas avoir pu être à cent pour cent à tes côtés. D'avoir été un fardeau durant toute ta vie. De m'être enfermée pour pleurer alors que j'aurais dû jouer avec toi et te donner tous les sourires que tu méritais.

Dani chéri, ce que je fais aujourd'hui n'a rien à voir avec l'amour que j'ai pour toi. Nous savons tous les deux que nous avons tout essayé, mais pour mon cas il n'y a pas de psychologue, de psychiatre ou de technique de méditation qui puisse m'aider. Et cela fait maintenant beaucoup d'années. Beaucoup trop.

La seule chose qui me manque pour partir en paix, c'est de te raconter mon histoire, celle que j'ai toujours cachée, à toi comme à ton père. Aujourd'hui je ne suis plus très sûre d'avoir pris la bonne décision.

Comme tu le sais déjà, je suis née à San Rafael, dans la province de Mendoza. Quand tu pourras, va t'y balader ; c'est magnifique et le vin y est exceptionnel.

Je n'ai jamais su qui était mon papa. Je ne suis pas sûre non plus que ma mère l'ait vraiment su. C'était une femme qui avait beaucoup de problèmes à cause de la drogue et en plus elle était alcoolique. Elle commençait avec la bière dès le milieu de matinée et n'arrêtait plus de la journée.

Par chance, je m'élevai chez notre voisine Amelia, qui très vite se rendit compte de l'incapacité de ma mère à s'occuper de moi et me traita comme sa propre fille. Disons qu'Amelia joua le rôle de mère, et ma mère celui d'une tante qui vivait près de chez nous mais que je voyais peu.

Avant que j'atteigne les neuf ans, la pauvre Amelia tomba malade et je dus revenir vivre chez ma mère. À partir de là, je m'élevai pratiquement seule.

La vie dans cette maison était très différente de celle que j'avais connue avec Amelia. Presque chaque nuit des hommes venaient la voir et elle m'obligeait à m'enfermer dans ma chambre. Je n'ai jamais su si elle se prostituait, si ces types étaient des junkies comme elle, ou les deux.

Au contraire de ce que tu peux t'imaginer, durant toutes ces années je n'ai subi aucun abus sexuel. Cela a failli m'arriver une fois en milieu de matinée quand un des compagnons de ma mère a essayé d'ouvrir la porte de ma chambre pendant qu'elle dormait, mais je n'oubliais jamais de donner deux tours de clé avant d'aller me coucher.

J'avais douze ans quand ils internèrent ma mère suite à une overdose. On lui retira ma garde et on m'envoya dans un centre d'éducation. Bon, eux ils disaient « foyer pour jeunes filles ».

Je pourrais te raconter un tas de choses moches qui me sont arrivées dans cet endroit, mais je préfère me focaliser sur les bonnes : j'ai toujours mangé à ma faim et j'ai pu finir le secondaire.

Quand j'atteignis les dix-huit ans, je dus partir. Mon dernier jour, la directrice me convoqua dans son bureau et me fit deux énormes faveurs. La première fut de m'expliquer, sans cheveu sur la langue, que j'avais tiré des cartes de merde dans la vie et que la seule possibilité de m'en sortir, c'était les études. La seconde fut de me dire qu'elle m'avait trouvé un travail qui consistait à nettoyer la maison et la cave d'un viticulteur.

C'est ainsi que j'entamai ma vie d'adulte. Le salaire suffisait à peine à payer le loyer d'une chambre dans une pension affreuse, mais j'avais enfin un espace à moi. Il ne me fallut que quelques mois pour comprendre que la directrice avait raison. Si je n'étudiais pas, il y avait de fortes probabilités pour que je passe le reste de ma vie à balayer des caves obscures et faire les vendanges. Je me décidai donc à entamer des études pour devenir institutrice.

Ce furent trois années difficiles car mon travail me laissait très peu de temps pour étudier. Je n'ai jamais validé une matière avec plus de sept, et je me suis toujours demandée si c'était par manque de temps ou d'intelligence.

Ce qui est sûr c'est que j'arrivai à boucler mes études et peu de temps après je faisais la classe dans une petite école. Ce fut une époque heureuse durant laquelle j'eus l'illusion que ma vie pouvait prendre une bonne direction. Je fréquentai un garçon durant presque une année puis un autre quelques mois, mais avec aucun des deux ça ne fonctionna.

Quand je rompis avec le second, je fus envahie par une sensation de vide immense, vraiment excessive pour un simple flirt. Pour la première fois, je soupçonnai que quelque chose n'allait pas dans ma tête. Je passai deux semaines au lit, pensant à tout ce qui m'était arrivé de mauvais dans la vie.

Je ne trouvai qu'une seule chose capable de me faire quitter le lit : réaliser mon rêve de voyager vers le sud.

Je m'en rappelle comme si c'était aujourd'hui, j'attrapai une carte de l'Argentine et, après avoir regardé tout un tas de patelins, je me décidai pour Puerto Deseado. Avec un nom comme celui-ci, il m'était impossible de ne pas le choisir, et c'est ainsi que je partis sans trop réfléchir. Après une année passée ici, pendant le Mondial de 90, je connus ton père. Mais cette partie tu la connais déjà.

Comme tu le verras, mon fils, si je n'ai jamais raconté mon histoire à ton père, c'est parce que je ne voulais pas qu'il ait pitié de moi. Bien que ça n'ait rien changé vu ce qui est arrivé après.

Je veux parler de ce qui m'est arrivé au mois d'août 91. Nous ne t'avons jamais dit la vérité à propos de ta naissance au Chili. En fait, nous n'avons pas quitté Deseado à cause des cendres du volcan Hudson, comme nous te l'avons toujours raconté. Il y a une histoire beaucoup plus sombre derrière, qui je crois fut le coup de grâce qui finit de m'enfoncer dans le gouffre de la dépression chronique.

Ils m'enlevèrent le jour même où le volcan Hudson entra en éruption. Je souffris beaucoup et fis des choses dont je ne me croyais pas capable. Demande à ton père qu'il te raconte tout ce qui s'est passé ces jours-là. Dis-lui qu'il te parle des dollars, des frères Contreras et de ce que nous fîmes dans le hangar du chemin de fer. Peut-être que, connaissant cette histoire, tu pourras me comprendre, même si ce n'est qu'un peu.

Mon fils chéri, après tout ce que tu as fait pour moi, je sais qu'il n'est pas nécessaire que je te rappelle tout ça, mais j'ai besoin de le faire pour partir tranquille : tout ce que j'ai fait ne fut jamais une décision volontaire, mais les conséquences de la maladie.

Quand un malade en phase terminale décide qu'il ne veut plus souffrir et interrompt son traitement médical, les gens comprennent. Ils disent : « Le pauvre, ça fait longtemps qu'il est dans cet état. Ce n'est pas une vie ». Moi, ça fait presque trente ans que je pleure chaque nuit. Ce n'est ni ta faute, ni celle de ton père. Et même s'il est probable que les moments horribles que j'ai vécus soient en partie responsables, il y a des gens qui se remettent de choses bien pires. Quoi qu'il en soit, cette maladie a gagné la bataille.

Je veux que tu saches que tu es un fils admirable. C'est à toi que je dois mes plus beaux moments, quand mon état me permit d'en profiter. Merci pour cela, mon petit.

Prends soin de ton père. Il t'aime autant que moi.
Adieu.
Maman

CHAPITRE 39

Vendredi 7 décembre 2018, 23:53 p.m.

Couché dans un lit étroit, Raúl parcourt du regard le plafond de la chambre d'amis dans la maison de son fils. Ses yeux se sont accoutumés à l'obscurité et il peut distinguer la veinure noueuse du bois. Sa main n'arrête pas de glisser sur le mur, comme s'il le caressait. De l'autre côté il y a la chambre de son fils. Il se l'imagine, la lumière allumée, relisant une fois de plus les mots de sa mère.

Pour Raúl, par contre, pas de lettre. Graciela a décidé d'emmener certaines réponses dans la tombe, et il ne saura jamais ce qui s'est passé durant ces quarante heures il y a vingt-sept ans.

Il voudrait la haïr pour cela. Pour ne jamais lui avoir dit s'ils l'avaient violée. Pour ne pas avoir voulu qu'on l'aide plus. Mais il ne peut pas. Il ne la hait pas car au fond, il pense qu'à sa place il aurait fait la même chose.

Ce qui est sûr maintenant, c'est qu'il ne saura jamais ce qui a déclenché la tempête dans la tête de Graciela. Mais, est-ce important ? Est-ce qu'aujourd'hui ça changerait sa vie de savoir si ce fut un viol qui fit flamber la maladie mentale de sa femme ou *seulement* la mutilation et le fait d'avoir brûlé vives deux personnes ? Quand quelqu'un a le ventre ouvert et les tripes à l'air, à quoi ça sert de connaître la taille du couteau ?

Il imagine les deux lettres que Graciela ne lui a pas écrites. Dans la première, elle lui confesse que Dani pourrait être le fils d'un des Contreras. Dans la seconde, qu'elle n'a subi aucun abus sexuel. Il réfléchit à ces deux univers alternatifs et conclut que son histoire, la sienne, ne changerait pas. Dans les deux univers, il hait les Contreras et Rivera.

Dans les deux il aime son fils à la folie.

Et dans les deux il ferme les yeux, comme en ce moment, et désire de tout son cœur que Graciela ait enfin trouvé la paix.

CHAPITRE 40

*Publié dans le journal « El Orden »
le samedi 8 décembre 2018*

SUICIDE DANS LES EAUX DE NOTRE ESTUAIRE

Dans la matinée de vendredi dernier, une femme de cinquante-quatre ans s'est donné la mort en se jetant à l'eau dans l'estuaire de Puerto Deseado. Le corps, qui serait resté plus de huit heures immergé, a été découvert à vingt-cinq kilomètres du point d'entrée. Apparemment, la victime ne savait pas nager.

Hier dans la matinée, l'ouvrier agricole Joaquím Estrada était en train de rassembler les brebis de l'estancia El Atardecer pour laquelle il travaille, quand il lui sembla voir un corps étendu sur une des plages de galets de la propriété. Après avoir vérifié qu'il s'agissait bien d'un cadavre, Estrada revint aux habitations pour prévenir les autorités par radio.

« Il s'agit d'une femme de cinquante-quatre ans originaire de notre localité » a confirmé Rodolfo Lamuedra le commissaire de Puerto Deseado.

Selon des sources proches de notre rédaction, le corps aurait dérivé entre huit et dix heures. On estime que le courant l'aurait entraîné sur presque vingt-cinq kilomètres vers le sud jusqu'à ce qu'il s'échoue sur une des plages de l'estancia El Atardecer.

La femme serait entrée dans l'eau à Punta Cascajo, où l'on a retrouvé son téléphone. Bien que cette pointe rocheuse, qui se situe entre le club nautique et le front de mer de Puerto Deseado, soit choisie par de nombreux pêcheurs de la localité, on présume qu'à l'heure où la malheureuse s'est mise à l'eau, le rivage était entièrement désert.

« Les six mètres de différence que nous avons entre les marées produisent des courants très forts quand l'eau entre ou sort de l'estuaire », nous expliquait Fabio Guebel, passionné de kayak et pionnier du windsurf dans notre localité. « Punta Cascajo est un endroit particulièrement dangereux car l'avancée rocheuse interrompt le cours naturel de l'eau, créant des tourbillons. Ce n'est pas la première fois que quelqu'un se noie ici. L'endroit est signalé depuis des années par une pancarte de baignade interdite ».

Pour le moment, les autorités n'ont pas révélé l'identité de la victime. Selon les sources proches de la rédaction, la femme souffrait de dépression depuis des années et avait même été internée plusieurs fois en hôpital psychiatrique à Buenos Aires.

CHAPITRE 41

Mercredi 9 janvier 2019, 12:55 p.m.

Un mois après l'enterrement de Graciela, Raúl se trouve en face d'un autobus à deux étages. Le moteur du véhicule ronronne sous le toit du terminal de Puerto Deseado.

- Maintenant tu dois monter. Il part dans cinq minutes, lui dit Dani en regardant l'heure sur son téléphone.

- Oui. Je vais monter. Mais je suis sûr qu'il va partir plus tard, répond Raúl.

Il regarde son fils et lui met la main sur la nuque. Il veut lui parler. Il *doit* lui parler, mais pas un mot ne sort. Durant ce dernier mois, le plus long moment passé ensemble depuis que Dani a terminé le secondaire, ils ont suffisamment parlé.

Le jour où Graciela est morte, Dani l'a laissé lire la lettre puis l'a interrogé sur l'enlèvement. Il a alors décidé d'honorer la mémoire de sa défunte femme et lui a raconté en détail ce qui s'était passé pendant ces quarante heures.

Il lui raconta tout, tel qu'il l'avait dactylographié, sans même occulter les parties les plus dures. Il lui expliqua qui étaient Jacinto et Frederico Contreras et comment ils étaient morts. Il lui confessa aussi le vrai motif de leur départ de Deseado en 91 et d'où venait le capital qui leur avait permis de créer l'entreprise de soudure qui les avait rendus riches. Naturellement, après ce récit Dani posa mille questions, et Raúl répondit à toutes.

Il lui a seulement caché que la date de sa conception coïncidait avec la semaine de l'enlèvement. La dernière chose dont Dani avait besoin en ce moment, c'est d'un doute.

- Dis, Papa...

- Oui, s'empresse-t-il de répondre.

- Est-ce que tu crois que je suis trop vieux pour revenir à la faculté ?

- Vieux, toi ? Il rit. Et moi, que devrais-je dire ?

Un silence s'installe entre eux, ponctué par le chuintement pneumatique de la porte du chauffeur qui se ferme.

- Je ne savais pas que tu avais abandonné la biologie, dit-il en essayant de ne pas prendre un ton de reproche.

- Je n'ai pas abandonné, continue-t-il. Je parle de retourner à la faculté des sciences vétérinaires. J'ai regardé sur internet, avec mon année à Rosario plus les matières que j'ai validées à distance pour la biologie, je pense avoir les deux premières années acquises. Si j'en ai le courage, en trois ou quatre ans je peux être vétérinaire.

Un sourire apparaît sur les lèvres de Raúl, mais il le modère pour ne pas mettre la pression à son fils.

- Cela me paraît être une idée géniale, dit-il. Ça a toujours été ton rêve.

Il va ajouter quelque chose, mais il se retient, car il sait que les paroles vont sortir hachées.

- Je ne sais pas, c'est une idée. Je dois y penser et voir si…

- Si tu ne le fais pas maintenant, tu vas le regretter le restant de ta vie.

Au diable la prudence.

- Les cours commencent en mars, s'enthousiasme Dani. Je peux profiter de ces trois mois pour travailler quelques matières et me présenter à l'examen en candidat libre. Et aussi pour tout régler ici.

- Tu peux compter sur moi pour quoi que ce soit. Tu sais que ce serait une grande joie pour moi de payer tes études. C'est le meilleur héritage que je puisse te laisser.

- Je ne refuserais pas un coup de main, vraiment. Mais je veux travailler pendant mes études. Je n'ai plus l'âge de vivre comme un étudiant.

Raúl est pris d'une envie de rire en se demandant si Dani se rend compte du ridicule de ce qu'il vient de dire. Depuis quand quelqu'un de vingt-six ans peut se dire qu'il n'a plus l'âge de faire quelque chose ? Mais il ne dit rien et acquiesce de la tête comme si le raisonnement de Dani s'alignait parfaitement avec le sien.

- Entre ce que je gagne avec mon travail et la location de la maison de maman, je vais avoir assez.
- Si ça te paraît bien et si tu ne te sens pas offensé, offre Raúl avec un sourire, tu peux garder la location de ta maison. Et aussi celle d'en bas.

Avec « ta maison », Raúl se réfère à la maison où vit Dani en ce moment, qui appartient à Raúl.

- C'est sûr ? Celle d'en bas aussi ?
- C'est sûr. Il faudra y faire quelques réparations ; ça fait presque dix ans qu'elle est abandonnée. Mais ne t'inquiète pas je m'en occupe.

Dani reste silencieux et baisse le regard. Il semble se concentrer sur la pointe en caoutchouc de ses baskets.

- Qu'y a-t-il, mon fils ?
- Rien. Juste que maman ne voulait pas entendre parler de louer cette maison dans laquelle est mort le bébé des derniers locataires.
- Ta mère croyait que les lieux étaient chargés d'énergie ; positive ou négative.
- Et toi, qu'en penses-tu ?

Il secoue la tête.

- Pour moi, ce sont des murs avec un toit dessus. Rien d'autre.
- Pour moi aussi, confirme son fils. Chaque fois que je passe devant, je me dis que c'est un gâchis de la laisser ainsi, abandonnée. Si nous la louons, non seulement ce sera une entrée d'argent, mais ça évitera aussi qu'elle se détériore.
- Je suis d'accord, mais il y a quelque chose que je ne comprends pas.
- Quoi ?
- Si tu loues les trois maisons, où iras-tu quand tu vas venir en vacances à Deseado ?

- Je ne sais pas, chez un ami. De toute façon, je ne pense pas revenir très souvent.
- Tu as raison, près de Rosario il y a mille endroits magnifiques à visiter en été. Profites-en.
- Cette fois je ne vais pas aller à Rosario, p'pa.
- Ah, non ? Et où vas-tu alors ?
- À Bariloche.

Il est pétrifié. Il n'en espérait pas tant. Sa bouche répète de manière quasi involontaire les paroles de son fils.
- À Bariloche...
- Oui, là-bas je serai moins loin de toi. Que sont deux petites heures en voiture ?

Comme unique réponse, il le serre fort dans ses bras.

Et cette fois, appuyé sur l'épaule de Dani, il se laisse aller à des sanglots irrépressibles. Des sanglots remplis de culpabilité, de douleur et de repentir qui viennent accompagnés des images horribles qu'il a dû revivre pour écrire quatre-vingt-sept pages qui maintenant ne sont plus que des cendres. Il le serre encore plus fort, voulant arrêter le temps.

Dani lui caresse la tête et pose un baiser sur sa joue humide.
- Je t'aime, papa.

De toute cette angoisse pointent de timides bourgeons de joie. Et Raúl se rend compte qu'en cet instant, avec les paroles de son fils, quelque chose vient de changer.

Il ne pense plus aux pages qu'il a brûlées. Maintenant son esprit fantasme sur celles que son fils écrira à partir d'aujourd'hui.

~FIN~

REMERCIEMENTS

Avant et pendant l'écriture de ce roman, beaucoup de personnes ont eu la gentillesse de m'aider. J'aimerais toutes les remercier.

En premier lieu, celles qui ont lu les premiers brouillons de cette histoire : Trini, Mónica García, Norberto Perfumo, Ángela Blasiyh, Christine Douesnel, Marcelo Rondini, Rolando Martínez Peck, Javier Debarnot, Celeste Cortés, Andrés Lomeña, Luis Paz, Lucas Rojas, Analía Vega, Gemma Herrero Virto, José de la Rosa, Ana Barreiro, Estela Lamas et Carlos Ferrari.

Je veux aussi remercier Rolando Martínez Pack pour avoir mis à ma disposition un grand nombre d'informations sur l'éruption du volcan Hudson et ses conséquences dans la zone nord de la province de Santa Cruz. Et aussi pour ses descriptions détaillées de l'effet des médicaments sur les chiens.

Comme toujours, le grand Hugo Giovannoni pour ses cours magistraux, théoriques et pratiques, sur les armes à feu.

Luis Paz et Celeste Cortés, que j'ai mitraillés de questions sur les antidépresseurs, les surdoses et beaucoup d'autres aspects de la médecine légale.

Mon grand ami Adrián Altamirano, pour m'avoir fait partager sa vaste connaissance de l'industrie pétrolière en Patagonie.

Javier Quintomán, pour m'avoir montré des films tournés durant cette période (effrayant, pour certains), et Ricardo Pérez, qui m'a expliqué l'origine du nom de la Cueva de los Leones.

Tous ceux qui ont accepté de parler d'un sujet aussi délicat que la dépression, sans aucun doute l'un des grands maux de notre époque.

Pour finir, je veux remercier toutes les personnes qui m'ont fait parvenir leurs anecdotes et leurs souvenirs concernant ces journées-là. En particulier, la señora Mirna Martín, pour son récit détaillé, au jour le jour durant ce mois d'août, mais aussi : Jorge Cudugnello, Mario Santillán, Carlos Vera, María Alejandra López, Estela Lamas, Juan Carlos Jaramillo, Sebacar, Diana Ponce, Mariana Calvo, Elisabeth Weber, Nélida *Coca* Rodríguez, Mónica Ojeda, Gastón Giuliani, Cristian Hermosilla, Paula Lancina, Juan Pablo Melián, Jésica Gómez, Grisel Bueno, Marisa Mansilla, Luz del Sur, Carolina González, Adriana Ortigoza, Noelia Vega, Mario Cambi, Bruno Reichert, Jimena Fuentealba, María Inés Mercado, Ethel RV, Estela Bach, Nelson González, Nanny Paini, Lucía Gerez, Pinky, Cyn Méndez, Nani Hernández, Constanza Patek Cittanti, Celia Elizondo, Silvana Ferreyra, Betty San, Patricia Letton, Alfredo Hidalgo, Néstor Juanola, Fabiana Àlvarez, Liliana Bartomeo, Alejandrina Godoi, María del Carmen Pereira, Ricardo Ayenao, Ana Laura Nahuelpan, Cristian Contreras, Silvana Aravales, Rodrigo F., Claudia Barra, Débora Rizzo, Lorena Rañil Silva, Hugo Gandolgo et Martha Colo.

J'espère n'avoir oublié personne.

L'AUTEUR

Après avoir longtemps séjourné en Australie, Cristian Perfumo vit aujourd'hui à Barcelone.

L'intrigue de ses romans à énigme et à suspense a généralement pour cadre la Patagonie, la région d'Argentine où il a grandi.

Inspiré d'une histoire vraie, son premier roman, *El secreto sumergido* (2011), a été un grand succès éditorial, avec sept éditions et des milliers d'exemplaires vendus dans le monde entier.

Dónde enterré a Fabiana Orquera (publié en France sous le titre de *Où j'ai enterré Fabiana Orquera*) a connu le même succès, se classant en Espagne à la cinquième place et au Mexique à la dixième place des meilleures ventes d'Amazon en 2015.

La première édition de son troisième roman, *Cazador de farsantes*, aux protagonistes chahutés par la pluie et par le vent, a très vite été épuisée.

El coleccionista de flechas (*Le collectionneur de flèches*) a remporté le Prix Littéraire Amazon, auquel avaient concouru plus de 1800 oeuvres d'auteurs issus de 39 pays.

Rescate gris (*Sauvetage en gris*) a été finaliste de l'édition 2018 du Prix Clarín du meilleur roman, un des prix littéraires les plus prestigieux d'Amérique Latine.

Cristian Perfumo a également publié en 2020 *Los ladrones de Entrevientos*.

Ses romans sont traduits en anglais, en français, édités en braille et en livre audio.

Vengeance en Patagonie

Durant des années, j'ai travaillé pour eux, maintenant je vais les dévaliser.

Entrevientos n'a pas changée. Elle reste la mine la plus isolée de Patagonie et du monde. Mais, pour Noelia Viader elle est devenue un site totalement différent. Il y a un an, c'était son lieu de travail et aujourd'hui c'est une croix rouge sur la carte où elle passe en revue les détails du braquage.

Après quatorze années loin du monde criminel, Noelia reprend contact avec un mythique dévaliseur de banques auquel elle doit la vie. Ensemble ils réunissent la bande qui va planifier le vol de cinq mille kilos d'or et d'argent dans la mine d'Entrevientos.

Ils ont deux heures avant l'arrivée de la police. S'ils réussissent, les journaux parleront d'un coup magistral. Quant à Noelia, elle aura rendu la justice.

Si vous aimez La casa de Papel, vous serez captivés par Vengeance en Patagonie.

Le collectionneur de flèches

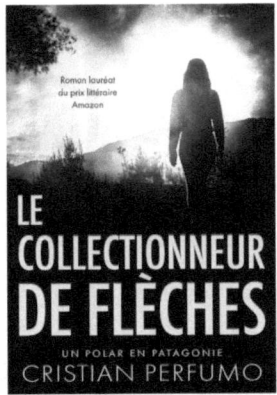

Roman lauréat du prix littéraire Amazon

La tranquillité d'un village de Patagonie est soudainement ébranlée; un de ses habitants est retrouvé mort dans son canapé et son corps porte de multiples traces de torture.

Pour Laura Badía, l'experte en criminalistique chargée de l'enquête, cette affaire est celle de sa vie: il va lui falloir élucider un assassinat d'une extrême sauvagerie et la disparition du domicile de la victime de treize pointes de flèches taillées par le peuple Tehuelche il y a des milliers d'années. Une collection dont tout le monde parle mais que presque personne n'a jamais vue, qui renferme la clé d'un des plus grands mystères archéologiques de notre temps, dont la valeur scientifique est inestimable, tout comme sa valeur sur le marché noir.

Aidée par un archéologue, Laura va se retrouver embarquée dans une périlleuse recherche qui la conduira du fameux glacier Perito Moreno jusqu'aux recoins les plus isolés et les moins courus de Patagonie.

Où j'ai enterré Fabiana Orquera

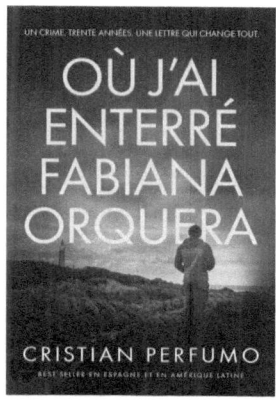

Une maison au milieu de nulle part. Un crime que personne n'a résolu en trente ans. Une lettre qui change tout.

Été 1983 : *En Patagonie, dans une maison de campagne à quinze kilomètres du voisin le plus proche, un descandidats au poste de maire de la petite ville de Puerto Deseado se réveille étendu sur le sol à côtéd'un couteau ensanglanté. Sa poitrine est couverte de sang, mais Il n'a pas une égratignure.Désespéré, il cherche en vain son amante, Fabiana Orquera, dans toute la maison. Ils sont venus làpour passer la fin de semaine ensemble loin des regards indiscrets. Il ne le sait pas encore, maisjamais il ne la reverra. Il ne sait pas non plus que le sang qui imbibe sa chemise n'est pas celui de sonamante.*

30 ans après : *Presque tous les étés de sa vie, Nahuel les a passés dans cette maison. Un jour, par hasard, il trouveune vieille lettre dans laquelle l'auteur anonyme confesse être le meurtrier de la maîtresse ducandidat à l'élection municipale. L'assassin a laissé une série de problèmes qui, une fois résolus,promettent de révéler son identité ainsi que l'endroit où est enterré le corps. Enthousiaste, Nahuelcommence à déchiffrer les énigmes, mais très vite il se rend compte que, même trente ans après, il ya encore des personnes qui ne veulent pas que soit dévoilée la vérité sur l'un des mystères les plusinextricables de cette inhospitalière partie du monde.*

Que s'est-il réellement passé avec Fabiana Orquera ?

www.ingramcontent.com/pod-product-compliance
Lightning Source LLC
LaVergne TN
LVHW041916070526
838199LV00051BA/2638